ノーラ・ロバーツ/著

香山 栞/訳

心の奥にひそむ影(上)

Mind Games

扶桑社ロマンス
1688

生命力に満ちあふれ、物知りだった亡き祖母に捧ぐ

心の奥にひそむ影（上）

登場人物

シーア(アルシーア)・フォックス――ゲームデザイナー
レム(レミントン)・フォックス――シーアの弟
ジョン・フォックス――シーアの父
コーラ・フォックス――シーアの母
ルーシー(ルーシンダ)・ラニガン――シーアの祖母
ウェイロン――シーアのおじ
ケイレブ――シーアのおじ
アビー――〈アパラチアン・クラフツ〉店主
テート・マッキノン――保安官
リーアン・マッキノン――テートの妻。ルーシーの友人
マディ(マドリガル)――テートとリーアンの娘
フィル・マスク――刑事
チャック・ハワード――刑事
タイ(タイラー)・ブレナン――ロックバンド、コード・レッドのボーカル
ブレイドン――タイラーの息子
レイ・リッグス――殺人犯

第一部　悲劇

とてつもない怒りに襲われ、憤怒(ふんぬ)の炎にのまれる、
だが、誰がねたみに耐えられようか。

——箴言(しんげん)27章4節

悲しみを吐きだせ。口に出さぬ悲痛な思いは、ささやき声となって胸に
あふれ、やがて心を切り裂く。

——ウィリアム・シェイクスピア

1

シーアにとって夏の一番いい時期は、六月の二週目から始まる。カレンダーの終業式の日付には大きな赤いハートマークを描いた。その日が終われば、大好きな裏庭のプールで思う存分泳げるからだ。自転車に乗って、毎日友だちと遊ぶこともできる。もっとも、もうみんな〝遊ぶ〟とは言わない、〝出かける〟だ。十二歳になったのだから。

シーアはバーベキューも、夏の日の長さも好きだったが、何より宿題がないのがうれしかった。

毎年、大きな赤いハートマークの日から一週間ほど経ったころ、両親と、弟のレムと愛犬のココアと一緒に車に乗りこみ、ヴァージニア州フレデリックスバーグからケンタッキー州レッドバッド・ホロウまでの長距離ドライブに出発する。

ケンタッキー州で生まれ育った母は、ヴァージニア州の大学に進学し、新学期一日目の最初の授業でジョン・フォックスと出会った。

その後は、みんなの——あるいは父の——言うように、知ってのとおりだ。

ふたりは大学二年生の夏に結婚し、その十カ月と十七日後にシーアが生まれた。それから二年足らずで、弟レムが誕生した。

現在、父は家を設計し、母はインテリアデザインを手がけている。両親が営む〈フォックス＆フォックス・ホームズ〉はいたって順調だ。

シーアはいろんなことを知っている。子どもは重要なことなど何も知らないと大人は高をくくっているけれど、シーアは違う。父の両親である祖父母が傲慢なお金持ちだってことも、母を——ケンタッキー州東部出身の嫁を——見下していることも、ちゃんとお見通しだ。

ただ、父の両親がサンディエゴに住んでいるおかげで、しょっちゅう会う必要はなかった。シーアにとってそれは好都合だった。おばあさまの——祖母のことはその気取った呼び方をするよう言われている——〝コーラの笑い声が大きすぎる〟とか、〝あれじゃ故郷のアパラチアと縁を切りたくても切れないわね〟といった心の声を聞かずにすむからだ。

シーアには、一生懸命意識を集中すれば心の声を聞きとる能力があった。けれど、祖母と顔を合わせたときは、否応（いやおう）なく聞こえた。

祖母の心の声が大きすぎるからだ。

祖父母は息子夫婦のジョンとコーラが幸せで、事業も成功していることを気にとめる様子もなかった。息子家族が閑静な住宅街のすてきな家で暮らしていることも、その子どものシーアとレムが成績優秀なことも——ちなみに、祖父母は決して愛称を使わずアルシーアとレミントンと呼ぶ。

一方、母方の祖母ルーシーは気にかけてくれた。毎週日曜日には家族全員で祖母と電話で話し、クリスマスシーズンになると、祖母がトラックに手作りプレゼントをぎっしり積みこんで会いに来てくれる。たいていウェイロンおじさんやケイレブおじさんもやってきて、大家族でパーティーを開き、家は明かりや音楽やオーブン料理のにおいで満たされる。

それが一年で二番目に好きな時期だった。

でもやっぱり、一番好きなのは六月だ。ドライブに七時間とか、ときにはそれ以上かかるとしても。

一家は決まって早朝に出発し、道中ドライブ旅行用ビンゴ（ロードトリップ・ビンゴ）ゲームで暇つぶしをする。レムはよく居眠りし、シーアも寝落ちすることがあるけれど、州境を越えてケンタッキー州に入るときは必ず歓声をあげた。

途中で車を停（と）めてバーベキューをしたり、コーンミールの揚げパンを食べたりするのがお決まりだった。シーアもそういうときはおなかがすいていたが、本音はノンストップで目的地を目指したかった。

やがて道路はくねくねと曲がりくねったのぼり坂になり、急流にかかる橋をいくつも渡る。

シーアは連なる山々や、ときおり青みがかって見える深緑の丘陵や山頂を眺めるのが大好きだった。高原や尾根、森林や小川も。

蛇行する山道をたどって深緑の丘陵や山頂の奥に分け入ると、ヴァージニア州の自宅や高級住宅街がどれほどすてきできれいでも、決してここにはかなわないと実感した。

どうしてこのすべてから離れることができたのかと問うたびに、母は決まってこう答えた。〝あなたのパパと出会わなければならなかったからよ。わたしとパパが出会っていなければ、あなたは今ここで質問してないわ〟

それだけじゃないと、シーアにはわかった。母は高級住宅街のすてきな家に住みたかったのだ。きっとアパラチアとも縁を切りたかったのだろう。

そんなことは口にしないけれど、母の目がそう物語っていた。母はシーアがあれこれ知ることをよしとしない。たとえば、父が〝今度はいったいどこに鍵を置き忘れたんだ?〟と言ったときも。

シーアはそのとき屋外にいたが、父がキッチンカウンターにキーホルダーを放り投げ、その上に書類を置いたことを知っていた。

母が実の母を愛しているにもかかわらず、レッドバッド・ホロウの実家以上のものを望み、故郷を離れてから手放したものの大切さに気づいたことも知っていた。

レッドバッド・ホロウの山間の町にさしかかると、シーアはそのことについて考えるのをやめた。坂道沿いにずらりと並ぶ店のなかには、母方の祖母の石鹸やキャンドルを販売する〈アパラチアン・クラフツ〉もあった。

ついに、あと少しで到着する。太陽はまだまぶしく輝いていた。サンルーフ越しに、空を旋回する鷹が見えた。このあたりの林にはシカが闊歩している。近所の裏庭でもシカを見かけることがあるけれど、ここはまったく違う！

いつもドライブ旅行の最後は母がハンドルを握り、少女時代に歩いた道に車を走らせる。最後のカーブを曲がると、その家が見えた。

蛇行する小道から奥まった場所に立つ家は、青空色のペンキが塗られ、鎧戸が――本物の鎧戸が――あり、幅の広いフロントポーチは緑の丘と同じ色だった。ツツジやカルミアが正面に咲き誇り、アメリカハナズオウの枝から色とりどりのボトルが十数本ぶらさがっている。

いつも学期中で、アメリカハナズオウが咲いたところは写真でしか見たことがないけれど、シーアはその光景を想像できた。

家の裏手には家庭菜園――花や野菜やハーブが植わっている――があり、鶏舎では祖母が飼う雌鶏(めんどり)たちがコッコッと鳴きながら餌をつついている。ヤギのモリーは囲いに入れられ、牛のアスターには小さな牧草地がふたつ与えられていた。祖母は数カ月ごとに、ひとつの牧草地からもうひとつの牧草地へ牛を移動させるのだ。

さらに、小さな納屋や物置小屋もあった。敷地を横切って流れる小川は林のなかまで続いている。

その周囲をぐるりと丘が取り囲んでいた。

祖母が飼っているアライグマ用の猟犬(クーンハウンド)のダックとグースが家の周囲を駆けまわり、車へ駆け寄ってきた。

車内では、ココアがのびあがって、くうんと鳴いていた。

シーアがドアを開けたとたん、ココアは飛びだした。三匹はお尻のにおいを嗅ぎ始め、再会を確かめあった。

玄関ドアが開き、祖母のルーシー・ラニガンがフロントポーチに現れた。

その漆黒の髪は娘や孫娘に受け継がれ、中心から右側の毛先にかけて波打つように白髪がまじっていた。ほかに受け継がれたのは、瑠璃色の瞳と長いまつげだ。

すらりとした百八十センチ近い背丈は、コーラには受け継がれなかったが、シーアとレムはその脚の長さからして長身になりそうだった。

色あせたジーンズにシンプルな白いシャツという格好のルーシーが両腕を広げた。

「一度に何人抱きしめられるかしら？　試してみましょう」

シーアとレムもココアのように車から飛びだし、焼きたてのパンの香りがする祖母の腕のなかに飛びこんだ。

ルーシーは〝あー！〟と声をあげながらぎゅっと抱きしめ、コーラとジョンも引き寄せた。「もう胸がはち切れそう。うちの玄関先で世界中の愛を、ううん、それ以上の愛を受けとった気分よ。みんな、おなかをすかせているといいけど。激戦後の軍隊にふるまえるくらいのフライドチキンを用意したから」

「ぼくはおなかがぺこぺこだよ」レムが答えると、祖母は噴きだした。

「あなたはいつだって頼りになるわね。子どもたちにはフレッシュなレモネード、大人にはとびきりおいしいアップルワインがあるわよ。荷ほどきをしたいのなら、部屋の用意はできてるわ」

「じゃあ、まずは荷ほどきをしよう」ジョンはルーシーの両頰にキスをした。「そのあとアップルワインをいただきます」

祖母の家はいつもすごくいいにおいがした。シーアは山や、おいしい料理、ハーブや花のにおいを吸いこんだ。

祖母の家へは夏にしか来たことがなく、古いブルーのソファや祖母が百葉薔薇と呼ぶ花柄の肘掛け椅子が置かれたリビングルームで、暖炉の火がぱちぱちと音をたてるのを見たことはなかった。

そこには庭の花や丘の野の花、祖母お手製のキャンドルに加え、シーアとレムが学校で撮った最新の写真がフォトフレームに入れられて必ず飾られていた。

父に手伝ってもらって荷物を上階に運ぶあいだ、母は祖母とキッチンに向かった。母娘水入らずの時間をちょっと楽しみたいんだよ、と父は決まって言った。

別にかまわない、これから丸二週間ここで過ごせるのだから。

シーアは山並みを一望できる自分の部屋が大好きだった。自宅の部屋より狭いけれど、ちっともかまわない。

真っ白なペンキが塗られた古いスチールベッドや、高祖母お手製のキルトのベッドカバーもお気に入りだ。ドレッサーの上の小さなガラスのピッチャーには、白いデイジーが生けられていた。造りつけのクローゼットは小さいものの、祖母がシフォローブと呼ぶ、引き出しつき衣装だんすがある。

シーアにとっては最高のクローゼットだった。

それになんといっても、ここは母が少女時代に寝室として使っていた部屋だ。

レムの部屋は廊下をはさんだ向かい側で、そこはかつてウェインおじさんの寝室だった。そして両親は、ケイレブおじさんの古い部屋に泊まることになっている。祖母は、もうひとつの寝室を裁縫やら何やらの作業部屋として使い、一番広い主寝室には代々受け継がれてきた四柱式ベッドを置いている。

シーアはそのベッドで生まれた。

想像もできないけれど。

この家にいることを心から実感したくて、レムが階下に駆け戻る足音が聞こえても、シーアは荷ほどきを続けた。

服をしまい終えて、ようやくここが自分の部屋になった。

階下におり、ゆっくり時間をかけて歩きまわった。リビングルームから、古いテレビとさらに年代物の大きなラジオがある応接室へ。安楽椅子やソファ、本棚、毛糸が詰まったバスケット、壁掛けのカッコウ時計を見てまわる。

それから、アップライトピアノやバンジョー、ギター、マンドリン、ダルシマー(中世の弦楽器)が置かれた部屋へ行く。

祖母は、その気になればそこにあるどの楽器も演奏できる。ウェインおじさんもそうだ。祖母は口だけというわけではなく、クリスマスにバンジョーやギターを持参して必ず演奏してくれる。

それに、おじさんは今住んでいるナッシュヴィルで、音楽で生計を立てている。ケイレブおじさんも演奏はできるけれど、大学では演劇や演技を学び、俳優になった。母もときどき楽器を演奏する。でも、コーラの楽器は声だと祖母は言う。シーアも母が――うれしいときはとりわけ――天使のように歌うことを知っている。

とはいえ、この家で一番のお気に入りはキッチンだ。

今気に入っている言葉のひとつで言うなら、とにかく〝巨大〟だ。祖母の祖父が作った、かたいオーク材のキッチンテーブルを置けるだけの広さがある。キッチンの一部をリフォームしたときに、祖母は六口コンロを購入したが、そのキッチンテーブルは手放さなかった。

おばあちゃんはそのテーブルをキッチンの要（かなめ）だと、そしてキッチンは家の要だと言った。キッチンには食器棚や長いカウンターが複数あった。壁一面を覆う棚には、鍋や家族のレシピノートのほかに、米やオーツ麦、パスタ、粗挽（あらび）きトウモロコシ、豆の保存瓶や、ビーツのピクルス、刻み野菜の辛子漬け、唐辛子、アップルバターなどをそれぞれ入れたカラフルな瓶がずらりと並ぶ。

キッチンに隣接した工房は、大きなガスコンロやどっしりした作業台、ボトルや瓶や道具の収納棚を備えていた。明るい窓辺の植木鉢ではハーブが育ち、収穫したハーブは乾燥させるためにつるしてある。

その工房で、祖母は販売用のキャンドルや石鹼、ローションや薬を製造している。

パントリーだった場所には、誰かにプレゼントしたり、山からおりてきた人と物々交換したりするために、商品の一部を保管している。

シーアはこの家へ来るたびに、好奇心に駆られてドアを開いては、思いきり息を吸いながら棚を見まわした。

そこは天国の庭のような香りがした。

薔薇やラベンダー、ローズマリー、セージ、キダチルリソウ、松、レモン、オレンジ、刈りたての芝生のにおい。

祖母は自分の商売を〈山の魔法（マウンテン・マジック）〉と名付けたが、まさにそのとおりだ。

カウンターにラップで覆われたアップルスタックケーキが置かれているのを見て、フライドチキンのあとにデザートを食べるゆとりを残しておかないと、とシーアは思った。

おもてでは、早くもレムが犬たちと走りまわり、両親と祖母は裏のポーチでアップルワインを飲んでいた。

開いた窓から犬たちが吠（ほ）える声や、鶏がコッコッと鳴く声、祖母の笑い声が聞こえた。

寂しいときや悲しいときに思いだせるよう、その光景を脳裏に焼きつけた。

「やっと来たわね」シーアが外に出ていくと、ルーシーが言った。「レムがピッチャ

ーを空っぽにしちゃう前にレモネードを飲んだら？　十歳の男の子って喉がからから
なのね」

「ずっと車のなかにいたから、エネルギーを発散する必要があるのよ」コーラは微笑(ほほえ)みながら手をのばし、シーアの腕を撫(な)でた。「荷物は片づいたの？」

「うん。動物たちを見てきていい？」

「もちろんよ」

「もう少ししたら、あなたとレムがみんなに夕飯をあげていいわよ。さあ、行きなさい」ルーシーがシーアのお尻をぽんと叩(たた)いた。「その長い脚をのばしていらっしゃい。夕食の時間になったら声をかけるから」

シーアが走り去ると、ルーシーがつぶやいた。「ふたりとも、雑草みたいにぐんぐん成長しているわね。毎年夏のこの時期にふたりを連れてきてくれて本当にありがとう」

「ふたりともおばあちゃんが大好きで」ジョンは瓶に手をのばし、ワインを注(つ)ぎ足した。「ここも大好きなんです。それに、正直に言えば、ぼくも妻とふたりきりで二週間過ごせますから」コーラにウインクする。「本当にありがたいですよ」

「ふたりとも帰ってくると、いろんな話を山ほどしてくれるの」コーラは揺り椅子の背にもたれてくつろぐと、旅の疲れやかすかな頭痛が薄れるのを感じた。「犬たちが厩舎からキツネを追い払ったとか、魚を釣ったとか釣りそこなったとか、牛やヤギの乳搾りをしたとか、杖をついた老人が関節炎に効く軟膏を買いに来たとか」

「それに」ジョンが言い足した。「子どもたちはあなたの手を借りて作った石鹸を持ち帰り、〝どうして朝食にそば粉のパンケーキを食べないの？〟なんてきくんですよ」

「ふたりともかわいくてたまらないわ。いずれウェイロンとケイレブも腰を落ち着けて、孫を与えてくれるかしら――あなたたちはもう子作りを卒業したようだけど」

「ぼくたちはすばらしいふたりの子どもに恵まれたので」ジョンはルーシーと乾杯した。

「たしかにそうね。息子たちと未来の伴侶もあなたたちみたいに寛大で、赤ちゃんの成長過程を見せてくれるといいんだけど。わたしにとっては、それが最高の贈り物なの」

「ヴァージニア州に引っ越してくるよう説得するのは、絶対無理そうね、お母さん」

ルーシーは黙って微笑みながら、山々を見渡した。

「わたしはアパラチアの女よ。別の場所に引っ越したらしなびてしまうわ。さてと、バターミルクビスケットを作ってあげる。あなたたちは座っていてちょうだい。わたしと違って、長距離を運転してきたんだもの。今夜は大人になったわが子も甘やかすつもりよ」

「お義母さんはぼくたち全員を甘やかしてくれる。みんな感謝しています」

ルーシーが家に入ると、ジョンは手をのばしてコーラの手を握りしめた。「きみもなかに入って、ぼくらの妥協案についてお義母さんに話してごらん。子どもたちが外にいるあいだに、お義母さんの意見をきいてみたらどうだい」

コーラはうなずくと、立ちあがって家に入った。

ルーシーが冷凍したバターをすりおろして小麦粉が入ったボウルに入れるあいだ、コーラはアイランドカウンターの椅子に座った。

「何か話したいことがありそうな顔ね」

「ええ、わたしたちがいいアイデアだと思っていることがあるの。同意してくれるといいんだけど」

「聞く耳なら持っているわよ、コーラ」

「お母さんが恋しかったわ」

ルーシーはしばし手をとめ、瞳に感情をあらわにした。「ああ、わたしのいとしいコーラ」

「ここがお母さんの家だってわかっているし、わたしはヴァージニア州に家を建てた。でも決して遠いわけじゃない、それほどは。弟たちのことも恋しいわ。こんなふうに思うなんて想像もしなかったけど」コーラがそうつけ加えるとルーシーは笑った。

「たしかにあの子たちは、お姉ちゃんのあとをついて歩いてばかりいたわね。でも、ふたりともあなたが大好きだったのよ、外にいるシーアとレムがお互いを大好きなように。きょうだいはささいなことでよくけんかをするものよ」

「たしかによくきょうだいげんかをしたわ。ところで、ケイレブはニューヨークに引っ越すそうね」

「わたしもそう聞いたわ」バターと薄力粉をまぜたあと、ルーシーはその生地を冷蔵庫に入れて数分休ませた。「飛行機っていう最新の発明品で、故郷にいるわたしに会いに来てくれるそうよ。そのうえ、わたしもニューヨーク行きの飛行機に乗れば、ブロードウェイのショーに連れていってくれるって」

「ケイレブにとっては大好きなこと、やりたいことをやるチャンスね。でも、あの子がワシントンDCに住んでいたときみたいには頻繁に会えなくなるわ。それにウェイロンだって、たいていナッシュヴィルにいるか、ツアーに出てる」

「わたしの放浪楽師ね」

「お母さんも知ってのとおり、ジョンの家族は……」コーラは口ごもり、裏のポーチに目をやった。「あの人たちはわたしたちを見下しているの。というか、わたしのことを。それに、わたしたちの子どもにもいっさい関心を示さない」

「彼らにとっては大きな損失よね」ルーシーは言ってはいけないことを口走る前に、

口元を引きしめた。「あんなふうに心を閉ざしているなんてお気の毒だわ」

内心そうは思わなくても、ルーシーは彼らに同情しようとした。

「彼はあんなふうに――長距離ドライブのあとも、外で子どもたちと駆けまわってる。わたしの娘にとっての理想の夫や、孫たちにとっての理想の父親を思い浮かべても、ジョン・フォックス以上の男性はいないわ。おなかを痛めて産んだ息子たちに負けないくらい、ジョンはわたしにとって大事な息子よ」

「わかってる。ジョンもそのことをわかっているわ。お母さんは彼にとって実の母親より母親らしい存在なのよ」

「わたしは本当に恵まれているわね。目の前にすばらしい宝物があるのに気づかないなんて、彼のお母さんは本当にお気の毒だわ」

コーラは立ちあがり、決してジョンの耳に入らないように声を低めた。「あの人たちがシーアの十二歳の誕生日に何をしたか知っているでしょう？　十二ドルを同封したカードを送ってきたのよ。一歳につき一ドルっていう勘定ね。しかも届いたのは誕生日の一週間後。でも問題は金額じゃないの、お母さん」コーラはあわてて言った。

「別に、あの人たちが大金持ちだからってなんとも思わない。わたしたちだって不自由のない暮らしをしているもの。ただ……カードには〝お誕生日おめでとう。アルシーア。あなたの祖父母より〟としか書かれていなかったの」

ルーシーはグラスをつかみ、ワインをひと口飲んだ。「シーアにお礼状は書かせたの？」

「わたしが言うまでもなかったわ。シーアは椅子に座って、こう返事を書いた。〝親愛なるおじいさまとおばあさま、お誕生日祝いのメッセージと十二ドルを本当にありがとうございました。おふたりともどうかお元気でいてください。あなたの孫娘シーアより〟って」

ルーシーはすべてわかっているというようにうなずいた。「いい子に育てたわね」

「ええ。だけど、わたしは腸（はらわた）が煮えくり返っていたわ、お母さん。それにジョンは傷ついていた。傷つくまいとしてたけど、傷つかずにはいられなかったのよ。わたしの家族にはあんなふうに疎遠で無神経になってほしくない」

「そんなことはあり得ないわ、ダーリン」

「でも、みんな忙しくなるでしょう。お母さんは家のことや仕事で忙しいし、ケイレブやウェイロンだってそう。お母さんが言うように、ふたりもいずれ家庭を築いてますます忙しくなるわ。ジョンとわたしも子育てや仕事に追われてる。それでもお母さん、ちゃんと顔を合わせるのが一年に二度じゃ足りないのよ」

話しながら歩きまわるコーラを見守りつつ、ルーシーは聡明（そうめい）な娘が不安に陥っていることに気づいた。

「アップルスタックケーキを焼いてくれたのね」コーラがつぶやいた。

「もちろんよ。ジョンの大好物だもの」

「なぜだかわからないけど、この家で暮らしていたころより、アップルスタックケーキやテーブルに飾られた花みたいなものが大切に思えるの。ここに住んでいたころよりも、この家を特別に感じるのはなぜかしら」

「あなたは将来に目を向け、ここから目をそむけたのよ、コーラ」

「お母さんはそんなわたしをとめなかった。いつかシーアも目をそむけるようになるんだと思うと、以前はわからなかったけど、子どもを自由に旅立たせて自分の人生を歩ませるのがどんなにつらいか身に染みたわ」

「たしかにつらいことね」ルーシーは冷蔵庫からボウルとバターミルクを取りだした。

「でも成長した子どもの姿に誇りを覚え、いずれそのつらさは報われる。それにコーラ、わたしは今のあなたや、あなたが築いた人生を心から誇りに思っているわ。心の底から」

「子どものころのわたしは、お母さんに充分感謝していなかった」

「そんなこと言わないで」

「恩知らずだったわ」コーラはそう言い張り、これまで何度もしたように、母が小麦粉とすりおろしたバターの中央をくぼませてバターミルクを注ぐのを眺めた。

コーラは思わず微笑み、これまで何度もしたように尋ねた。「どうして木のスプーンで十五回まぜるの？　ぴったり十五回」

目が合うと、ルーシーは微笑み返し、これまで何度もしたように答えた。「十四回じゃ少なくて、十六回では多すぎるからよ」

「わたしはちゃんと理解していなかったわ、特にお父さんを亡くしたあと、お母さんがどれだけ大変だったかを。すべてが順調にいくように、わたしたちが路頭に迷ったりおなかをすかせたりしないように、お母さんがどれだけ身を粉にして働いたかを。わたしは充分感謝していなかった、お母さんがいとも簡単に――」

コーラはまた広いキッチンを歩きまわりながら、かぶりを振った。

「いいえ、簡単じゃない。簡単じゃなくて――それが当たり前のようにふるまっていたのよね。わたしたちを愛するのは当然だし、常に音楽を流し、わたしたちに必ず宿題や歯磨きをさせるのもいたって自然なことで、それが人生だと。お母さんとお父さんが始めた貯金のおかげでわたしたちが大学に進学できたのもそうよ」

「あなたのお父さんは、息子たちを炭鉱で働かせたくなかったのよ。だから決してそうならないよう、自分は炭鉱で働いた。彼の――わたしたちの――望みは、子どもたちがいい教育を受け、さまざまな選択肢を得ることだった」

ルーシーはカウンターに打ち粉を振って生地を置き、その上からも打ち粉を振って、古い麺棒にも粉をまぶした。

「あなたのくだした選択やそれによってあなたが築いた人生は、あなたのお父さんや彼が払った犠牲を称えるものよ」

「お父さんだけじゃなくてお母さんもよ。お母さんだって明らかに犠牲を払ったじゃない。今ならそれがわかる。だから年に二回じゃ足りないわ、家族だもの」

ルーシーは生地を長方形にのばし、短いほうの端を重ねて、また生地をのばした。娘にちらりと目をやると、また同じ作業を繰り返した。

「何か計画していることがあるのね」

「ええ、ジョンと一緒に。わたしたちはもっとここに来たいの。イースター休暇とか感謝祭にも」

ふたたびルーシーの手がとまった。「コーラ、すごくうれしいわ。本当にありがとう」

「でも、それだけじゃないの。お母さんは年々旅行するのが大変になってきたでしょう。もし誰かに家畜の世話を頼んだら、年に一度くらいは何泊か旅行ができるんじゃない。たとえば、みんなでケイレブがいるニューヨークで数日過ごすとか、ウェイロンがいるナッシュヴィルに行くとか。それと、子どもたちはここが大好きよ、夏休みの始まりとともに二週間おばあちゃんと過ごすのを心から楽しんでる。実は新学期が始まる前に、子どもたちをビーチへ一週間ほど連れていきたいの」

「あの子たちはきっと大喜びよ。わたしもたくさん写真を見せてもらって、お土産話を聞けるわね」

ルーシーは最後にもう一度まとめてのばした生地を、丸型でくり抜いた。

「お母さんも一緒に来てちょうだい。できればみんなに来てほしいの。だから、ノースカロライナの海辺の大きな家を借りたわ。八月に一週間。最新型の飛行機にお母さんを乗せて現地まで連れていくつもりよ」

「飛行機ですって？　でも――」

「どうか断らないで。ウェイロンがおばあちゃんを説得してくれるそうよ。お母さんも知っているでしょう、ウェイロンにかかれば、死ぬほど喉が渇いている人だって最後の水をさしだすと。おばあちゃんがストレッチと結婚してアトランタに移り住んでから、ほとんど会っていないじゃない。今こそライリー家とラニガン家とフォックス家で親睦会を開くときよ。もしバックおじさんやマエおばさんやいとこたちも加わりたいなら、二軒目を借りればいいわ」

ルーシーは生まれてこのかた一度も飛行機に乗ったことがない――ただ息子がニューヨークで暮らすようになれば、いつか利用することになるだろうと予想はしていた。それに、この計画が娘にとっていかに大事かは明らかだ。常に未来を見て、過去から目をそらしていた娘が、過去を振り返って家族に目を向けたのだ。

「とりあえず、まずはこのビスケットをオーブンに入れて、料理をテーブルに並べてから、どんな水着を買うか考えないと」

「お母さん!」コーラは歓声をあげ、ルーシーに抱きついた。「このことを伝えたら、きっと子どもたちは大はしゃぎするわ。あの子たちには、わたしが子どものころに経験したことを味わわせてあげたいの。それに、そういう経験ができなかったジョンにも」

「じゃあ、テーブルの準備をしましょう。みんなに声をかけて、手を洗ってもらって、このニュースでノックアウトするわよ」

一同はフライドチキンとポテトサラダ、スナップエンドウ、バターミルクビスケットに舌鼓を打った。コーラが計画を披露すると、子どもたちは歓声をあげた。

ルーシーは自宅に娘一家を迎えて胸が満たされ、幸せではち切れそうだった。落ち着かなかった娘が心のよりどころを見つけ、親族や生まれ故郷に心を開いた。今までも娘とは交流があったけれど、これからはもっと頻繁に会えるようになる。ルーシーはあとになって、この初夏のなんてことない家族の団欒(だんらん)を振り返り、子どもたちの明るく甲高い声を思いだした。娘の瞳に浮かぶ笑みや、実の息子も同然のジョンの満ち足りたまなざしも。

開いた窓から吹きこむそよ風や、おこぼれを期待して網戸のすぐ外で待機する犬たち。

山並みを染める夕日、頭上に広がる空の青さ。

そのすべてを思いだし、ぎゅっと胸に抱きしめた。

2

翌朝、ルーシーはそば粉のパンケーキの生地をまぜていた。それも義理の息子の好物だ。ジョンがおりてきたときにはすでに、ベーコンとウィンナーはオーブンのなかで保温され、コーヒーもいれてあった。

「上階で物音が聞こえた気がしたの」

ジョンは茶色の巻き毛を撫でつけた。「ぼくはまだひげも剃っていないのに、お義母さんは鶏に餌をやって卵を回収し、牛とヤギの乳搾りをして、犬たちに餌もあげたんですよね」

「ちょっとした休みにどうしてひげを剃らなきゃならないの?」

「お義母さんはクリスマス以来、ちょっとした休日さえ取っていないじゃないですか」彼はかぶりを振って、コーヒーマシンに向かった。「働きすぎですよ、お義母さんは」

「わたしはこの暮らしが大好きなのよ」

ジョンは一本の三つ編みにまとめられたルーシーの髪を優しく撫でた。「それは一目瞭然ですね。あなたを見ると、コーラがこれからますます美しくなるとわかります。大学初日の講義室でたまたま彼女の隣に座ったことが、いかに幸運だったかあらためて実感しますよ」

「わたしに言わせれば、それは運とはまったく関係ないわ。あなたとコーラは一緒になるべくしてなったんだもの。さあ、そこに座って、何を考えているのか教えて。あなたが何か考えているのは、顔を見なくてもわかるわ」

「お義母さんが今回の旅行に快く同意してくれて、ぼくたちを歓迎し、あれこれ世話を焼いてくれることに心から感謝しています。こうしてとびきりおいしいごちそうを作ってくれることにも。実は、コーラはここ二カ月、思い悩んでいました」

ジョンは腰をおろし、小さなため息をもらした。

「引き金となったのは、あのいまいましい誕生日カードと同封された十二ドルです。シーアは気にしませんでした、もともとぼくの両親には何も期待していないので。ぼくもいっさい期待していません。でもコーラは、ぼくの両親が心を開いてくれることを期待し続けているんです」

「世の中には決して心を開かない人もいるわ」

「まさにおっしゃるとおりです」彼の声にあきらめがにじむ。「ただ、両親はほかの孫たちに対してはそこそこ優しく、ある程度気にかけ、気前もいいんです。両親はぼくの結婚相手に……」

「あなたや自分たちの社会的地位にプラスになるような女性を望んでいた」

ジョンは肩をすくめた。「ぼくらがどれほど愛しあっていようと、コーラがどれほどすばらしい母親で、ぼくにとって誰よりも頼りになるビジネスパートナーであろうと関係ないんです。彼女が必死に努力しても、両親はまったくこたえようとしなかった。両親が認めない相手とまだ若くして結婚したぼくは、一生不肖の息子のままでしょう。なんと言われようと、ぼくはどうだっていいと思っている」

「でも、コーラはどうでもよくないのね」

「ぼくに言わせれば、気にしすぎなんです。妹の娘がレムと同い年なんですが、両親は姪の誕生日に馬をプレゼントしました」

「馬って、本物の馬を？」

「ええ。姪が乗馬のレッスンを始めて一年半になるからと、馬を買い与えたんです。両親はレムの十歳の誕生日をすっかり忘れたのに、そのときはなぜかコーラも気にしなかった。でも、あの誕生日カードと十二ドルが引き金となりました。あまりの対応の違いに、コーラはようやく悟ったんです、ぼくたちの子どもをぼくの両親が気にかけることは断じてないと」

「ジョン、あなたの話を聞いていて不思議に思ったんだけど」ルーシーは向きを変え、大きな鋳鉄製のスキレットをコンロにかけて熱した。「そんな両親からどうやってあなたのような人が育ったのかしら」

「あのときコーラ・ラニガンが隣に座って微笑みかけてくれなかったら、今ごろぼくはどうなっていたんだろうと思うときがあります」

「あなたたちは一緒になるべくしてなったのよ」ルーシーは彼に思いださせた。

「ええ、ぼくたちは一緒になるべくしてなった」ジョンはルーシーと乾杯してコーヒーを飲んだ。「ありがたいことに、コーラはぼくの両親がどう考え、どう思うか気にするのをやめました。そしてお義母さんや弟たちを恋しがるようになったんです。ラニガン家の家族の絆（きずな）があったからこそ、ぼくの両親ともそれを築こうとして頑張りすぎてしまった。彼女は今、家族との時間やより深い絆を求めています」

「コーラは昔からここにあったものを心から欲する前に、自分自身の家庭を築く必要があったのね。今回のことは、お互いにとってまさに贈り物だわ。あっ、上階（うえ）から物音が聞こえたわ。みんなを呼んできてちょうだい、パンケーキを焼くから」

ジョンはカウンターをまわって、まずルーシーを抱きしめた。「あなたのことが大好きです、ルーシー」

「ジョン」彼女は義理の息子の頬にキスをした。「あなたはわたしの人生にさしこむ一条のまばゆい光よ」

一同は前夜と同じく、キッチンテーブルを囲んで朝食を食べた。子どもたちは皿洗いを手伝ったが、それ以外にも、ここに滞在中は朝起きたら寝具を整え、洗濯を手伝い、家畜の世話をするのが日課となっている。

母親やおじたちがかつてしていたように、庭の草むしりや芝刈り、家の掃除を手伝い、簡単な料理の作り方も学ぶ予定だ。

ルーシーはアップルスタックケーキをたっぷり詰めた容器をジョンに押しつけた。

「ケンタッキー料理を味わってちょうだい」

「ええ、いただきます。よし、フォクシー・ロクシーズ、こっちへ来て、寂しがるふりをしてくれ」

「寂しくなるわ、パパ」シーアはくすくす笑いながら、父親に抱きついた。「ちょっとだけね」

ジョンは笑って娘を抱きあげてキスをすると、レムにも同じことをした。

「言うまでもないことだけど、おばあちゃんをよろしくね」コーラは子どもたちをぎゅっと抱きしめて甲高い悲鳴をあげさせた。「あなたたちなら、ちゃんとおばあちゃんを気遣ってくれるわよね。じゃあ、ふたりとも楽しんで」

「家に着いたら電話して」ルーシーが言った。「無事に着いたとわかるように」

ルーシーは娘夫婦を抱きしめたとき、みぞおちが重くなった。胸も締めつけられ、思わずぎゅっと抱きしめる。「あなたたちが帰るとずいぶん寂しくなるわ。安全運転で、お互いの面倒をちゃんと見てね」

ルーシーはなんとか腕を離した。「子どもたちのことはまかせて。心配無用よ」

手を振って投げキスをすると、ジョンとコーラは車に乗りこんだ。走り去りながらコーラは後ろを振り返り、やがて視線を前に戻した。

「これでふたりきりだね、ベイブ」ジョンはバックミラーをちらりと見てから、妻に向けて微笑んだ。「空っぽの静かな家に帰ったら、何をすればいいのかな?」

「ワインを開けて、騒々しいセックスをするべきよ」

微笑みが彼の顔中に広がった。「きみって天才だね」

ふたりの孫にはさまれ、三匹の犬がうれしそうにハアハア息を切らすなか、ルーシーは車が視界から消えるまで見送った。

意識的に胸の重みを払いのけて孫たちを見おろすと、自分の、そして孫たちのお気に入りの本の一文を引用した。

「さあ、どんちゃん騒ぎを始めよう!」

シーアが歓声をあげながらくるりと側転を披露し、レムは猿の鳴きまねをした。

毎晩日記をつけているシーアは、日中に行ったあらゆることを思い返した。

三人はまず庭の草むしりをした。午後よりも山の空気が涼しいからだ。孫たちが草の名前を忘れるたび、ルーシーが韻を踏んで思いださせてくれた。

「わたしにはヘゼルっていうお友だちがいるわ」

ということは、この草はバジルだ。

「どうなるか（ワット・ウィル・ビー）想像してみよう」

つまり、これはチダケサシ（アスティルビ）。

何もかもが楽しかった——日よけのために、みんなでつばの広い帽子をかぶることさえも。

次に、アスターのミルクを使ってどの店よりおいしいバターを作った。シーアは、その過程でできたバターミルクを保存瓶に注いだ。

弟とともにバターを冷水で洗ってから練った——練りながら、レムは〝うわあ、ネバネバだ〟と何度も言った。

祖母はその一部に蜂蜜を加え、スイート・スプレッドを作った。

昼食はフライドチキンの残りと、自分たちで作ったスイート・スプレッドを塗ったビスケットだった。

午後は、犬たちを連れて林や丘を散歩した。シーアは念のためにクマよけスプレーを持参したが、使わずにすんだ。

三人はある家の前で立ちどまった。山小屋も同然で、シーアでさえあばら屋だとわかった。痩せこけたグレーの猫が木を駆けあがり、枝の上からシャーッと威嚇してきたが、犬たちはわれ関せずだった。

レムより幼い少年がたわんだフロントポーチに座り、ミニカーで遊んでいた。その髪は、祖母が亜麻色と呼ぶ白に近いブロンドだった。

「こんにちは、サミー。お母さんはいる？」

「うん、ミス・ルーシー」少年が叫んだ。「ママ！　ミス・ルーシーが来たよ」

戸口に現れた女性は片方の腕に赤ん坊を抱え、パンツをはいた脚にはよちよち歩きの子どもがしがみついていた。その幼子の両腕には円形の赤い湿疹があった。

「こんにちは、ミス・ルーシー」女性は息子より濃いブロンドの髪をかきあげた。

「もしかしてお孫さんたちですか？　まあ、お姉ちゃんのほうはあなたにうりふたつね」

「ええ、わたしの誇りと喜びの源よ。シーア、レム、ミス・ケイティにご挨拶をして」

「こんにちは」弟と声をそろえて挨拶し、シーアは奇妙な円形の赤い湿疹を凝視しないようにした。

「シャローナの具合が悪いって聞いたわ」

「ぜにたむしにかかったんです。清潔に保つようにしていたんですけど、頭にも発疹ができ始めて」

「専用の石鹸を持ってきたから、これを使って」ルーシーは包みのなかから、ラッピングされた石鹸を取りだした。「これで腕や頭皮を洗ってから、水気をよくふきとってあげて。湿っていると増殖するから、清潔な布でしっかりふきとってね。それから、これも受けとってちょうだい」

ルーシーは小瓶を取りだした。「少量の水とまぜてペースト状にして、乾燥するまで塗り続けて。ターメリックだから害はないし、効くはずよ」

「わかりました、やってみます。ありがとうございます、ミス・ルーシー。でも、わたし――」

「お代は気にしないで。今度ビリーがとびきりのアレを作ったときに、お裾分けしてくれればいいから。もしわたしが持参した石鹸やら何やらで、このかわいいお嬢さんの発疹が治らなかったら連絡してちょうだい」

「はい、そうします。言われたとおりにします。今、家の裏でガラスポットに日を当ててキャットニップティーをいれているんですけど、みなさんなかに入って一杯いかがですか」

「まあ、うれしいわ。でも、このあと予定があるの。あなたはかわいいお嬢さんを洗ってあげて。それから具合がどうなったか知らせてちょうだい」

「お気をつけて、ミス・ルーシー」

歩きだしてから、ルーシーが言った。「ケイティは数年前にお父さんを黒肺塵症(こくはいじんしょう)で亡くし、去年の冬に肺炎でお母さんを亡くしたの。頼れる人が誰もいないってつらいわよね」

「とびきりのアレって何？」シーアはきいた。

「密造酒のことよ、ハニーポット。ビリーが作る密造酒は絶品なの。彼は働き者よ。ときどきちょっと飲みすぎることもあるけど、一生懸命働いているわ。いい夫で、いい父親よ」

三人はほかにも数軒の家を訪問して石鹸やキャンドルを届けた。ルーシーは注文品の代金は受けとり、お金を用意できなかった人とは物々交換をした。

帰宅したとたん、犬たちは居眠りを始めた。シーアは裏のポーチに弟やルーシーとともに座り、冷たいレモネードを飲みながらシュガークッキーをつまんだ。

「おばあちゃんは山間の住民を全員知ってるの？」

「ええ、大半は。なかには人づきあいを好まない人もいるから、そういう人は向こうから来ない限り、そっとしておくわ。ケイティや、滑液包炎(かつえきほうえん)をわずらう年老いたカールのように、助けを必要とする人にはできる限りのことをする。わたしが助けを必要とすれば、誰かが助けてくれるから。あそこに寒くなったときのための薪(まき)があるでしょう。もっと必要になったら、誰かが持ってきてくれるわ。世の中はそういうものだし、そうあるべきなのよ」

毎日が新たな冒険だった。やるべき日課はあるけれど、それすらも楽しかった。シーアが牛の乳搾りをしたり、ヤギの乳搾りをするレムを目にしたりできるのは、母方の祖母の家だけだ。ふたりは鶏に餌をやり、卵を回収した。ルーシーは、ハムと卵とトウモロコシ粥(グリッツ)に合う、焼いたハムの肉汁のソース(レッドアイ・グレイビー)の作り方も教えてくれた。

毎晩、三人は休日の就寝時刻より遅くまで夜更かしをし、屋外で座って過ごした。ルーシーは星座に詳しく、レムは星座を指さしてはその名前を言うのが得意になった。ある晩には流れ星を目撃し、レムは宇宙飛行士になると決心した。さらに、二週間のお泊まりが始まったときに選んだ本を毎晩順番に朗読した。
どんな本でも選ぶことができ、ルーシーは決して〝だめ、その本はいけません〟とは言わなかった。

物語は世界を結びつけるものだ、とルーシーは語った。本を朗読するときの一番の醍醐味(だいごみ)は、声色を変えていろいろな役を演じることだ。シーアはレムにその才能があることを認めざるを得なかった。弟はうなったり、甲高い声をあげたり、声を震わせたり、取り澄ました口調で話したり、場面に応じて声を使い分けた。声に合わせて表情も変え、目をみはったり細めたり、口元をゆがめたり、にんまりすることもできた。

難しい言葉でも詰まることなく読みあげた。

ケイレブと同じく生まれつき役者の才能がある、とルーシーが告げると、宇宙飛行士になるつもりだったレムは、火星で映画を作ろうかなと言いだした。

ルーシーは毎晩、まずレムを寝かしつけるので、シーアはベッドに横たわりながらふたりの声に耳を澄ました。レムはいつだって山ほど質問することがあった、とりわけ寝つく前は。

ルーシーはシーアの部屋に入ってくるなりベッドの片側に座った。

「今夜はどんな夢を見るの？」

「魔法の森の夢」

「それはおもしろそうね」ルーシーはシーアの髪を撫でつけた。「フェアリーやエルフが大勢登場するの？」

「もちろんよ。それに悪い魔女と、彼女が魔法で呼びだした鋭い翼と牙を持つ魔犬も。魔女は森やすべてを征服したがっているから、大戦が起きてしまうの。若い魔女やエルフやフェアリーは、ええと、結束し、自分たちの力や機転を用いて悪い魔女を倒さなければならない。それと、宝探しもするわ。そんな夢を見るの」

「きっと見られるわ」ルーシーは身をかがめ、孫娘の頰にキスをした。「いつかあなたがその夢の脚本を書き、レムが演じるかもしれないわね。さあ、夢の世界へ行ってらっしゃい。明日はまた新しい一日が待っているわ」

ほぼ毎晩そうするように、シーアはまぶたを閉じて夢の世界を築き始めた。

シーアが無邪気でいられた最後の日も、いつものように早起きして夢に見たことを書き記した。森の大木や青々とした葉、金色の林檎に紫の洋梨。邪悪な魔女のモグはフードつきの黒いローブをまとい、そのローブには奇妙なシンボルが描かれていた。

絵を描くのはあまり得意ではなかったけれど、いくつかイラストを描いた。夢に登場した英雄たち――魔女のグウィン、フェアリーのトゥインク、エルフのゼッド、そして翼がある魔犬ウェンズの絵を。

物語の夢はいつも鮮明にずっと記憶しているので、あとでさらに詳しく書き足すことにした。

祖母のルールにしたがって寝具を整えてから、歯を磨いた。身支度をする前に、ゆうべから胸が大きくなったかどうか確かめた。

四月の十二歳の誕生日の二日前から生理が始まったのに、残念ながら胸はふくらんでいなかった。

いちおうジュニアブラをしているけれど、胸もないのに身につけているのがばかばかしく思えた。それに、そのネーミングからしてばかげている。そう思いつつ、祖母をまねて髪を一本の三つ編みにした。

ジュニアブラをしたくらいで胸がふくらむなら、とっくに大きくなっている！

シーアは鏡に映った顔をしばし、じっと見つめた。祖母みたいに白い筋が入ったらどんなふうに見えるだろう。祖母の一筋の白髪はいつ見ても不思議な感じだ。

もっとも、一族に語り継がれる言い伝えによれば、シーアが写真や話でしか知らない祖父が鉱山で亡くなった日の翌朝、その白い筋が現れたらしい。

自分が結婚したあかつきには、相手にそんなに早く死んでほしくない。結婚相手とは末永く幸せに暮らしたい、夢の物語がいつもハッピーエンドであるように。

ルーシーの部屋に向かいながら、シーアは祖父——ザカリヤ・ラニガンのことを考えた。誰よりも早く目覚める祖母のベッドはすでにきちんと整えられ、ドレッサーに飾られた花から丘の香りが漂い、開いた窓にかかった薄地のカーテンがそよ風に揺れていた。茶色の革のフォトフレームに飾られているのは、インテリアコーディネーターの母がシーフォーム・グリーンと呼ぶ薄緑色の目をしたブロンドの男性の写真だ。

祖父はハンサムだった。今シーアが夢中になっているニック・ジョナスとは似ていないし、はるかに年上だけれど、ハンサムであることに変わりない。

「お気の毒に」写真に語りかけながら、フォトフレームに触れた。「おばあちゃんは――ルーシーは――今もあなたを恋しがってます。わたしにはわかります。お母さんは――コーラは――父の日やクリスマス、あなたのお誕生日や命日、それ以外の日も、あなたを思いだしています。お母さんは、わたしの弟のレムの顎や口があなたに似てると思っていて、わたしもそんな気がします。とにかく……」

それ以上、フォトフレームの写真に語りかける言葉が思い浮かばず、シーアは階下に向かった。

ルーシーは裏のポーチでコーヒーを飲んでいた。

「おはよう、ハニーポット。ゆうべはいい夢を見られた？」

「ううん。邪悪な魔女のモグが出てきたわ。彼女は先が尖った黒い顎ひげを生やして、目はほぼ真っ黒なの」

「まあ、見た目も邪悪なのね！」

「もし悪い魔女がグウィンやトゥインクより早く古代の宝石を見つけたら、みんなを奴隷にして、森や丘や谷やその先の川の国まで支配してしまう」

「じゃあ、英雄たちはその宝石を早く見つけないとね。あなたの想像力には舌を巻くわ、わたしのかわいいシーア。あなたがその想像力を将来どう活かすか楽しみよ。レムはまだ寝ているのね！」

シーアはうなずき、身をかがめると、祖母の足元に寝そべる二匹の猟犬の頭を撫でた。「ココアも一緒にレムのベッドのなかよ」

「あの子たちはくたくたなのよ、そのまま寝かせてあげましょう。ゆうべは夜更かししたものね。アスターを納屋に連れていって乳搾りをしてもらえる？　そのあと雌鶏たちに餌をあげて、卵を産んでくれたか見てみましょう。モリーのミルクで今日は石鹸を作るわよ」

「レムも手伝うことになってるのに」

ルーシーは穏やかな目をして立ちあがった。「もしあなたがくたくただったら、あなたの代わりに同じことをしてほしいとレムに頼むわ」

「うん」

「レムには卵についた糞を洗い流してもらいましょう」

「実は、あの子は糞を洗い流すのが好きなの」

「楽しんでやる作業だからといって、それが楽とは限らないわ。乳搾りがすんだら、アスターをもうひとつの牧草地まで連れていきましょう。そして今夜は、夕食後に納屋へ戻すわ。嵐が近づいてるから。最大級の嵐が」

シーアは視線をあげ、白いふわふわした雲がぽつぽつと浮かんでいる青空を眺めた。だが、ルーシーの天気予報に疑念は抱かなかった。

「うん」

「嵐が近づいているわ」ルーシーはそう繰り返し、胸をさすった。

シーアは、アスターを納屋に連れていった。牛の世話は好きだけれど、祖母の言うとおり、だからといって楽なわけじゃない。

バケツめがけてアスターの乳を搾るのも好きだ。地元の友だちのなかには気持ち悪がる子もいるだろうが、シーアは好きだった。

アスターが餌を食べているあいだ、牛の乳房や乳首を洗って水気をふきとった。自分の両手も洗ったあと、ルーシーが作った乳房用のクリームを塗った。

次に前搾りをしてミルクに汚れがまじっていないか確認し、バケツを置く。

でも、おもしろいのはそこからだ。最初は搾ったミルクが清潔な空っぽのバケツに当たって鋭い音をたてるけれど、やがてバケツがいっぱいになり始めると、ポチャポチャという音に変わる。

シーアはそういう音のリズムに合わせて歌うのが好きで、アスターも気に入っているようだった。四つある乳房の最初のひとつがやわらかくたるむと、まだかたい次の乳房へ移動した。

そして、魔法の森の外の緑の丘で、ひとりの少女が牛の乳搾りをしているところを想像した。少女は森のなかの争いや、宝探しや、正義が悪を倒さなければ彼女も奴隷にされる恐れがあることなど知るよしもない。

シーアは乳搾りをしながら、その少女を夢の物語の登場人物に加えた。そうこうするうちに乳搾りは終わった。とりあえず、ここまでの作業は終了だ。

蓋をしたバケツを抱えて家へ戻り、ガラス瓶に漉し入れたとき、レムが流しで今日回収した卵を洗っていた。

弟は髪が逆立ち、片方の頬には寝具の筋がついていた。

「ココアに餌をあげた?」

「うん、あげたよ。ココアはおなかがぺこぺこだったみたい。ぼくもだけど」

「あなたはいつもおなかがぺこぺこね」

「おばあちゃんが、朝食はスクランブルエッグとハムと、チーズ入りのグリッツと、ブラックベリージャムを塗ったトーストだって言ってたよ。昨日集めた卵がまだあるけど、ぼくは今日の卵についてる糞を洗わないといけないんだ。大量の糞！　鶏のうんち！」

シーアは黙って、あきれたように弟を見た。

三人がそろって朝食の席についたときには——そのころにはシーアもおなかがぺこぺこだった——家畜の世話が終わり、ミルクのバケツは洗浄機で殺菌され、犬たちは鳥の餌台に侵入しようとするリスを追い払わんと吠えたてていた。

そのあとは、正午まで石鹼作りだ。ルーシーのもとには町にある商店からの注文や特別な依頼が入っていて、それが最優先された。

祖母がコールドプロセス製法と呼ぶ作業は、実際には熱かった！

石鹼作りには、専用の鍋やオイルや顔料、モリーのミルク、苛性ソーダ、乾燥させたハーブや花が必要だ。

三人とも長袖シャツと手袋とゴーグルを身につけなければならなかった。シーアはもう十二歳だけれど、苛性ソーダを扱ったり熱々の石鹼を型に流し入れたりするには、あと一年待たなければならないと祖母から言われている。

でも、オイルを量って溶かす作業をまかされた。ルーシーが苛性ソーダを加えてパンケーキの生地みたいになったところで、レムが顔料を加え、シーアがモリーのミルクを注いだ。

乾燥させたラベンダーや、ローズマリーやオートミールをそれぞれ使って石鹼を作った。いろいろな花びらをまぜこんだシーアのお気に入りの石鹼も。

ルーシーはカウンターに型を打ちつけて泡を抜き、丸一日かけて固めたのち、石鹼をカットする。そして二週間寝かせてから、つるせるように紐をつけ、ラベルを貼る。

途方もない時間とかなりの手間がかかっているように感じるけれど、〈マウンテン・マジック〉の石鹸やキャンドル、ローション、バスソルトといったすべての商品がよく売れていることをシーアは知っていた。

いろいろな人々がレッドバッド・ホロウへ登山をしに来たり、旅の途中にふらりと立ち寄ったりしては、〈アパラチアン・クラフツ〉にも足を踏み入れ、祖母がこの工房で作った商品を購入していくのだ。

自分が手伝って作った商品が誰かに買われて使ってもらえると思うと、シーアはうれしかった。

「さてと、石鹸作りはこれでおしまい」ルーシーは手袋を外して額をぬぐった。「軽くランチを食べたら、在庫の石鹸を箱詰めして町へ持っていきましょう。それが次の仕事よ」

「アイスキャンディーを食べてもいい？」レムが知りたがった。

「今日はきっと暑くなるから、アイスキャンディーを食べるのにちょうどよさそうね。こんなに働き者のお手伝いがふたりいるわけだし、もうひとつ、いいことを思いついたわ。今夜はピザを作ってあげる、そのあとで自家製バニラアイスにあたたかいチョコレートソースをかけたホットファッジ・サンデーを食べるのはどう？」

レムは歓声をあげ、祖母に抱きついた。「サンデーの上にチェリーをのせてくれる？」

「そうしなければ、ホットファッジ・サンデーとは言えないわ」

車の窓を開けてカーラジオでカントリーミュージックを流しながら、三人は町へ向かった。山間の小さな町へ行くには、それが正しいやり方に思えた。町の表通りには〈テイスト・オブ・アパラチア〉や〈ダウン・ホーム・イーツ〉といった店やレストランが軒を連ね、観光客の金を狙っていた。

シーアたちは店の裏のポーチまで箱を運ぶのを手伝った。すると、ひとりの女性が出てきて両手を叩いた。何度かこの店に来たことがあるシーアは、彼女のことを覚えていた。金色のチェーンがついた眼鏡を首からさげたカーリーヘアのブロンド女性はここの店主だ。

「ルーシー、今日あたりあなたが〈マウンテン・マジック〉の商品を届けてくれたらいいのにって、ついさっき話していたところよ。今朝、ラベンダーソープが売り切れたの。イリノイ州のシカゴから来た女性が最後の一個を、ラベンダーキャンドルやローションと一緒に購入したから。オレンジピールキャンドルと、フォレスト・ウォークっていうキャンドルも残り一個になったわ」

「じゃあ、ちょうどよかったわね。ふたりとも、ミス・アビーを覚えているでしょう？」

「この子たち、あなたのお孫さんなの？」店主が胸に片手を当てる。シーアはそれが驚いたふりだとわかったが、思わず微笑んだ。「だってふたりとも、去年の夏から身長が三十センチくらいのびたんじゃない？」

「ふたりとも、わたしのかわいい育ち盛りの孫よ。シーア、そこの倉庫に石鹸を運んでちょうだい。レム、あなたはリキッドソープの箱をお願い。最近のお客さんはリキッドソープがお気に入りみたいね」

ルーシーはキャンドルの最初の箱を持ちあげた。

「わたしがドアを開けるわ。子どもたちにはシュガースティックをあげるわね、もしおばあちゃんがかまわなければ」

「ふたりとも今日はそれに見合う働きをしてくれたわ」

「あなたたちはミス・ルイーザのところに行って、ミス・アビーからシュガースティックを二本ずつもらえると言われたって伝えてちょうだい。今一本なめて、もう一本はあとでなめればいいわ」

「ありがとうございます、ミス・アビー」

シーアはシュガースティックがあまり好きではなかったけれど、あとでそれを使えばレムに言うことを聞かせられると踏んでいた。しばらくは店内をぶらぶら見てまわろう。きっとルーシーとミス・アビーは商品の支払いや、噂話（うわさばなし）や、お互いの家族の近況報告で時間がかかるはずだ。

母によれば、それが南部のやり方で、暇つぶしや世間話をしないといけないから、南部ではなんでもかんでも二倍かそれ以上の時間がかかるらしい。

シーアは待つのはかまわなかった。木工細工や、ガラスや鉄などのさまざまな素材を使った工芸品や、絵画を眺められるからだ。祖母の商品が並ぶ棚を見れば誇らしい気分にもなった。

ルーシーが倉庫から出てきたときには、シーアはミス・ルイーザや、クリスマス前から働き始めたスタッフのジミーと暇つぶしをしていた。

彼は目が大きく、首が長かった。シーアは彼の耳が尖っているところを想像し、夢の物語に登場するエルフのひとりに加えることにした。

レムはシュガースティックをなめただけでは飽き足らず、グレープ味のアイスキャンディーをあっという間にたいらげた。シーアは表通りを散歩しながら、アイスキャンディーをゆっくりなめた。

ルーシーは行き交う人の大半が知りあいで、さらに世間話をした。それから銀行まで歩き、午後三時で閉まった銀行の夜間金庫に売上金を預け入れた。

「銀行の人はどうやってあれがおばあちゃんのお金だってわかるの？」

ルーシーは坂道をのぼりながら、レムを見おろした。「あれはわたし宛の小切手だし、わたしが裏書きして、預け入れ伝票に名前や口座番号を書いたからよ」

「銀行の人がそれを横取りして、受けとらなかったって嘘をつかないとどうしてわかるの？」

「まあ、ずいぶん疑り深いわね、レム。一番の理由は、ここの支店長をあなたくらいの年のころから知っているからよ。彼はわたしの兄のバックとよく駆けまわっていたわ。あなたのおじいちゃんがぐずぐずしてなかなか誘ってくれなかったから、一度だけ彼とダンスパーティーに行ったこともあるの。あれ以来、ザカリヤはぐずぐずしなくなった」

「その人の唇にキスしたの？」

「とんでもない。わたしが目をつけていたのは、ザカリヤ・ラニガンだもの」

「支店長はおばあちゃんが唇にキスしてくれなかったから、お金を横取りするかもしれないよ」

　レムの髪をくしゃくしゃとかきまぜると、祖母は大きな笑い声をあげた。「彼はわたしのことなんか引きずっていないはずよ。だって、わたしの親友のアビゲイル・バーンズと――ミス・アビーのことよ、彼女と結婚したんだから。ふたりには娘が三人と、孫が五人いるわ」

「片思いの相手を思い続ける男もいるよ」レムが利口ぶって言った。

「レミントン・フォックス、あなたはいつだって楽しませてくれるわね」

「ねえ、ぼくの舌、紫になった？」

「ええ」

「いつもそうだったら楽しいよね」

「ほらね」祖母はレムの肩に腕をまわし、もう片方の腕でシーアの肩を抱いた。「あなたはいつだって楽しませてくれる」


シーアはその日が人生で最高の一日だと感じ、日記にもそう書いた。自分ひとりで、アスターの乳搾りをした！　それに、ハムとグレイビーの料理を手伝った――レムが（そしてパパも）手伝ってくれたら、ママの誕生日に朝食を作ってあげられる。今日は石鹸作りも手伝った。完成してきれいにラッピングするところは立ち会えないけれど、おばあちゃんがその写真を送ってくれるだろう。

町に行って暇つぶしもした。家に戻ってから、ちゃんとお留守番をしていた犬たちにおやつをあげた。そのあと、アイスクリームを作って、あとで食べるために冷凍庫にしまった。

祖母がチーズをすりおろすあいだ、シーアとレムは用意してもらった生地とソースでそれぞれ自分のピザを作った。祖母が自分のピザにマッシュルームとオリーヴをのせると、その背後でレムはうえっという顔をした。

夕方の家事をすませ、星がまたたきだすと、三人はサンデーを持って裏のポーチに座った。

夜空に散らばる無数の星を眺めながら、シーアは嵐になるという祖母の予測は外れるかもしれないと思った。

その晩、ルーシーが寝かしつけにやってくると、シーアは日記を脇に置いた。

「明日で一週間経っちゃうわ」

ルーシーはベッドの片側に座った。「まだ一週間残っているってことでしょう。それに、二カ月後にはみんなでビーチに行くじゃない。家族と海辺の家に泊まるなんて生まれて初めてよ！　こんな計画を立ててくれるなんて、あなたのママとパパは本当に優しいわ。おまけに、そのほんの数カ月後には、あなたたちがまた訪ねてきてくれる。あなたたちが想像もできないような感謝祭のディナーを用意するつもりよ」

ルーシーはシーアのこめかみを人さし指でつついた。「楽しみに待っていてね」

「そのころには景色ががらっと変わっているんでしょう。早く見たいな。クリスマスには、おばあちゃんが会いに来てくれるのよね」

「ええ、そうよ。そしてイースターにはあなたたちが来てくれる」

「そうしたらアメリカハナズオウの花が見られるね」

「ええ、それに野生のハナミズキも。まるで絵のようにきれいよ。今夜はあの夢の続きを見るの？　それとも新しい夢？」

「まだあの夢は終わっていないわ。エンドンの魔法の森の夢は」

「エンドン？」

「それがあの世界の名前なの。それに、新しい登場人物を二、三人思いついたから、どうなるか確かめないと」

「じゃあ、いい夢を」ルーシーは身をかがめてキスをした。「彼らがどうなるか、わたしも知りたいわ」

満ち足りた思いで、シーアは寝具にくるまり、まぶたを閉じた。うつらうつらしつつ足を踏み入れた夢の世界は色鮮やかで、冒険と魔法に満ちていた。彼女が夢を見ているあいだに、雲が星を覆い始めた。遠くで雷鳴が鳴った。

予想どおり嵐が到来すると、魔法の夢は悪夢に変わった。

3

ルーシーがアイスクリームを固めようと冷凍庫に入れたのと同じころ、コーラはミーティングを終えた。ミーティングは大成功で、彼女は頭のなかで自分の背中をぽんと叩いた。

今日はこのあとの予定がないため、買い物をして、ジョンとささやかなお祝いをすることにした。

ドライクリーニング店で服を受けとり、印刷会社に立ち寄って最新のちらしを頼み、お気に入りのワイン専門店に行ったあと、ジョンに焼いてもらうステーキ肉二枚をスーパーで購入し、ファーマーズマーケットでサラダの材料とジャガイモを買おう。

コーラが作る二度焼きベイクドポテトはジョンの大好物だ。

母親ほどの料理上手には決してなれないけれど、ジョンと力を合わせればそこそこいい料理が作れる。

やたらと口うるさい裕福な顧客とのミーティングを成功させた彼女は、プロフェッショナルな女性にふさわしい装いだった。

髪はフレンチツイストに結い、ローズピンクのノースリーブワンピースにハイヒールのサンダルを合わせた。

ワーキングマザー用の腕時計の代わりに、ジョンが結婚十周年の記念にくれたブルガリを身につけた。とんでもない贅沢品だと意識はしている。

ジョンはその腕時計の裏に〝永遠に〟という言葉を刻み、それをハートマークで囲んだ。

コーラはそれを大いに気に入っていた。

ラジオを流して笑みを浮かべながら車を走らせ、次々と用事をすませた。

スーパーへ行くと、子どもたちのことを思いだした。コーラとジョンは買い物に子どもたちを連れてくるという過ちを犯すたび、決まって二種類のポテトチップスや二種類のアイスクリーム、二種類のシリアルなどを購入する羽目になった。

子どもたちが無性に恋しい。

別に、夫婦ふたりきりで過ごすのが楽しくないわけではない。おかげで体力も回復したし、セクシーな気分も味わっている。でも子どもたちの顔やエネルギー、つまらないきょうだいげんかですら今は恋しかった。

一日置きに電話で話し、そのたびにシーアとレムからあふれでる喜びや興奮の声に胸が満たされる。

ふたりともあの小さな農場が大好きだし、コーラの母は毎年、ふたりに最高の二週間を与えてくれる。ルーシーは子どもたちにしっかり目を配り、ありとあらゆる方法でふたりに愛情を示した。

今後は、その愛情や気遣いをビーチや感謝祭やイースターでもさらに受けることになる。

家族で過ごす短い休暇は、みんなにとって価値あるものとなるはずだ。

いいステーキ肉を選びながら子どものことを考えていたコーラは、買い物かごにコーラの六缶パックとチートスとチョコチップクッキーを入れた男には気づかなかった。

だが、レイ・リッグスは彼女に目をとめた。

リッグスはひと目見れば金持ちの女がわかるが、今目にしてるのもそういう女だ。インテリぶったヘアスタイルに、スクエアカットのダイヤモンドの結婚指輪セット、最高級腕時計。

彼の目には、その腕時計が〝わたしはあなたとは違うわ、レイ〟と叫んでいるように見えた。

なんて憎らしい女だ。

着飾った格好でスーパーに来るなんて。きっと老いぼれた金持ちが手に入れた年の離れた美人妻に違いない。その手の女はリッグスみたいな人間を見下している。

そう思うと、腸が煮えくり返った。

こういう女は高級車を乗りまわし、豪邸に住んでいる。あの腕時計みたいな高級品が山ほどある屋敷に。金庫にも大金が入っているに違いない。

その金には興味をそそられた。

すっかり興味を引かれたリッグスは、買い物かごをその場に残し、ふらりと店を出て車に向かった。

車体の色を塗り替えたから、もうこの車は自分のものだ。裕福な元の持ち主が選んだのは人目を引くチェリーレッドだったが、目立たない黒にした。メリーランド州のナンバープレートはすぐさまペンシルヴェニア州のプレートにつけ替えた。ハイウェイ沿いの安いモーテルに行けば、別の州のナンバープレートは必ず見つかる。

放浪生活を始めて二年経った十八歳の今は、安いモーテルにも慣れ、盗難車を別の車両に仕立てあげる方法も心得ていた。

この黒いメルセデスベンツのセダンも、もともとはフィリップ・アレン・クラーク名義で登録されたものだ。そいつは今ごろ醜いババアの女房のバーバラ・アン・クラークとともに、メリーランド州ポトマックの墓石の下で朽ち果てていることだろう。クラーク家からは高級腕時計を四本盗み、だんなのロレックスは二週間後にワシントンＤＣで質に入れた。醜いババアも立派な宝石を持っていたが、すべての宝石と残りの腕時計はもう何年か待ってから金に換えるつもりだ。

レイ・リッグスはまぬけではないからな。

それに、あのババアを殺す前に金庫の暗証番号を聞きだして、七千ドルの現金も手に入れた。さらにふたりの財布から二千三百ドル、ババアの下着が入った引き出しからもへそくりが見つかった。

ふところが潤ったリッグスは、マートルビーチのビーチハウスを借りた。

こんがり日焼けして、金持ちの観光客を下調べするために。

ファストフードを買いにこのスーパーに立ち寄ったのは、ガソリンスタンドだとぼったくられるからだ。

いつかこらしめるためだけに、ガソリンスタンドを爆破してやってもいいな。

だが、今はこのスーパーに立ち寄ったのは運命に思えた。店から出てきたあの金持ち女が紙袋を手にＢＭＷに乗りこむのを見て、あらためてそう確信した——なんで誰も国産車を買わないんだ？

もともと別の車に乗り換えたいと思っていたし、念のためウェストヴァージニア州のナンバープレートは盗んである。

やはりこれは運命だ。

女に続いて駐車場をあとにし、ファーマーズマーケットまで尾行した。あんな女が農家（ファーマー）のことを気にかけるとは到底思えないが。

女はまた小さな紙袋をひとつ抱えて車に戻った。

子どもはいないようだ。子どもがいたら、あれじゃ足りない。

たぶん、きゃんきゃん吠える犬を飼っているんだろう、だとしたらその犬も始末する必要がある。

いかにもきゃんきゃん吠える小型犬を飼っていそうなタイプだ、フラッフィーとかチョーンシーとかいう名前の犬を。

なら、フラッフィーのやかましい頭を蹴りつけるまでだ。

女は大きな豪邸が立ち並ぶ地区へと車を走らせた。リッグスはそういうたぐいの家をＢＤＧと呼んでいる。バカ・デカい・豪邸と。

メルセデスベンツなら少なくとも数分は怪しまれないだろうと踏み、車を停めた。

高級住宅街に住む連中は高級車を乗りまわす人間にトラブルを起こす人はいないと思いこんでいる。

大いなる勘違いだ。

ガレージのドアが開き、女が駐車するとふたたびドアが閉まった。

リッグスはさらに数分間、運転席に座ったまま考えをめぐらせ、計画を立てた。すると女が玄関から出てきた。

女はフロントポーチの鉢植えや柱からつるした鉢に水をやり始めた。きゃんきゃん吠える小型犬が一緒に出てこなかったところを見ると、犬は飼っていないのかもしれない。

彼女がじょうろを置いたとき、SUVが私道に入ってきた。またしてもBMWだ。おりたったのは老いぼれではなく想像よりも若い男で、すらりと背が高く、体が引きしまっていた。つまり、計画を若干変更する必要がある。

女がポーチの階段をおり、男が歩み寄った。

ふたりは抱きあってキスを交わした。

犬の鳴き声も、〝パパ、お帰り〟という子どもの叫び声も聞こえない。

どうやらこのデカい豪邸にふたりきりで住んでいるらしい。この家はリッグスのものであるべきだ。何もかも彼のものであるべきだ。

今夜を境に、この一部がリッグスのものになる。

ふたりが家に入ると、リッグスは車で通り過ぎ――制限速度をきちんと守りながら――ぐるりと屋敷の裏手にまわった。

案の定、広々した裏庭といまいましいプールがある。

リッグスに言わせれば、あまりにも贅沢な暮らしをしているやつらが多すぎる。自分がその一部を手に入れるのは、正しくて公平に思える。ほしいものを手に入れるべきなのだ。

何しろ、あのふたりはリッグスの手によって、この資産を持っていけない場所へと送られるのだから。

家のなかに入ると、コーラはジョンにじょうろを渡した。「水を入れてポーチに戻しておいてもらえる？　上階にあがって着替えたいの」

「きみはとってもきれいだよ」

「でしょう？　アデルはこのヒールを絶賛していたわ。それに、わたしがこのすばらしい腕時計をつけるたび、彼女の羨望のまなざしを感じるの。ミーティングについて報告したいんだけど――どれもいい知らせよ――その前に、足が悲鳴をあげ始めたから、すてきなヒールを履き替えてくるわ」

「ああ、そうするといいよ。ぼくもバーナビー家のプロジェクトに関していい報告がある。それとも、きみをそのままディナーに連れていこうかな。食事のあとは映画でもどうだい？」

コーラは階段の途中で立ちどまり、肩越しに誘惑のまなざしを向けた。「まあ、ジョン・フォックス、わたしをデートに誘っているの？」

「きみをデートに誘わないなんて頭がどうかしてる」

「もちろんわたしの答えはイエスよ。でも、明日まで待ってもらえる？　今夜は予定があるから」

ジョンは小首をかしげ、粗野な男を装った。「予定ってなんだ？」

「いいわ、教えてあげる」誘惑の微笑みを浮かべたまま、ヒールを脱いだ。「帰り道に寄ったスーパーで買ったステーキ肉をあなたに焼いてもらって、わたしは得意料理の二度焼きベイクドポテトを作る予定なの」

「あれは世界的に名高い絶品料理だ」

「ファーマーズマーケットの野菜でおいしいサラダも作るわ。それと、あなたの大好きなカベルネ・ソーヴィニヨンも買ってきたわよ」

「最高の予定だね。デザートはなんだい？」

「きっと今ごろ子どもたちは大いに楽しんでいるはずよ。そして、わたしたちはがらんとした大きな家にふたりきり」指にストラップを引っかけてヒールを揺らした。

「だったら、夫と騒々しいセックスを思う存分楽しむべきじゃない？」

「まさに最高のデザートだ」

「お母さんのアップルスタックケーキをしのぐくらい？」

「ああ、上まわるよ」

「賢明な回答ね。じゃあ、ワインのボトルを開けて。わたしは戻ってきたらベイクドポテトに取りかかるわ。あなたがステーキを焼き始める前に裏庭でひと息つきましょう」

「愛しているよ、コーラ」

彼女は歩き続けながらふたたび振り返り、腕時計を指で叩いた。「永遠に」

開放的な空間を横切ってキッチンに向かおうとしたジョンは、ギャラリーウォールの前でふと立ちどまった。家族のギャラリーの前で。家族写真はふたりから始まり、やがて三人、四人と増えた。子どもたちの写真や、彼女の母親や弟たちの写真。集合写真、ひとりずつの写真、そういった写真が壁を埋めつくしている。

写真に写ったみんなのおかげで、ジョンは世界一番幸運な男になった。

永遠に。

彼はキッチンに入ってワインの栓を抜くと、じょうろに水を注いだ。

レイ・リッグスはメルセデスベンツを洗車したあと、余分に金を払って隅々まで掃除してもらった。

これですっかりきれいになった。

その後、プルドポークサンドイッチに絶品のコールスローとフライドポテトを出す店を見つけた。屋外に座って夏の暑さを楽しみ、食事をしながら例の豪邸をスケッチした。

その気になれば建築士になれたと思うが、他人が住む家を設計するなんて冗談じゃない。

リッグスの見立てでは、高級なマスタースイートルームも含めて寝室は二階にあるはずだ。もし金庫があるとしたら、それも二階だろう、あるいはホームオフィスか、賢さをひけらかす書斎かもしれない。

戦利品は現金と宝石、そして夫婦どちらかの車だ。

盗んだ車でノースカロライナまで南下し、安いモーテルで一夜を明かそう。翌朝出発すれば、金持ち夫婦が亡くなったことに誰かが気づく前に、マートルビーチまでかなり進めるはずだ。

完璧な計画だと確信し、リッグスはコーラを飲んだ。あとは数時間、暇つぶしをするだけだ。

ショッピングモールへ行ってぶらぶらし、ゲームセンターに寄ってから映画を観た。『トランスフォーマー：リベンジ』を。

映画はまずまずだった。

十一時ごろ、閑静な高級住宅街にゆっくりと車を走らせた。まだ近所の明かりがたくさん灯っている。しばらく走りまわった結果、すべて片づいたら、95号線を使って南下するのが一番の逃走経路だとわかった。

午前一時になると、通りは静寂に包まれた。ポーチの明かりや保安灯、泥棒よけのためにつけっぱなしにされた屋内の明かりが見える。

侵入経路はすでに計画済みで、裏手にまわった。ヘッドライトを消し、私道に車を停め、エンジンを切る。

防犯用の明かりがついたり犬が吠えたりしないか、しばらく様子を見たが、静まり返ったままだった。手袋をはめたあと、フロントシートやハンドル、ダッシュボードをもう一度よくふいた。次に、運転席の下からスミス&ウェッソンの9ミリ拳銃を取りだす。

三度目の殺しでこの拳銃を手に入れた——狡猾な弁護士と偽物の巨乳女を始末したときに。

その前の夫婦を殺害したとき同様、ふたりの喉を切り裂いたが、あれには参った！別に大量の血を見るのがいやだというわけじゃない。だが、血しぶきを浴びるのは勘弁してほしい。

ともあれ、現金と宝石に加え、拳銃が手に入った。

たくさんの弾薬も。まあ、弾薬は必要になったら買い足せる。

射撃の腕がいいわけではないが、至近距離なら問題はない。

そのことを次の殺しで証明した。

リッグスは同じ悪徳弁護士からせしめた革のホルスターに銃をしまい、車のトランクからバッグを取りだした。

旅は身軽にするタイプなので、バックパックを背負い、ダッフルバッグを肩からかけた。

トランクを——静かに——閉めてふいてから、歩きだした。

よその家の庭を横切り、難なく塀をよじのぼってお目当ての豪邸に忍びこんだ。輝くプールに広いパティオ。二階にはデッキか。そのガラス戸の向こうに高級腕時計をはめた金持ち女が眠っているはずだ。

プールを迂回(うかい)してパティオを横切ると、二、三千ドルはしそうな大きなぴかぴかのバーベキューコンロが目にとまった。

そのぴかぴかのバーベキューコンロを見ただけで、リッグスのいらだちが募った。

もし手元にバットか鉄パイプがあれば、今すぐこのコンロを叩きつぶしてやるのに。

代わりにぐっと怒りをこらえた。自分にはやるべきことがある、計画を遂行するには雑念を振り払わなければならない。

ゆっくり深く息を吸い、手袋をはめた両手でパティオのガラス戸に触れた。そして頭をクリアにした状態で、意識だけ屋内に押し入った。

リッグスには昔からそういう能力があった。

母親は息子の能力が消えるよう祈り、父親は理屈で封じこめようとした。

ふたりとも失敗した。

いつか、こんな豪邸も、水遊びができるプールも与えてくれなかった両親に仕返ししてやる。

大きなぴかぴかのバーベキューコンロでステーキを焼く代わりに、しみったれたグリルと木炭でハンバーガーを焼いていた両親に仕返ししてやる。

だがその日が訪れるまでは、自由に暮らしながら、この特殊能力を使って金持ちから奪うだけで充分だ。

屋内に犬はいなかった。今はいないが、一匹いた。それに子どもがひとり、いや、ふたりだ、だが今はいない。

今この家にいるのは、予想どおり二階で眠っている人間だけだ。

それなのに、うなじに息を吹きかけられた気がした。まるで誰かに間近で見られているかのように、自分の頭に侵入されたんじゃないかと錯覚するほど間近で。

その考えに額から冷や汗が流れ、思わず振り返らずにはいられなかった。

あり得ない。

保安灯は点灯しなかったし、ほかに警戒すべきものは何も見当たらなかった。

ある年の夏、けちな親父(おやじ)と一緒にこの手のバカデカい豪邸にセキュリティーシステムを設置したことがあるから、どこに気をつけるべきかは心得ている。

セキュリティーシステムを見つけたら何をすべきかも。

だが、大きなガラス戸には鍵しかついていなかった。

鍵をこじ開ける代わりにバックパックからガラスカッターを取りだす——リッグスのピッキングの腕前は超一流だ。

ほどなく丸く開いた穴に慎重に片手をさしこみ、鍵をひねってゆっくりとガラス戸を開けた。

家に入るやいなや、広いキッチンや、巨大な壁掛けテレビ、セクショナルと呼ばれるL字型の大きなソファを見まわす。

その先のリビングルームや、暖炉、ソファや椅子、テーブルやランプも見通せた。

すべてが上品で美しかった。

リッグスこそこういう家に住むべきだ。別に、ここの住民が彼より勝っているわけじゃない。ただ連中は運に恵まれ、それをひけらかすのが好きなだけだ。

正直何もかも叩き壊したかったが、頭がクリアな状態でいなければならない。

マッドルーム（泥のついた衣類や靴を脱ぐ場所）があり、そこのドアはガレージにつながっていた。そもそもこんな家に住む連中の靴に、泥（マッド）なんてつくもんか。

ホームオフィスまであった――あいつらが生計を立てるためにわざわざ働くわけがないのに。

写真で埋めつくされた壁。見ろよ、やつらはカメラに向かって微笑んでる！　ビーチではしゃぎ……。

リッグスは少女の写真に目をとめた。金持ち女にそっくりだ、ただ……。

その目の何かが引っかかり、リッグスは呼吸が浅くなって頭にかすみがかかった。

小娘はこちらをじっと見つめているようだった。

まるで彼の頭のなかをのぞきこんでいるかのように。

リッグスの血が凍りつき、背筋に寒気が走った。

思わず両手をきつく握りしめていて、二階で眠るふたりや屋内を探る感覚が一瞬鈍った。

両手の力を抜き、汗ばんだ手のひらをジーンズでふく。

緊張を解いて頭をクリアにしなければ、透視ができない。

「おまえがここにいなくて残念だよ。残念でたまらない。いたら、おまえも始末してやったのに」

きっとこの小娘には信託財産があるはずだ、小娘とこの坊主――おそらく弟だろう――には。ここにいたら、ふたりとも息の根をとめてやったのに。だが、金持ちのガキ向けのサマーキャンプにでも行っているのだろう。

しばしわれを忘れて、その写真を、そのブルーの瞳を凝視した。その瞳のせいで両手が震え、小娘の顔を拳で殴ってブルーの瞳を閉じさせたい衝動に駆られた。

彼は写真に背を向け、呼吸を整えると、頭をクリアにした。

自分にはやるべきことがある、動揺するな、と言い聞かせる。

リッグスは銃を抜きながら、階段をのぼり始めた。

とどろく雷鳴も、こもった銃声も、シーアを目覚めさせることはなかった。ただ夢に囚(とら)われ、悲鳴をあげ続けた。だが、その悲鳴も頭のなかで鳴り響くだけだった。叫び、すすり泣きながら、なすすべもなく眺めていたが、ついに呪縛が解けた。

稲妻が光った瞬間、震えながらベッドから身を起こしたが、叫びたいのにちゃんと息が吸えなかった。もう十二歳にもなることさえ忘れてベッドから這(は)いだす。脚に力が入らないので、床に落ちて頭はくらくらし、みぞおちが震えた。

あまりの寒さに歯がかちかちと音をたてたが、床に手をついて立ちあがった。

今も外で吹き荒れる嵐に襲われたボートのように、床が傾き、揺れている。

壁に片手をつきながら、なんとか祖母の部屋へ向かった。

祖母に抱きしめてもらい、髪を撫で、ただの悪夢だと言ってほしい。

だが祖母の寝室の入口にたどり着くと、ルーシーはベッドの片側に座り、身を震わせながら号泣していた。

「おばあちゃん、おばあちゃん」

シーアはその瞬間を、祖母と目が合った瞬間を一生忘れないだろう。同じ色の瞳は涙に濡れ、ショックや痛切な悲しみがあらわになっていた。

稲光を彷彿させるまばゆい火花が、ふたりのあいだで一瞬光った。

火花が散ったとたん、シーアは両親が亡くなったことを知った。

カップからこぼれた水のように、床に崩れ落ちた。

祖母はそんな彼女を抱きしめ、髪を撫でてくれた。

でもシーアが期待する言葉はかけてくれなかった。嘘をつくことになるからだ。

「わたし――わたし、見たの――」

「ああ、なんてこと、シーア」ルーシーは孫娘を抱きながら、入口の床に座りこんで身を揺らした。「ダーリン、マイ・ベイビー」

ルーシーはあえぎ、鼓動が激しく脈打った。

「保安官に連絡しないと。わたしにつかまっていて。しっかりつかまっていてちょうだい。保安官がヴァージニア州の警察に連絡してくれるわ。そうすれば……確認してくれるはず」

「おばあちゃんも見たのよね。同じものを見たんでしょう。でも――」

「とにかく電話をかけさせて。わたしにつかまっていてちょうだい」

「吐き気がする」

「そうよね」

頭をだらりと垂らしたシーアの体を、ルーシーはなかば抱えるようにしてベッドまで運んだ。

「ゆっくり息をして。吐きそうになっても心配しないで。わたしにしっかりつかまっているのよ、そう、その調子、ゆっくり息をしましょう。そのうち、めまいはおさまるわ」

ベッドにたどり着くと、ルーシーは孫娘を上掛けでくるんだ。「両膝のあいだに頭を入れて、ゆっくり息をして。すぐにおさまるから」

部屋がぐるぐるまわるなか、シーアは祖母に言われたとおりにした。やがて、祖母がナイトテーブルの受話器を持ちあげるのが聞こえた。

祖母の声が奇妙に響いた。まるでがらんとした大きな家でしゃべっているかのように、すべての音がこだましている。

「もしもし、テート、ルーシー・ラニガンよ。あなたに頼みがあるの」

話し声を聞き流すうち、シーアのめまいは祖母が言ったとおり、おさまり始めた。寒気が消えると、今度は体中が一気に熱くなった。

「さあ、横になって、ダーリン。お茶をいれてきてあげる」

「ひとりにしないで。お願い、わたしをひとりにしないで」

「お茶を飲めば落ち着くわ。わたしを信じて、シーア。一緒に階下(した)へ行く？　階段をおりられそう？」

シーアはうなずきながら祖母にもたれた。「もう具合は悪くならないと思う」

「レムを起こさないようにしましょうね」ルーシーがシーアに片方の腕をまわしたが、その腕は今も震えていた。「ここから階段よ。ゆっくりおりましょう」

「もうめまいはしないし、吐き気もしないと思う」シーアはすべてが熱く感じる一方、体中が麻痺(まひ)していた。「わたしには見えた。見えたの、おばあちゃんも見たんでしょう。あれは悪夢なんかじゃない」

「悪夢であるように祈っているわ。さあ、テーブルの席に座って、お茶をいれるから。これまで、あなたとわたしの能力について話したことはなかったわね、ダーリン。あなたのママは――」

「ママはこの能力が好きじゃなかった」

「不安になるからよ、ただそれだけ。コーラはこの能力に不安を抱いていたの。さあ、座って。マッキノン保安官が向こうの警察に連絡すれば、彼らが確認してくれるわ。そうしたら――電話がかかってきて何事もなかったと言われて、わたしたちったら大騒ぎしてばかみたいって思うはずよ」

「おばあちゃん――」

「わたしたちはまだ起こっていない未来の予知夢を見ることがある。そういうことはしょっちゅうあるわ」

「でも、これは違う」ふたたび涙があふれ、シーアは絞りだすように言った。「ふたりともうこの世にいないわ、おばあちゃん。そう感じるの。おばあちゃんも同じでしょう」

　乱れた髪を肩先まで垂らし、ショックで顔面蒼白になりながら、ルーシーは叫び声をこらえるように口の前で両手を組みあわせた。「わたしには、そこまではっきりとは見えなかった」

「わたしにははっきり見えたわ。その場にいたから。見て、聞いて、においも嗅いで、感じたの。悲鳴をあげたけど、その声はふたりに届かなかった。たぶん犯人には聞こえたと思う」

ふいにシーアはぐったりし、テーブルに頭をのせた。「あの人がパパとママを殺したとき、わたしはその場にいた」

「まだ起こっていない未来であるように祈りましょう。予知夢を見たことで、未来を変えるの。食いとめるのよ。でも、今は祈ることしかできない」

今もこれからもずっと祈ることはできると、シーアは胸のうちでつぶやいた。でも、だからといって両親が亡くなった事実は変わらない。感覚が麻痺していても祖母の途方もない悲しみは——悲痛な思いは——伝わってきたので、シーアは黙っていた。

ルーシーは自分のありったけの強さをかき集め、さんざしの茶葉を量った。今は孫娘のことを考えて世話をしなければならないし、ほかのことは考えるべきではない。

シーアはショックと悲しみに打ちのめされてテーブルに突っ伏している。この子はルーシーが身ごもって産んだわが子ではない。全身全霊で愛したわが子ではない。成長した愛娘（まなむすめ）が結婚したすばらしい男性でもない。ルーシーがおなかを痛めて産んだ息子と同じくらい愛するようになった男性でもない。

目の前にいるのは、今この瞬間に強いルーシーを必要としている子どもなのだ。だからこそ強くならなければいけない。

孫娘とはこの特殊能力についてもっと前に話しあうべきだった。この能力が強くまぶしく光り輝くものであると知っていたのだから、孫娘が力を制御できるよう手伝うべきだった。

もう過去は変えられないと、ルーシーは自分に言い聞かせた。今はお互いが知ってしまったことに孫娘が対処できるよう強くあらねば。

自分が悲嘆に暮れるのは後まわしだ。

テーブルにティーカップを置き、シーアの髪を撫でた。「お茶を少し飲んで、ハニーポット。飲んだら気持ちが落ち着くと保証するわ」

「今は何も感じられない。自分のなかのすべてが消えちゃったみたい」

「それは自分たちの身を守るためよ」でも、いずれ戻ってくる。何もかもが鮮明によみがえってくる。「さあ、少しでいいからお茶を飲みなさい。そして、わたしの話を聞いてちょうだい。いいわね」

シーアは顔をあげ、ティーカップをつかんでうなずいた。

「このあと、なぜわたしが警察に助けを求めたのか問いただされることになる。電話をかけてきてその質問をするのが、あなたのママであるよう願っているわ、シーア。そう願わずにはいられないの」

シーアはお茶をひと口飲むと、ふたたびうなずいた。

「でも誰に質問されるにせよ、それに答えるのはわたしにまかせて」

「どうして？」

「あなたに特殊能力があると知れば、ひと儲けしようとたくらむ人や追いかけまわす人が出てくるからよ。逆に、この能力を信じられず、ひどい言葉を投げつけてくる人もいる」

「それならもう知ってるわ」

ルーシーはため息をつき、心からの後悔が声ににじんだ。「この能力に関して、あなたに正しいことをしてあげられなかったわ。ごめんなさい」

「ママは心配してた。この能力を恐れていたから」

「ええ、そうね」

孫娘のやわらかい頬に幾分赤みが戻った。元に戻ってはいないけれど、少なくともほんの少しは。ただ、もうあどけない瞳ではなく、まなざしはうつろで、今も麻痺状態が続いているのだとルーシーにはわかった。

「これからどうするの、おばあちゃん？」

「それは――」

玄関のドアをノックする音に、ルーシーの胸が丸められた紙のように自ずとかたくなった。けれどもシーアや、二階で眠る孫息子のためなら、ふたたび冷静さを取り戻すことはできるし、そうしなければならない。

ただ、決してもう元の状態には戻らない。

ルーシーはシーアに上階に行って待っているよう言いかけたが、それは過ちだとわかった。だから立ちあがり、シーアに手をのばした。

「わたしの手をしっかり握っていて」

ふたりはテーブルにティーカップを残し、手をつないでともに玄関へ向かった。

4

激しかった嵐の勢いが衰えても、依然として木々を吹き抜ける突風が枝を揺らしていた。雨は小降りになり、空気は湿ってかすんでいる。丘の向こうから聞こえる雷鳴も、耳障りな雑音程度になった。

フロントポーチにたたずむテート・マッキノンはがっしりした体に制服をまとい、五十を過ぎても浅黒い肌にはほぼしわがなかった。そのダークブラウンの目に、今は悲しみをたたえていた。

彼は、同じく制服姿の女性の保安官代理を連れていた。ルーシーはテートのことを幼いころから知っていて家族も同然だったが、女性が必要になるかもしれないと考えて、彼が部下を同行させたのだとわかった。

その瞬間、誰かの言葉が発せられる前にすべてが一変していた。シーアから指摘されたとおり、ルーシーにもうわかっていたことだが、その変化が待っていましたとばかりに鋭く胸を切り裂いた。

これからは常に、事件が起こる前と起こったあとに分類される。この瞬間が永遠に時の流れを隔てるのだ。

「テート」ルーシーが口を開くと、握っているシーアの手がこわばった。「それから、あの、ドリスコル保安官代理だったわよね。あなたのお母さんのことは知ってるわ」

「はい」

「ルーシー」

ルーシーは唇を引き結び、テートに向かってうなずいた。「どうぞ、なかに入って。みんな腰をおろしたほうがいいから」

テートはルーシーからシーアに視線を移し、ふたたびルーシーへ戻した。

ルーシーは無言でまたうなずいた。「みんな座ったほうがいいわ」テートたちがなかに入ると、ドアを閉め、覚悟を決めた。「正面のリビングルームで話しましょう」

ルーシーはみんなを先導し、ソファに腰をおろしてシーアの肩を抱いた。

テートに続き、保安官代理が椅子に座った――彼女のファーストネームはたしかアリスだ、ルーシーは思いだした。たしか、祖母にちなんだ名前だったはず。

ルーシーはシーアをしっかりと抱きながら、テートの目をじっと見つめた。告げられるまでもなかったが、彼はそれを口にしなければならない。

「心からお悔やみを言わせてくれ、ルーシー」丘の向こうでとどろく雷のように、彼の声が響いた。「こんなことを伝えるのは本当につらいが、コーラとジョンが亡くなった」

「あの男が殺したのよ」ルーシーが警告するようにぎゅっと肩をつかんだが、シーアが口走った。

「あの男って誰のこと？」アリスが問いただし、テートから向けられた冷ややかなまなざしを無視した。

「わかりません。誰なのかはわからないけど、あの男は裏のドアに、ガラス戸に穴を開けて、手を突っこんで鍵を開けた。わたしたちの家が大嫌いなのに、ほしがってた。パパとママのことも大嫌いで、殺したがってた」

「どうしてそんなことがわかるの？」

「保安官代理」テートが重々しい声でとがめると、アリスは押し黙った。

「ルーシー、捜査を担当するフレデリックスバーグの警察がきみと話したいそうだ、おそらく子どもたちとも。とてもつらいとは思うが、わたしのためにいくつか質問に答えてもらえないか。まずはわたしと話すほうが気が楽だろう」

「ええ、いいわ、テート」

「コーラやジョンから何か心配事があるとか、脅迫されているというようなことを聞いていたら教えてくれ」

「いいえ、まったく聞いたことがないわ、ゆうべも話したけど。でも今夜はふたりのことが気になって、それで――」

「パパもママもあの男のことは知らない」シーアが口をはさんだ。「あの男もパパとママのことを知らなかった。それなのに憎しみを抱いたの」

「シーア……」ルーシーは口ごもった。

可哀想（かわいそう）な孫娘が腕のなかで震えているのに気づき、娘夫婦が亡くなったあとの人生を受け入れざるを得なかった。

自分の今後だけでなく、シーアの今後の人生も。

「いいわ、続けて、ダーリン。あなたが見たことや、知っていることをふたりに話してあげて」

「あの男はパパとママに怒り狂っていたわ、おばあちゃん。ふたりのことを知りもしないのに。パパとママが高級なバカデカい家に住んでるのが我慢ならなかったの。あの男が頭のなかでそう言ってた……それに、腕時計にも腹を立ててた。パパが結婚記念日にママにプレゼントした腕時計よ。ママはそれを特別なときにしか身につけないの。それなのに犯人がいったいどうしてその腕時計のことを知ったのかはわからない。でも――」

シーアは言葉を切ると、ルーシーに身を寄せた。「あの男がガラス戸に穴を開けるまでは、ほとんど見えなかった。キッチンからパティオやプールに出るときのガラス戸よ。犯人はプールにも怒ってた——あとバーベキューコンロにも」

「どうしてそんなことがわかるの？」アリスが尋ねたが、今度はテートもとがめなかった。

「あの男がしたことを見て、犯人の気持ちを感じたから」熱い涙が頬を伝うと、シーアは怒ったように拳でぬぐった。「夢のなかで、わたしもあの場にいたから。犯人の真後ろにいて、あの男はそれが気に入らなかった。至近距離だったせいか——あの男はうなじにかかる息に気づいたみたい……。ただ、わたしからは犯人が見えたけど、あの男にはわたしが見えなかった。でも、何かは感じていたはずよ」

「とりあえずシーアに自由に話してもらおう」テートは優しい目でシーアを見つめた。

「続きを話してくれ、シーア。知っていることを」

「犯人は家のなかを歩きまわりながら、ますます腹を立ててた。すべてに対して。このすべてが自分のものであるべきだって。あんなやつらがくそいまいましい生活のために働くはずなんかないって」

シーアは口を閉じ、顔を赤らめた。「汚い言葉を使ってごめんなさい、でも犯人が頭のなかでそう言ってたの」

「大丈夫よ、ダーリン」ルーシーは孫娘のつむじにキスをした。「気にすることはないわ」

「あの男は階段に向かう途中で壁の写真を目にした。パパが家族のギャラリーって呼んでる壁で、それにも怒ってた。でも、ふとわたしの写真に目をとめたの。その写真も、わたしにじっと見つめられているように感じることも、犯人は気に入らなかった。まるでわたしに監視されてることに気づいたように。わたしの存在を感じとったかのように」

「そうなの、シーア?」

「わからないわ、おばあちゃん。本当にわからない。でも……あの男は怯えてたし、わたしのことも傷つけたがってた。わたしがここにいれば痛めつけてやれたのにって残念がってた。銃も持っていたわ。犯人は階段をのぼりながら、さらに怒り狂い……うれしそうだった。怒り狂ってうきうきしながら、銃を手に階段をのぼった。パパとママは眠ってた」

夢で見た場面が鮮明に脳裏によみがえり、シーアはそのまま語った。

犯人はふたりが眠る寝室に忍びこんだ。冷房がついていて、室内はひんやりしていた。父は仰向けになり、母は父のほうを向いて横たわっていた。床には枕が積み重なっていた。母は朝、寝具を整えるとき、すてきな枕をいくつも並べるのが好きだった。

犯人は枕をひとつつかんで微笑みながら父の顔にのせ、枕越しに撃った。

シーアが思わず息をのむと、ルーシーがぎゅっと抱きしめてくれた。

「わたしは何度も悲鳴をあげたけど、誰の耳にも届かなかった」

「あなたが一部始終を目撃したなら――」

「アリス、口をはさむな」テートが命じた。「心の準備ができたら続けてくれ、シーア」

シーアは息を吸って吐きだすと、話を続けた。夢で見た光景を反芻しながら。

身の毛もよだつような銃声が響き渡った。羽毛が舞いあがり、父は悪夢を見たかのようにびくっとしたきり、ぴくりとも動かなくなった。

母が身じろぎして手をのばそうとした矢先、男はすばやくベッドの反対側へまわり、母の顎の下に銃口を押しつけた。

〝悲鳴をあげたければ叫べよ、ビッチ。さっきおまえのだんなを撃ったように顔面を撃ってやる。あの高級腕時計はどこだ？　金庫はどこだ？　暗証番号を教えろ〟

母は父の名前を叫ぼうとして銃で顔面を殴られた。父の名前を叫び、そちらに手をのばそうとしてまた殴られた。

〝さっさと教えろ、そうすればもう傷つけない〟

だが、それは嘘だった。

シーアの頭のなかに、母の声がはっきりと響いた。その声音から不安とショックと深い悲しみが読みとれた。

〝ドレッサーの上、向こうにあるドレッサーの上よ。ああ、ジョン、ジョン〟

母は手をのばして父の手をつかみ、ぎゅっと強く握りしめた。

〝金庫はクローゼットのなかよ。暗証番号は９２９４〟

それはふたりが出会った日だ、九月二日……一九九四年の。

〝なんでもほしいものを持っていって〟

〝ああ、そうさせてもらう〟

男はそう言うなり、母の顔に枕を押しつけ、父にしたように母を撃った。

シーアはルーシーの体に頭をもたれた。

「わたしは悲鳴をあげたけど、頭のなかで響いただけだった。クローゼットに直行した犯人は、〝五千ドルか、悪くないな〟なんて考えながらお札を取りだした。そのあとパパの高級腕時計と、わたしが生まれたときにパパがママにプレゼントしたピンクダイヤモンドのスタッドピアスと、レムが生まれたときにプレゼントしたブルーダイヤモンドのスタッドピアスを盗んだ。クリスマスにパパがあげたダイヤモンドのフープピアスとか、ママが自分で買った金のブレスレットも」

シーアが口ごもり祖母の腕に顔を押しつけると、テートが優しく語りかけた。

「男の顔は見たのかな、ハニー？　どんな顔だったか説明できるかい？」

「ずっとあいつの後ろにいたから、犯人の目を通していろんなものを見ている感じだった。あの男はママのハンドバッグからお金を奪って、パパのお財布からもお札を抜きとって、パパのドレッサーからキーホルダーをつかんだ。そのあと腕時計を盗むためにママのドレッサーに向かった。腕時計を手に取ったときには、すっかり上機嫌で喜んでいたわ。犯人が顔をあげて鏡をのぞきこみながら微笑んだとき、男の顔が見えた。

それに気づいて、犯人はかっとなると同時に怯えてた。あの男はぱっと向きを変えたけど、そのとき心臓がどきどきしてるのがわかったわ。わたしにはまだ彼の姿が見えていた。そのまま見守っていたら、逃げだしたわ。枕で顔を覆われたパパとママをその場に残して」

語りながらずっととめどなく涙を流していたシーアは、ルーシーにしがみつき、すすり泣いた。

「おばあちゃんがついているわ、ダーリン。わたしがそばにいる。保安官代理……アリス」ルーシーは言い直した。「キッチンへ行って、孫娘のために水を一杯持ってきてもらえないかしら？」

「もちろんです」

ルーシーはアリスが部屋を出ていく前に、顔や瞳に浮かんだ感情を読みとった。疑念と恐怖、シーアの言葉を鵜呑みにしてはならないという思いを。

「こんなことになって本当に残念だ、シーア」テートが言った。「心からお悔やみを言わせてくれ」

「わたしはあの男をとめられなかった」

「それはわれわれの仕事だ。それより犯人がどんな顔をしていたか教えてくれたら、捜査の助けになる。きみさえよければ、警察の似顔絵担当官を呼んで犯人の似顔絵を作成してみてくれないか」

アリスが水のグラスを手に戻ってきて、疑念や恐怖をあらわにしつつも優しく言った。

「ゆっくり飲んでね。あわてなくていいから。少しずつね」

「ありがとうございます」シーアは拳で涙をぬぐって水を飲み、ルーシーの肩に頭をもたれた。

「犯人はわたしよりも年上で、でも、そんなに年じゃなかったです。二十歳くらいか、もっと若いかもしれません。髪はブロンドっぽくて、ぼさぼさでした。目はブルーで、濃くも明るくもなく、色あせたジーンズみたいにすごく薄いブルーでした」

「なるほど」テートがシーアに向かってうなずいた。「白人の少年だったんだね、シーア？」

「はい。肌は青白くて、あまり日に当たっていないように見えました。そこまで背は高くなくて。なんていうか、わたしよりは高いけどおばあちゃんほど高くはない。それと……鼻は細かったです。長くて、細い鼻でした。あの男が微笑んだとき、二本の前歯が曲がっているのが見えました。交差するみたいに。それと唇がちょっと突きでてました」

シーアは上唇を指で叩いたあと、痛みをこらえるかのように、こめかみをさすって目をぎゅっと閉じた。

「犯人は……どうやってビーチに行こうか考えてました。大金を手に入れて、新しい高級車でどうやってマートルビーチに向かおうかと」

「ルーシー、コーラとジョンの車の車種がわかると助かるんだが」

「どちらもBMWよ。コーラのほうはダークブルーのセダンで、一年ほど前に購入したばかりだった。ジョンはSUVで、買ったのは三年前とか、たしかそのくらいだったと思うわ。ナンバープレートの番号はわからない」

「それで充分だ」

テートが合図をすると、アリスがさっと立ちあがってポケットから携帯電話を取りだした。

「ここは電波があまりよくないから、キッチンで使うといいわ」

「わかりました」

「シーア、ほかにも何か覚えていることや話せることはあるかい？　きみはその男をこれまで一度も見たことがないんだよね？」

「はい。でも……犯人の手は体のほかの部分よりも白かったです。お医者さんがしているような手袋をはめていて、侵入したとき、キッチンの床にバッグとバックパックを置きました。そしてガラス戸をカットしたときに使った道具をバックパックにしまってから、階段をのぼり始めました。すべての始まりはあの腕時計です。理由はわからないけど、あの腕時計が原因です」

「わかったよ。ルーシー、きみから何か……つけ加えることはあるかい？」

「わたしはそこまで鮮明に見たわけじゃないの、テート。それに犯人の顔は一度も見なかった。でも、ジョンとコーラにやったことは目撃したわ。犯人が……白い手袋をはめた手で握っていた銃も。９ミリ拳銃だった」

アリスが戻ってくると、テートは立ちあがった。

「何かぼくらにできることはあるかい、ルーシー？　代わりに息子さんたちに連絡しようか？」

「いいえ、あの子たちにはわたしから伝えないと。必ず犯人が逮捕されるようにしてちょうだい、テート。わたしの子どもたちを奪った犯人が逮捕されるように」

「そのために全力を尽くすよ。何か思いだしたり、必要なことがあったりしたら、電話をくれ。じゃあ、これで失礼する」

テートとアリスが外へ出たときには、雨はあがっていた。

「すでに該当のSUVは広域手配されていました」アリスがテートに告げた。「ジョン・フォックス名義で登録されたBMWが自宅から消えたそうです。どうしてあの子は何もかも知っていたんでしょうか？」

「きみはここの出じゃなかったな、アリス。でもここである程度暮らしていれば、ルーシー・ラニガンについていろいろと噂を耳にしたはずだ」

「多少は聞いていますが、その手の噂は鵜呑みにしないようにしているので」

「まあ、それはきみの自由だ」テートは運転席に乗りこんだ。「だがルーシーは、彼女とあの少女は犯行時刻にはこの家にいた。われわれはすでに、ベッドであの夫婦が枕で顔を覆われた状態で銃弾を一発ずつ撃ちこまれ、殺害されたことを知っていた。くそっ」

テートはハンドルに拳を叩きつけた。「シーアは犯人が父親のキーホルダーを奪ったと語り、現地の警察が捜索しているのはジョン・フォックス名義のSUVだ。くそっ」

「こんなふうに両親を奪われるなんて、あの少女のことを思うと胸が痛みます。でも、あの子の語り口を聞いていたら寒気がしました」

テートは運転しながら、彼女にちらりと冷静なまなざしを向けた。「それは克服したほうがいい。今回の事件は管轄外だが、彼らはわれわれの住民だ。わたしとともにここで仕事をするつもりなら、そんな態度はただちにあらためるべきだ」

家のなかでは、ルーシーがシーアを抱きしめていた。「少し眠れるように何か用意するわね」

「眠りたくない」

「一緒に上階(うえ)にあがって、わたしのベッドで横にならない？　ダーリン、わたしはあなたのおじさんたちに電話しないといけないし」ルーシーの声がかすかに震えた。

「わたしがしなければならないことだから」

「今夜はおばあちゃんのベッドで寝てもいい？」

「もちろんいいわよ。さあ、行きましょう」

「レムにも伝えないと」

「朝まで待ちましょう。朝まで待っても問題ないわ。レムはあなたの支えを必要とするはずよ、シーア。それはわたしもだけど。三人とも、お互いの支えが必要になるわ。

みんなで助けあわないと」

「パパとママは決して誰も傷つけたりしてないわ、おばあちゃん」赤く泣きはらした目で、ルーシーを見あげた。「わたしやレムのお尻を叩いたこともない。叩かれて当然なときでも」

「ええ、そうね。世の中にはどうしても理解できないことがある。あり得ないと思うほど残酷なことも。さあ、横になって、ハニーポット、目を閉じてごらんなさい。眠る必要はないわ。ただ体を休めるだけよ」

「ふたりに会いたい。ママとパパに会いたい」

「ええ、わたしもよ」

ルーシーは座ってシーアの髪を撫でた。「ふたりの思い出を頭に思い浮かべて、幸せな思い出を。その思い出に浸りながら、ゆっくり休んでちょうだい」

しばらくルーシーは座ったまま、孫娘の髪を撫で続けた。やがて電話線を引っ張ってできるだけベッドから遠ざかると、息子たちに電話をかけた。

お互いにすすり泣きながら息子たちと話すあいだ、孫娘がついに眠りに落ち、穏やかな夢の世界へ誘われるのを見届けた。

「一分だけ時間をちょうだい、ダーリン」ルーシーはシーアの頬にキスをした。「一分で戻るから」

裸足(はだし)で階段を駆けおりて玄関ドアを開け放ち、外へ飛びだした。パジャマの裾が湿った芝生で濡れたが、そのまま道路を横切って林に駆けこんだ。

そしてルーシーの悲嘆を受けとめた山々が震えだすまで、何度も叫んだ。

ルーシーはとても眠れるとは思えず、一時間ぼうっとすべてを忘れられただけでありがたく思った。これからの一日を乗りきるには強さが必要だし、その一時間が力となるはずだ。

夜明け前の薄闇のなか、起きあがったルーシーは、シーアとレムがまだ眠っていることに感謝した。レムのことや、孫息子に伝えなければならないことを思うと涙がこみあげ、喉が詰まった。

それをぐっとこらえて身支度をした。家畜の世話をしなければ。それに、孫たちが起きたら、ふたりの面倒を見る必要がある。

髪をポニーテールにまとめると、シーアにメモを書いた。

〈シーアへ、ちょっと外に出て家畜の世話をしてきます〉

階段に向かう途中で、レムの部屋をのぞいた。孫息子はヒトデのように手足をのばし、うつ伏せで寝ていた。ココアがあくびとのびをすると、部屋から出てきてダックやグースに加わった。

犬たちはそろって尻尾を振った。

レムはまだ十歳になったばかりで、まだ森や野生のすばらしいにおいを漂わせている少年だ。

ルーシーは孫息子をそのまま寝かせておいた。

犬たちを外に出して、コーヒーをいれたら——無性にコーヒーが飲みたかった——家畜の世話をしよう。

キッチンに入って明かりをつけると、普段となんら変わらないようにコーヒーの準備をした。あたかも、コーラとジョンがまだこの世にいるかのように。

また涙がこみあげたがぐっとこらえ、網戸を開けて犬たちを外に出し、早朝の山の空気を吸いこんだ。

やがて東の丘の頂から太陽が顔をのぞかせたが、西側は淡いグレーの薄闇に包まれている。

その淡いグレーの薄闇のなか、納屋のそばで動くものを見つけた。二本脚で歩く人影だ。真っ先に頭に浮かんだのは、マッドルームの鍵のかかったクローゼットにしまってある散弾銃のことだった。あれを取りだして、すばやく弾をこめないと。

わたしには守るべき子どもたちがいる。

だが、ひょろりと背の高い人影に見覚えがあり、ルーシーはポーチに踏みだした。

「ウィル・マッキノン」

「おはようございます、ミス・ルーシー。驚かせるつもりはなかったんです」

十七歳のウィルは、父親のようにがっちりした体つきではなかった。ひょろりと背が高く、ツイストパーマをかけた少年は、蓋をしたミルクのバケツを抱えていた。

「アスターの乳搾りは終わりました。このあと向こうの牧草地へ連れていってから、モリーや雌鶏たちの世話をします」

ウィルは体格こそ父親と似ていないが、テートと同じ目をしている。深くくぼんだその大きな目に、同情の念をたたえていた。

「ミス・ルーシー、心からお悔やみを申しあげます」彼はポーチで足をとめた。「こんなことが起きてしまって、本当につらいでしょうね。動物たちの世話はまかせてください。家畜のことは心配しないで」

のぼる朝日にグレーの薄闇がかすれるなか、ルーシーはなんとか平静を保った。

「お父さんに指示されて来たの？」

「いいえ。でも、ここに来て家畜の世話をしてもかまわないと言われました。ノックをしなかったのは、あなたを起こしたくなかったからです」

ルーシーはポーチの階段をおりて歩み寄り、ミルクのバケツを受けとってポーチに置いた。そして、彼を両腕で抱きしめた。

しばしためらったあと、ウィルもルーシーに腕をまわした。

「心からお悔やみを申しあげます。乳搾りや家畜の世話はぼくにまかせてください、ミス・ルーシー。今日はそういうことを心配しなくていいんです」

「ありがとう、ウィル。あなたのおかげで、今日のつらさがほんの少しだけ軽くなったわ」

「もし必要なら明日以降も家畜の世話を続けるし、ほかにもやるべきことがあれば代わりにします。遠慮せずに言ってください」

「こうして今朝やってくれるだけで充分よ。一番手伝いを必要としているときに来てくれて助かったわ。ミルクはわたしが漉すわ」一歩さがって、彼の頰を軽く叩いた。

「熱々の朝食を作ってあげる。もうコーヒーはいれてあるから」

「いいえ、気にしないでください。お孫さんの世話があるでしょうから。モリーのミルクと卵はあとでこのポーチに置いておきます」

「あなたは優しいわね、ウィル。あなたみたいな人にはすばらしい未来が待っているわ」ポーチにあがって、ミルクのバケツをつかんだ。「あなたは今日の暗闇に小さな光をもたらしてくれた」

ルーシーは家に入ったとたん、寝不足の目をしたシーアがキッチンテーブルの脇にたたずんでいるのを見て、ぴたりと立ちどまった。

「あれは誰？」

ルーシーはカウンターにバケツを置いた。「ウィルよ、マッキノン保安官の息子さん。今朝はわたしたちに代わって家畜の世話をしてくれているの」

「そうしてほしいって頼んだの？」

「頼むまでもなかったわ。ウィルは立派な優しい若者よ。いつも家畜の世話をしてくれるの、わたしが……」

「おばあちゃんがクリスマスにわたしたちの家に来るときに」シーアが言葉を継いだ。

「でも、もうおばあちゃんがクリスマスに来ることもないのね」

「シーア――」

「目が覚めたとき、数秒間は思いださなかった。何があったか思いださなかった。ママとパパのことも思いださなかった。でも記憶がよみがえって、おばあちゃんがいなかったから、おばあちゃんまで死んじゃったんじゃないかってしばらくは怖かった」

「ああ、ダーリン。本当にごめんなさい」

「謝らないで、おばあちゃん。枕元にメモを残してくれたから、ずっと怖かったわけじゃないわ」

忙しくして両手が震えないようにするために、ルーシーはミルクを漉し始めた。

「もうあなたやレムをひとりきりにしないと約束するわ。さあ、座って、ハニーポット。すぐに朝食を作るから」

「おなかは減ってないわ、おばあちゃん」

「そうでしょうね、わたしもよ。でも少しは食べないと。現状をなんとか乗り越えるためには、食事や睡眠をとらないといけないの」

「おばあちゃんが言ったとおり、思い出の夢を見たわ。ここに着いた日のことや、フライドチキンとバターミルクビスケットを食べたこと。犬たちが尻尾を振って、みんなおしゃべりしながら笑ってた。わたしたちはみんな幸せだった」

「それはいい思い出ね」ルーシーはこみあげる深い悲しみにまた叫びたくなったが、そんなことはできなかった。

守るべき孫たちがいるのだから。

「必要になったら、いつでもいい思い出を見られるわ」

ルーシーはミルク用の冷蔵庫に搾りたてのミルクが入った水差しをしまってから、コーヒーマグに手をのばした。

「わたしもコーヒーを飲んでもいい？」

ルーシーは孫娘の悲嘆に暮れた寝不足の目を見つめ返した。「わたしの母がミルクコーヒーと呼んでいたものを作ってあげましょうか」

「うん」

ルーシーがマグに注いだコーヒーに風味づけのミルクと砂糖をたっぷり入れるあいだ、シーアは押し黙っていた。ただ座ったまま、ルーシーの一挙手一投足を見守っている。テーブルの下で両手をもみ絞りながら。

朝食をとる代わりに、ルーシーはテーブルに座り、朝のコーヒーの最初のひと口を味わった。

シーアもミルクコーヒーに口をつけた。「おいしい」

「これであなたも一生ミルクコーヒーのとりこよ。シーア、不安そうな顔をしているけど、何を心配してるのか話してちょうだい」

シーアはもうひと口ミルクコーヒーを飲んでから、長々と息を吐いた。「わたし、どうしても知りたいの――」

そのとき、ふたりの耳にレムが野犬のように階段を駆けおりてくる音が飛びこんできた。

ルーシーはまぶたを閉じた。わたしは孫息子の子ども時代を打ち砕き、無邪気で幸せな心を壊すことになる。とはいえ、ほかに選択肢はない。

駆けこんできたレムは満面の笑みを浮かべ、エネルギーに満ちあふれていた。そのエネルギーの一部をコンセントから得ているかのように、髪が四方に逆立っている。

「外に誰かいて、雛鶏たちに餌をやってるよ。窓から見えたんだ。誰か雇ったの、おばあちゃん？」

「そうじゃないわ。あれはウィルよ、わたしの代わりに家畜の世話をしてくれている
の」

「ぼく、ウィルを手伝ってくるよ。そのあと、みんなでそば粉のパンケーキを食べよ
う。だっておなかがぺこぺこなんだ」

「今朝はウィルが全部やってくれるわ。あなたはここに座ってちょうだい」

レムはルーシーとシーアの顔を代わる代わる見て、にこにこしていたのが真顔にな
った。「どうしたの？　ぼくが何かした？　何も悪いことなんかしてないよ」

「ええ、スイートポテト、あなたは何も悪いことなんかしていないわ。今はわたした
ちと一緒にここに座ってちょうだい」レムが腰をおろすと、ルーシーは両手で孫息子
の手を包みこんだ。「あなたに話さなければならないことがあるの。それを伝えるの
がとてもつらいわ」

「おばあちゃんは病気なの？　具合が悪そうだよ」

「わたしは病気じゃないわ、そういうことじゃないの」これでルーシーやシーアのよ
うに、レムの人生も永遠に事件の前と後で区切られることになる。「マイ・ダーリン、
あなたのママとパパの身に大変なことが起きたの」

「事故に遭ったの？　大丈夫なの？　大丈夫なんだよね？」

レムの目は、〝ええ、もちろん大丈夫よ〟と言ってほしいと懇願していた。ルーシーは言葉が見つからなかった。

「事故じゃないわ。さっさと話してしまうのが一番よ、おばあちゃん。誰かがわたしたちの家に忍びこんで、ふたりを殺したの。男がママとパパを殺したのよ」

「なんてことを言うんだ」懇願が激しい怒りに取って代わり、レムはつかまれていた両手を引き抜こうとした。「ひどいよ。そんなの嘘だ。お姉ちゃんは——お姉ちゃんは嘘つきビッチだ！」

シーアは弟の顔をじっと見つめ続けた。

「嘘じゃないわ」ルーシーはできる限り優しく言った。「こんなことを言うのはつらいけど、本当なの。シーアは傷ついてる。わたしも傷ついてる、あなたまで傷つけてごめんなさい」

「そんなの嘘だ！」レムが叫び、涙があふれた。「一週間経ったら、ママとパパが迎えに来てくれる。そのあと、みんなでビーチに行くんだ」

ルーシーは無言で立ちあがった。レムを椅子から抱きあげると、最初はもがいていた孫息子を膝にのせて座った。赤ん坊にするように、レムを揺らす。

「そんなの嘘だよ、おばあちゃん」

レムが泣きじゃくりだすと、シーアも立ちあがった。祖母と弟に両腕をまわし、こらえずに涙を流した。

「パパとママに電話する。電話をかけるよ」

「ふたりはもう電話に出ないわ、ダーリン。亡くなってしまったのよ」

「どうしてそれが本当だってわかるの？　電話をしたの？　ママとパパに電話をかけたの？」

「わたしが見たの。犯人を見たのよ」シーアは涙を腕でぬぐった。「全部見てたの」

「それはしちゃいけないって言われてたじゃないか！」かっとなって、レムはがむしゃらに姉を押しのけた。「ママはいやがってた」

「見たくて見たんじゃないわ。勝手に見えちゃったのよ」

「だからって、本当とは限らないだろう」

「レム。レム」ルーシーは孫息子のほうを向き、その顔を両手で包みこんだ。涙に濡れた顔は怒りと恐怖に彩られていた。「わたしも見たの。警察に連絡して確認してもらったら、わたしたちが見たことは事実だった。事実じゃなかったら、この命をさしだしてもいいと誓うわ」

「でも、どうして？　ママとパパは誰も傷つけたりしないよ」

「あの男はパパとママを憎んでた」シーアはふたたび椅子に座り、両手をぎゅっと組みあわせた。「ふたりのことを何も知らないくせに憎しみを抱いたの。そしてママが結婚記念日にもらった腕時計や、お金や、ママのピアス、パパの車をほしがった。そういうものを手に入れたがった。でもそれだけじゃなくて、パパとママを傷つけたがってた。パパとママがそういうものを持っているからという理由だけで」

「警察は犯人を見つけて刑務所に放りこんだの？」

「警察が犯人を逮捕したらすぐにマッキノン保安官が教えてくれるわ」

涙に濡れた目で、レムは姉をじっと見つめた。「警察は犯人を逮捕する？　できるよね？」

「わからない――」

「わからないなんて言うな！」レムの逆上がシーアを打ちのめした。「バケモノみたいにそういうことが見えるなら、どうして犯人が逮捕されるかどうかはわからないんだよ？」

シーアがテーブルに突っ伏してふたたびすすり泣くと、ルーシーは孫息子の目をじっと見つめて、ただ名前を呼んだ。

「ごめんなさい」レムはルーシーの膝から滑りおりた。「ごめん、ごめんなさい。本気で言ったんじゃないよ」さらに涙を流しながら、床に座りこんでシーアの両脚を抱きしめた。「本気で言ったんじゃない。本当だよ。ごめん。ごめんなさい」

シーアが床にしゃがんで弟と抱きあい、泣きながら互いの肩にすがると、ルーシーは立ちあがった。親切なウィルが裏のポーチまで運んでくれたミルクと卵を取りに行く。

ウィルは犬たちにも餌や水をあげてくれたようだ。なんていい子だろう。

孫たちが悲しみを分かちあい、互いに慰めを見いだすあいだ、ルーシーはミルクと卵を家に運び入れた。

ふたたび腰をおろすと、孫たちがやってきた。

ルーシーはふたりを抱きしめ、順番にキスをした。

「あなたたちも座ってちょうだい。スクランブルエッグをのせたトーストを作るわ。それなら食べられるでしょうから」

「ぼくはおなかがすいてないよ、おばあちゃん」

「わかっているわ」またレムにキスをした。「でも、みんな少しは食べないと」

「おばあちゃん、わたしはどうしても知りたい――わたしたちは知らなきゃならないの」シーアが言い直した。「これからどうなるの？　これからどうしたらいいの？」

「ええ、知りたくなるのは当然よ。今から朝食を作るわ。それを食べたら、これからについて話しあいましょう」

5

シーアはなんとか食べられそうなものを口にした。食事は悲しみを消し去ってはくれなかったものの、やわらかいスクランブルエッグがのったサワードゥブレッドのトーストは不安を幾分やわらげてくれた。

こんなときに自分自身のことを考えるなんてわがままだと、頭の一部では思ったけれど、今後どうなるかわからない限り、不安や心配を抱えたままだ。

それにレムは二歳年下だから、弟の面倒を見なければならない。

祖母も——すっかり疲れ果て、すごく悲しそうだ。〝みんなで助けあわないと〟という祖母の言葉を思いだした。

「さてと」ルーシーは両手をのばして、孫たちの手をぽんと叩いた。「少しは食べてくれてありがとう。いろいろききたいことがあるのはわかっているわ。わたしがそれに答えるあいだ、もうちょっと食べてちょうだい。これからどうなるか知りたいのよね、その質問には多少は答えられるわ」

「わたしたちは家に連れ戻されるの？」不安のあまり、シーアは口走った。「そして里子に出されて、おまけに引き離されるの？　だって――」

「答えはノーよ。その答えはすべてノー。だから心配するのはやめなさい。シーア、あなたが生まれてすぐ、パパとママは遺言書を作成したの。あなたが生まれたからよ。そのときも、そのあとも、遺言書を更新するたびにふたりから頼まれたわ。もしわたしがあなたを引きとるときは、レムも引きとってほしいと。自分たちの身に何かあったら、わたしにあなたたちと一緒に暮らしてほしいと。だから、それがあなたたちの望みでもあるなら、そうなるわ」

「ぼくたち、ここでおばあちゃんと一緒に暮らせるの？」

ルーシーはレムに向かってうなずいた。「わたしはあなたのおばあちゃんで、法定後見人だから、あなたたちが望む限り、ここでわたしと一緒に暮らせるわ」

シーアは皿を見おろし、肩を震わせた。

「誰もあなたたちを奪ったりしない。誰もあなたたちを引き離さない。そう約束する、これはわたしの人生でもっとも大事な約束よ」

「パパの両親はお金持ちだから、あの人たちのところに行かないといけないんじゃないかって思ったの。ふたりともわたしたちのことが好きじゃないから、たぶん里子に出すはずよ」

めなさい」

「あなたたちはわたしの家族よ。今後もそれは変わらない。だから、心配するのはや
「ココアも？」

「ええ、レム、ココアもよ。じゃあ、わたしからも質問させてちょうだい、ヴァージニア州の家に荷物を取りに行きたい？　何かほかにほしいものはある？」

「あそこには二度と戻りたくない」シーアがふたたび顔をあげ、険しい目つきでぴしゃりと言った。「あの家には二度と足を踏み入れたくない。あそこでパパとママが殺されたんだもの」

「だったら戻らなくていいわ。あなたのおじさんたちが、なんでもあなたたちのほしいものを取ってきてくれるから。今や全部あなたたちのものよ。あなたのママとパパは昔からあなたたちが困らないように手配していたの。あの家は丸ごとあなたたちのものになった、両親からの遺産よ」

「ぼく、パパの製図板をもらえる？」

全身のこわばりがほぐれたルーシーは、レムを見つめた。「もちろんよ。きっとあなたのパパはそれをとてもうれしく思うわ。ふたりともたっぷり時間をかけて、何がほしいか考えなさい」

「あの家はこれからずっと空っぽのままなの？」

「ええ、あなたがそう望むならね、シーア。荷物をすべて倉庫に預けて人に貸すこともできるわ、あなたがそう望むなら。あなたが望めば、売却することも可能よ」

「わたしはもう二度とあそこには戻りたくないわ。レムはどう？」

レムもかぶりを振った。

「わたしたちはあの家を売りたい」

「わかったわ。そのことは数日間考えてから、弁護士に相談してみましょう」

「ふたりはこっちに来られる？　ママとパパは？」そう尋ねるレムの目が涙にうるんだ。シーアも涙ぐみながら、弟の手をぎゅっと握りしめた。「ぼくたちが向こうに行かないなら、ママとパパがこっちに来られる？　ふたりとも……」

「ママとパパはヴァージニア州に埋葬されるべきじゃないわ」弟の手を握りしめたまま、シーアが言葉を継いだ。「ふたりのお墓はこっちに作ったほうがいい、わたしたちと一緒にいられるように」

ルーシーは唇に指を押し当て、ふたたび口をきけるようになるまで黙ってうなずいた。「ふたりもそう望んでいると思うわ。わたしが手配するから、あなたたちは心配しないで。もし不安になったら、みんなで解決できるように話してちょうだい。これからはお互い助けあって、お互いのために精いっぱい頑張りましょう」

レムがスクランブルエッグをつついた。「お姉ちゃんのことを〝ビ〟で始まる言葉で呼んだり、バケモノなんて言ったりしてごめんなさい。もう二度と言わないよ」

「ちゃんと謝れたわね、レム、その約束を守ろうとするのはいいことよ。これからもきっとお互いに腹を立てることがあるわ。きょうだいだもの。でも、大丈夫。きょうだいげんかをしても、いつだってお互いを好きなことに変わりはないから」

ルーシーは長々と息を吐くと、スクランブルエッグをつついた。「あなたたちのパパのお母さんに電話をかけて、お悔やみを伝えないと。あなたたちも向こうのおじいちゃんやおばあちゃんと話して、優しくしてあげてね」

「おばあさまはわたしたちのことも、ママのことも好きじゃないわ」シーアは淡々と言った。恨みも激しい感情もなく、ただ事実を述べる口調で。

「シーア――」

「本当よ。おばあさまの気持ちはずっと感じてた。おばあちゃんが、パパやわたしたちやママのことを今も昔も変わらずに愛してるのがわかるように」

「人によって愛し方はさまざまよ。でも、彼女があなたのパパの母親であることに変わりないわ。だから、彼女や彼女の夫にも敬意を払いましょう」

「おばあさまはおばあちゃんに敬意を払ってないわ」

その冷ややかで淡々とした、あまりにも大人びた口調にルーシーは眉をつりあげ、できるだけ優しく答えようとした。

「だとしても、それは彼女自身の問題よ。誰かが悪いことをしたからって、自分たちも悪いことをしていいわけじゃないわ」

電話が鳴り、ルーシーは受話器を取るために立ちあがった。

「テート、警察は……」ルーシーは孫たちを振り返った。「ええ、いいわ。あの子なら一緒にいるから、本人にきいてみる。シーア、ヴァージニア州の警察が似顔絵担当官をこっちに派遣したんですって。マッキノン保安官が、あなたと話ができるようにその似顔絵担当官を連れていくと言っているんだけど、かまわない？」

「うん。話してみる」

「連れてきてもらってかまわないわ、テート」ルーシーはしばし耳を傾け、空いているほうの手でもう片方の腕をさすった。「それはよかった。ええ。テート、ウィルには心から感謝しているわ。ええ、わかってる、ウィルはそういう子だもの。もし何かあれば伝えるわ。じゃあ、また」

ルーシーは電話を切った。「ふたりとも、上階にあがって着替えてきなさい」

「似顔絵担当官が来たら、一緒にいてくれる？」

「ええ」

「〝それはよかった〟って言っていたけど、何がよかったの？　わたしたちも知りたいわ」

「警察があなたたちの家の裏の私道で、犯人が逃走する前に乗っていた車を発見したの。それも盗難車だったそうよ」

「そいつはほかにも誰か殺したの？」

「ええ、残念ながらそのようね、レム」

「わたしにはあの男が見えるわ、おばあちゃん。似顔絵担当官に犯人がどんな顔か説明できる」

「ええ、あなたならできるわ、シーア。さあ、上階にあがって身支度をしていらっしゃい」

こういうときにショートパンツはふさわしくない気がして、シーアはジーンズをはいた。髪は、よりきちんとして見えるように三つ編みにした。似顔絵担当官から子ども扱いされたり、バケモノと見なされたりしたくない。

あえて忙しくするために、自分の部屋の寝具を整えた。祖母のベッドでも寝たので、そっちも同じようにした。

終わったころにはレムがやってきて、入口でうろうろしていた。

「何があったのか話してよ。何を見たか教えて」

「今はだめよ、レム。あとで教えるわ」弟が反論する前に言った。「本当よ」誓いを立てるように胸の前で十字を切った。「でも今は、また最初からすべて話すことはできない。似顔絵担当官に説明するとき、ぶるぶる震えていたくないから」

「あとでちゃんと教えてね」父にそっくりなレムの目が、射貫くようにシーアを見つめた。「お姉ちゃんは十字を切って約束したんだから」

「うん、あらためて誓うわ」シーアはふたたび胸の上で十字を切った。「あとで散歩しながら話してあげる。そうすればおばあちゃんにまたこの話を聞かせずにすむから」

「じゃあ、同意の握手をしないと」

シーアはあきれたように天を仰ぎながらも、弟と握手した。次の瞬間、ノックの音が響いた。「ああ、警察が来たわ」

「びびることはないよ。ぼくもついてるから」

シーアは怯えているわけではなかったが、それは言わなかった。ただ、何か重要な点を間違えて犯人に逃げられるのではないかとやきもきしていたのだ。何ひとつ間違えるわけにはいかない。ミスは許されない。

保安官とともに立っていたのは女性だった。シーアは似顔絵担当官が女性だとは予想していなかった。

母がいたら、そんな決めつけはよくないわ、とばかりにシーアに向かって顔をしかめたかもしれない。

似顔絵担当官の女性は、顎のあたりでカットしたストレートのダークブラウンの髪にダークブラウンの目をして、背丈はシーアとほぼ変わらなかった。

「シーア、レム」ルーシーが切りだした。「こちらがウー刑事よ」

「わたしのことはマイと呼んでちょうだい」刑事はほっそりした華奢（きゃしゃ）な手をさしだした。「こんな形で出会うことになって本当に残念だわ。心からご両親のご冥福をお祈りします」

「わたしには犯人が見えます」

「そのようね」

その似顔絵担当官は予想に反して女性だっただけでなく、値踏みをするようにシーアを見ることもいっさいなかった。

「キッチンで話したらどうかしら」ルーシーがシーアの肩に手をのせた。「テーブルがあるから作業しやすいと思うの」

「シーアがもっとも心地よく過ごせる場所ならどこでもかまいません」

「じゃあ、キッチンがいいです」

「キッチンはこの奥です。コーヒーかお茶はいかがですか？」

「よろしければお水をいただけますか。ここならぴったりだわ」マイはテーブルにかばんを置いた。「国内でもこのあたりに来るのは初めてなんです。きれいなところですね」

マイは椅子に腰をおろすと、三匹の犬を同時に撫でた。

「レム、犬たちを外へ連れていってちょうだい」

「いえいえ、わたしのことは気になさらないでください。三匹ともとてもかわいいし。あなたは犬たちを外に出したい、シーア？」

「いいえ、ここにいても大丈夫です」

「これがつらい作業だということはわかっているわ」マイはかばんを開き、スケッチブックと鉛筆と消しゴムを取りだした。「できれば肩の力を抜いてね。椅子に座って息を吸って。あら、鶏の鳴き声かしら。犬たちがちょっかいを出しているわけじゃないわよね？」

「犬たちは鶏を守ってるんです、キツネや鷹だけでなく、クマからも」

「優しくて賢くて勇敢なのね。じゃあ、あなたの準備ができたら、真っ先に頭に浮かんだ犯人の顔の特徴を教えて、シーア」

「目です」

「どんな目？」

「すごく青白いんです。とても薄い水色なのに、目の奥は真っ黒です」

「目の形は？」マイはぼんやりと――そう見えるだけかもしれないけれど――スケッ

チブックにさまざまな形の目を描いた。

シーアはそのうちのひとつを指さした。「でも、もう少し幅が広い気がします。こっち側が」親指と人さし指を使って上下の幅を示した。

マイは別の形の目を描いてシーアがうなずくと、ページをめくり、目のスケッチを描いた。「次に頭に思い浮かぶのは？」

「目をつぶってもいいですか？　そのほうが犯人の顔がよく見える気がして」

「もちろんいいわ」

まぶたを閉じ、シーアは犯人の顔を脳裏に思い浮かべた。

「二本の前歯がちょっと重なってます」シーアは自分の前歯を指で叩いた。「そのせいで、上唇が少し突きでてます」

まぶたを閉じたまま、テーブルの下に横たわるダックの頭の重みを足の甲に感じながら、シーアは詳しく説明した。

夏のそよ風や、鶏がコッコッと鳴く声、鳥のさえずりが聞こえる。だが、シーアはまぶたの裏に犯人の顔を映し続けた。

「ちょっと見てもらえる、シーア？　似ているかどうか確認してちょうだい」

目を開けると、シーアははっと息をのんだ。「ええ、たしかによく似ています。でも……犯人はもっと顔が細くて、顎がもう少し尖ってました」

「オーケー、ちょっと修正するわね。シーア、わたしを見てちょうだい。さあ、またリラックスして肩の力を抜いて、息を吸って。あなたはすばらしいわ。あなたのおかげで似顔絵の作成は順調よ」

「わ、わたしは人の顔を描くのが上手じゃなくて」

「わたしは得意だから大丈夫。これでさっきよりよくなったかしら」

「眉毛はもっとまっすぐです。そのことを言い忘れてました」

「こんなふうに？」

シーアはうなずき、目をみはってはっと息をのんだ。「この男です。これが犯人です。間違いないと誓います」

ルーシーはシーアの肩に両手をのせてさすった。「さあ、もう一度息を吸って吐いて。犯人があなたを傷つけることはできないわ」

「でも、そう望んでる。わたしの写真も持っているし、それをしょっちゅう眺めてる。今は眠っているけど」背後に手をのばし、シーアはルーシーの手をつかんだ。「長距離を運転してきたのに、疲れちゃってビーチまでたどり着けなかったの。でも路肩には駐車したくなくて、安いモーテルに泊まったほうがいいと思ったみたい」

「今も犯人が見えるの？」マイがきいた。

「いいえ、はっきりとは見えません、でも犯人は眠ってます。暗い部屋のなかで、ばかみたいな花柄の安っぽいカーテンを閉めて。通りからなるべく離れた部屋を選んだのは、そのほうが静かで、ちゃんと眠れると思ったから。95号線の事故で渋滞に巻きこまれたけれど、もう少しで……ファイエットヴィルに着く。どっちみちビーチの家には午後三時までチェックインできない。だったらここでちょっと寝たあと、二、三時間運転して到着しよう」

シーアは息を吐きだした。「それで、彼は今眠ってます」

「ルーシー、きみのプリンターにスキャナー機能はあるかい?」テートが尋ねた。

「一度も使ったことがないわ」

「ちょっと貸してもらってもいいかな?」テートはマイがさしだしたスケッチを受けとると、ルーシーのあとについてキッチンから出ていった。

「優しくて賢くて勇敢なのは」マイが口を開いた。「あなたもよ、シーア」

シーアは自分が優しくも賢くも勇敢にも思えず、へとへとに疲れ、悲しくて、混乱していた。マイが立ち去り、祖母が戻ってくる前に、レムがシーアに向かって身を乗りだしてきた。

「もう散歩に行ける?」

シーアはかっとなって弟に言い返したかった。ひとりにしてちょうだい、頭がガンガンするから今はひとりにしてと。だが、彼女を見つめる弟の目は父親にそっくりで、必死だった。

「いいよ」

ふたりはうれしそうについてくる犬たちをしたがえて裏から出た。話をさっさと終わらせたくて、シーアは即座に切りだした。

「犯人はパティオのガラス戸に穴を開けたの」

シーアが一部始終を語ると、レムはまた泣きだした。だが、今回は燃えさかる怒りの涙だった。

「警察はそいつを見つけたら、殺すかもしれない」レムは拳で涙をぬぐった。「そいつは……くそったれ野郎（マザーファッカー）だ」

レムがそんな言葉を知っているだけでなく声に出して言ったことにショックを受けるには、あまりにも疲れすぎていて、シーアはただ弟を見つめた。「おばあちゃんの前ではそんな言葉を口にしないほうがいいわ。すごく悪い言葉だから。言葉じゃなくて、言いまわしかしら」

シーアにはわからなかった。

「きっとおばあちゃんだって同じように思ってるはずだよ。それに、お姉ちゃんだって」レムは両手を握りしめ、空に向かって叫んだ。「くそったれ野郎、くそったれ野郎、くそったれ野郎！」

ようやくショックを受けとめたシーアの喉元に笑いがこみあげた。「やめてよ」彼女は弟を肘で小突いた。「あなたのせいで、ふたりして怒られそうだわ」

逆上して真っ赤になっていた弟の顔から赤みが引いた。「怒られたってかまうもんか。ぼくは叫んだら気分がよくなったよ」

「わたしも少し気分がよくなったかも。でも、もうへとへとなの、レム。これ以上話したくないわ」

「じゃあ、何をしたいの？」

「わからない。さっぱりわからない」

シーアは鶏舎の脇の地面に座り、両膝を抱えて顔をうずめた。

すぐにレムも隣に座り、姉の肩に腕をまわした。

網戸越しに、ルーシーはそんなふたりを見守っていた。シーアがレムに目撃した犯行について語ったのだとわかった——その様子を直接は目にしていなくても。そして耳がいいルーシーは、レムの怒りや苦痛も聞きとった。

それなのに今、レムは姉を慰めようとしている。

あの子たちならきっと乗り越えられる、どうにか三人で乗り越えよう。

ルーシーは時計に目をやった。まだ十一時になったばかりだ。こんなにいろいろなことがあったのに、どうして時間はのろのろと過ぎるのだろう。

カリフォルニア州ではまだ八時になったばかりだ。向こうに電話するのはこっちの正午まで待ったほうがいいだろう――正午なら、カリフォルニア州でも九時だし。テートからもらった監察医の番号に電話をかけ、娘と義理の息子の遺体を搬送してもらえるかどうか確認した。次に、墓地を購入して葬儀の日取りを決め、さまざまな手配を行った。

ほかの親族への連絡は息子たちにまかせ、ウェイロンに電話して自分が手配したことを伝えた。

孫たちが戻ってくると、ルーシーは両腕を広げてふたりを抱きしめた。

「サンディエゴのおじいちゃんとおばあちゃんに電話をかけようとしていたところよ」

シーアが身をすり寄せた。「わたしはもうへとへとよ、おばあちゃん。おばあさまやおじいさまとは話したくないわ。お願いだから、ソファに横になってもいい？」

「ぼくも話したくない」

「わかったわ」もう充分だ。ふたりとも充分すぎるほど頑張った。「ふたりとも眠っていると伝えるわ。さあ、横になりなさい。レム、あなたもしばらくおとなしく座って目を閉じていてね、わたしが嘘つきにならないように」

ルーシーは覚悟を決め、一分ほど電話をじっと見つめたのち、思いきって受話器をつかんだ。番号を入力してから、キッチンテーブルの椅子に座った。

「もしもし」

「もしもし、ミセス・フォックスをお願いできますか」

「今朝はフォックス夫妻は電話にお出になりません。お名前と電話番号を教えていただければ、ご夫妻の都合がよいときに折り返しご連絡いたします」

「わたしはコーラの母親のルーシー・ラニガンです。孫のシーアとレムがわたしの家にいることをお知らせし、お互いの子どもを亡くしたお悔やみをお伝えしたかったのですが」

「少々お待ちくださいませ」

まるで自宅ではなく会社の電話みたいに、保留中に音楽が流れた。そのことに驚いたルーシーは、しつこい頭痛をやわらげようとこめかみをさすった。

「もしもし、クリスティーン・フォックスです」

声を聞いたとたん、電話の向こうの女性の姿が脳裏に浮かんだ。長身で威厳があり、一月の嵐並みに冷たい女性の姿が。

「アルシーアとレミントンに代わってください」

「ふたりとも眠っています。もう少しして起きたら、ふたりに電話をかけさせます」

「眠っているですって？　そちらはもう正午過ぎでしょう」

「ふたりとも今日は朝から大変だったので。わたしたちみんながそうです。わたしにとってもジョンがいかに大切な存在だったか、とても言葉では言い表せません。クリスティーン、お互い子どもたちを失い、わたしは――」

「どうしてアルシーアとレミントンはあなたと一緒にいるんですか？　あなたの家というと、ケンタッキーですよね？」

「ええ、夏の休暇で泊まりに来ていたんです。あんなことが起きたときに、孫たちが自宅にいなかったことを神に感謝せずにはいられませ――」

「あの子たちが父親の遺体とともに、飛行機でサンディエゴへ来るよう手配します。ご理解いただけるわよね」クリスティーンは結論を言い渡すようにきびきびと告げた。「追悼式はごく内輪のみですませるつもりです」

ひと言もない、お悔やみの言葉などひとつも口にしなかった。コーラに対する配慮もいっさいなかった。

だったら、今までの仕打ちにやり返すまでだ。

「そんなことは断じて認めないわ」

「なんですって？」

「あなたがどんなに懇願しても、そんなことは認めない。生前のジョンとコーラを引き離せなかったように、亡くなったあともふたりを引き離すことはできないわ。ふたりは愛しあっていた。子どもたちのことも愛していたから、わたしを法定後見人に指名したの。孫たちはわたしの家で暮らす予定よ。それと孫たちの希望で、ジョンとコーラはこっちで一緒に埋葬するわ」

沈黙が落ちると、ルーシーはその時間を利用して、レムが鶏舎のそばでしたように怒鳴りたい気持ちをこらえた。

「あなたはアルシーアとレミントンをたったひとりで育てるつもり？　そんな辺鄙(へんぴ)な山の上の農場で？」

「ええ、そうよ、そのつもり。それがジョンとコーラの意向だし、孫たちもそう望んでいるから」

「そんなことは認めません、裁判所だってきっとわたしに同意するはずよ。わたしたちなら、孫たちをしかるべき寄宿学校に入れて最高の教育を受けさせることが可能だもの。あなたじゃ今にも崩れ落ちそうな公立学校に放りこむことしかできないでしょうけど。わたしたちなら孫たちがきちんと育つように取りはからえるわ」

「あなたはレムの目が何色かわかる？　シーアが毎晩、寝る前に何をするか知っているの？」

「そんなこと関係ないでしょう」

「いいえ、大いに関係あるわ」ルーシーは無意識に立ちあがって歩きまわり始めた。

「あの子たちは両親を自宅のベッドで殺されたのよ。それなのに監護権をめぐる争いに巻きこみたいの？　亡くなった両親の意向に反して寄宿学校に入れるために？　この件をめぐってわたしと争うつもり？　なんて愚かなの。でもどうしてもというなら受けて立つわ、あの子たちのためなら汚い手を使ってでも戦うわよ。カリフォルニア州の新聞社やテレビ局に片っ端から電話をかけて、ご立派な暮らしをしているフォックス夫妻が孫娘の誕生日に十二ドルを送りつける一方で、別の孫には馬を一頭プレゼントしたことを暴露しましょうか」

「わたしたちが何をしようとあなたに関係ない――」

「わたしに関係ないなんてよく言えるわね。今はわたしに大いに関係があるわ。あなたたちが息子の遺体をわたしの娘の遺体から引き離そうとしていたこともみんなに言いふらすわよ。孤児になった孫たちを寄宿学校に放りこもうとしていたことも」

「そんなことをしたら、わたしたちの評判が――」

「あなたたちの評判はずたずたでしょうね。あなたたちのご立派な評判は、わたしの暴露話によって汚点まみれになることを、この命にかけて保証するわ。あなたはあの子たちを寝かしつけたり、抱きあげて揺らしたり、食事を作ってあげたり、愛情を注いだり、話に耳を傾けたりしたことが一度もなかった。わたしの娘を、あの子たちの母親を、あなたの息子と十三年連れ添った妻を、さも取るに足りない存在であるかのように扱った。もっとも、実の息子の扱いもさほどよくはなかったけれど」

「よくもそんなことを！」

ルーシーは唇をゆがめて嘲笑った。

「わたしが何をしでかすか、あなたには想像もつかないでしょうね。わたしは生まれも育ちもアパラチアの女だもの。あなたがよく知りもせず、愛していないどころか気にかけてもいない孫たちをわたしから奪おうとするなら、破滅に追いこむと約束するわ。だって、わたしがあなたたちの汚点をマスコミに言いふらせば、あなたたちがパーティーを開いてもきっと誰も来なくなる。今後華やかな場に出かけたときは、人々があなたの陰口をささやくでしょうね」

「そんなことをさせるものですか」

「あの子たちを巻きこんだら、あなたが目も当てられないくらい醜聞をぶちまけるわよ。ジョンはわたしよりもあなたのことをよく理解していた。だから、子どもたちの後見人の指定も厳格だったのね。ジョンは遺言書のなかで、あなたやあなたのご主人、きょうだいについてこう記しているわ。〝下記の者たちは未成年者の世話に不適格であるため、いかなる場合も後見人に指名されない〟と。大物弁護士を雇いたければ雇えばいいわ、この遺言書が裁判所で認められて、あなたは赤っ恥をかくだけでしょうから」

「万が一、このことをマスコミにもらしたら、あなたを名誉毀損で訴えるわよ」

「望むところよ。ぜひ訴えてほしいくらいだわ」

ルーシーの心臓は激しく脈打っていたが、それは恐怖ではなく怒りによるものだった。

「あなたはわたしが嘘をついていると証明しなければならない。でも、わたしは嘘なんかついていないし、訴えたいならどうぞご自由に。わたしの手元にはジョンが作成した法的書類があるわ。それに一緒にいる孫たちが真実を話すだけで、あなたたちの本性は明るみに出る。シーアが生まれて以来、デブのあなたがただの一度も会いに来なかったことも知っているわ。十二年もあったのに、自分から一度も会いに行こうとしなかった。おまけにわたしの娘を、ジョンが愛して結婚し、ふたりの子どもをもうけた女性を、ごみくずのように扱った」

怒りにまかせて、ぼろぼろの電話帳をめくった。「ここにジョンとコーラの弁護士の名前と電話番号があるわ。彼に電話をしてみたらいい。あなたにどれくらい勝ち目があるか、教えてくれるはずよ。あなたが弁護士に電話をしているあいだに、わたしは大手新聞社やテレビ局、サンディエゴのラジオ局を調べて、あなたの大事な評判を粉々に打ち砕くとするわ」

「そんなにあの子たちがほしければ、あなたが面倒を見ればいい。でも、いいこと、もう孫たちはわたしたちからこれ以上何も得られないわよ」

「あら、シーアは次の誕生日に十三ドルもらえなくても全然気にしないと思うわ」

クリスティーンが電話を切ると、ルーシーは受話器に向かって怒鳴った。「底意地の悪い腹黒女！」

受話器を置いて振り返ると、シーアとレムがキッチンに入ってきた。

「まあ！　あなたたち、寝ていたんじゃなかったの」

「だって、おばあちゃんが大声で叫んでたから」レムは目を丸くしてルーシーをじっと見つめた。

「あんなふうに叫ぶつもりはなかったんだけど」ルーシーは激しくかぶりを振り、鋭く息を吐いた。「うぅん、怒鳴りつけてやりたかったの」

「すごく怒ってたね。おばあちゃんがあんなに怒るなんて知らなかった」

「わたしだって必要に駆られれば、激怒することくらいあるわ」レムに向かって人さし指を振った。「だから覚えておきなさい、わたしをかんかんに怒らせないことよ」

「ちょっとかっこよかったよ。スーパーヒーローみたいだった」

シーアは手をのばしてレムの手をつかんだ。「向こうのおばあさまたちはわたしたちを引きとれるの？」

「いいえ、あの人たちにはできないし、そんなことはしない。そう約束するし、その約束は必ず守るわ。あなたたちが外にいるあいだにヴァージニア州の弁護士と話したの。あなたたちはわたしのものよ。わたしたちは家族なの。だから、これからも一緒に暮らすことになるわ」

「新聞社に連絡するの？」

「今のところ、その必要はないでしょうね」ルーシーは部屋を横切り、シーアの髪を撫でてから、レムの髪をくしゃくしゃとかきまぜた。

「おばあさまをびびらせたもんね」

「そのとおりよ、レム。彼女を心底びびらせたわ」

レムがくすくす笑うと、ルーシーの胸の重荷が軽くなった。

「おばあさまをデブって呼んでたね」

「ええ、彼女が太っているかどうかも知らないのに、あのときはついぽろっと出ちゃったの。ひどいことを言ったわ、それなのにちっとも悪いと思えない」

「おばあちゃん」シーアはレムの手をぎゅっと握りしめた。「わたしたち、まだおばあさまと電話で話さないといけないの？」

「いいえ。今後あなたたちがあまりしたくないことをさせなければならないこともあるだろうけど、今回はそうじゃないわ」

「ぼくもお姉ちゃんも、おばあちゃんが大好きだよ」

「ああ、レム。もしあなたがチョコレートまみれでも、これ以上愛せないくらい愛しているわ」

ルーシーはキッチンでふたりの孫を抱きしめた。自分が新妻として、若い母親として、若い寡婦として過ごしてきたキッチンで。

今はもうそれほど若くないけれど、大切な孫たちのために、ふたりの祖母だけでなく母親役や父親役も務めなければならない。

「それじゃあ、あなたたちは外に行ってグリーントマトを取ってきて。わたしは衣の用意をするから、トマトを揚げましょう。そのあとで、あなたたちがほしいものをリストアップするのよ」

「パパの製図板がほしい」

「それがリストの一番目ね」

「盗まれたものを取り返せたら、わたしが生まれたときにパパがママにプレゼントしたピアスをもらえる？　去年ピアスの穴を開けたから、特別なときにつけたいの」

「いい考えね」

「ぼくが生まれたときにパパがプレゼントしたピアスは、おばあちゃんにあげるよ。ぼくは耳に穴を開けるつもりはないから」

「そんなピアスを特別なときにつけられるなんて誇らしいわ。さあ、おいしそうなトマトを取ってきてちょうだい」

シーアが戸口で足をとめた。「向こうのおじいさまもおばあさまも、本当はわたしたちのことなんかほしくないんでしょう」

「ええ、そうよ、ベイビー。でも、わたしはあなたたちを引きとりたいわ」

ルーシーはコーンミールと、取っておいたベーコン油の瓶を取りだした。残りの作業に取りかかる前に、ふと手をとめた。

燃えさかっていた怒りは、いつしかおさまっていた。

三人でなんとか乗り越えるわ、とルーシーは胸のうちでつぶやいた。今日も明日も、そのあとに続く日々も。

6

レイ・リッグスが目を覚ますと、もう午後二時近かった。別にかまうものか。午前四時なんてとんでもない時間までモーテルが見つからず、おかげでこんなひどい部屋に金を払う羽目になったんだから。

今は新しい高級車と大金があるし、熱いシャワーを浴びたら出発だ。途中でマクドナルドに寄ってビッグマックとフライドポテト、ラージサイズのコーラを買おう。あと二、三時間運転するだけだし、それで持つだろう。

だが、リッグスはそのままさらに数分起きあがらなかった。

寝ているところを誰かに見られた夢を見て、気分が悪い。夢のせいで鳥肌が立ち、そのことに腹を立てた。

寝返りを打ち、ヴァージニア州のバカデカい豪邸から持ち去った小娘の写真を手に取る。

「なんでこんなものを持ってきたのかわからないし、そのことにも腹が立つ。ただ、おまえのせいでかっとなったんだ、青い目のお嬢ちゃん。ママとパパを始末したとき、おまえがその場にいなくて残念だったよ。いつかおまえを見つけだして、始末しに行くかもな」

ベッド脇のテーブルにフォトフレームのガラスを叩きつけた。砕け散ったガラスを見て、いくらかすかっとし、気分がよくなった。

リッグスはすべての引き金となった腕時計を手に取った。また裏返し、刻まれた文字を読みあげる。

「〝永遠に〟か。まあ、おまえはもう命尽きたけどな」

今やこの腕時計はおれのものだ。売り払えば、その金もふところに入る。そうあるべきだ。

リッグスが腕時計をつかんで意識を集中すると、あの女が腕時計の入ったしゃれた箱を開ける場面が見えた。女がはっと息をのみ、話す声も聞こえた。もっとも、川のなかのトンネル内でしゃべっているようなくぐもった声だったが。

〝ジョン！　なんてすてきな腕時計なの。こんなものを買うなんて、頭がどうかしたんじゃない？〟

〝ぼくたちは結婚して十年になるだろう。これはその十年と、これから何十年と続く結婚生活を祝うプレゼントだ。裏面の文字を読んでくれ〟

涙まじりの女の声を、リッグスは内心おもしろがった。

〝ジョンったら。わたしを泣かせるなんて。わたしも愛しているわ。永遠に〟

腕時計にまつわる過去の記憶を透視したせいで、目の奥が痛みだした。ひどい頭痛ではないものの、ベッドに腕時計を落として起きあがり、こういうときのために常備している鎮痛剤の瓶を取りだした。

ふたたびマットレスにばたんと倒れ、鎮痛剤が効き始めるまで数分待った。頭を空っぽにして、まぶたを閉じる。

そのまましばらくうとうとした。

透視なんかするんじゃなかった。まだ目的地に到着していないし、途中で店に寄って胃袋も満たさなくちゃならない。

だが二十分ほど経つと、頭痛はおさまった。

あくびをして体をのばし、ぼんやりと股間をかきつつ、シャワー室へ向かった。

安いモーテルの石鹸は安っぽかったが、シャワーの湯はちゃんと熱かった。

この休暇中の買い出しで石鹸も買おう。

高級な男性用石鹸を。

そして二十一歳以上のやつに賄賂を渡し、ビールを一箱買ってもらおう。インターネットで見つけ、オンライン予約した家のデッキに座る自分自身を思い浮かべた。ビールを飲みながら日光を浴び、人々を眺める自分の姿を。

そこでは殺しはしない――まぬけじゃないからな。だが観光客を観察して、そっと頭のなかをのぞき、カモを選ぶことはできる。

私道に停まった車のナンバープレートの番号や州名をチェックし、ドアがロックされていなければ、登録証から自宅の住所を突きとめられる。

経験上、休暇中の連中は不注意になる。ドアがロックされていない車を探すのはわけないだろう。

とはいえ、二、三日はおとなしくして、ビールを飲んでリラックスするつもりだ。たびたび透視すると頭痛に悩まされ、鼻血が出たり耳から出血したりすることがある。だから休息が必要だ。それに見合う働きをしたからな！

安物の石鹸を股間にすりつけ、少しだけ欲望を発散しようかと考えた。だが、それもビーチに着くまでお預けでかまわない。

次の瞬間、すさまじい音が響き、思わず石鹸を落とした。

どうするか考える間もなく、シャワーカーテンが開き、顔に銃を突きつけられた。

「やあ、レイ、おまえを逮捕する」

「いったいどういうことだ！」

「われわれは警察だ、レイ、もう一度詳しく説明してやろう。おまえを二件の第一級殺人の容疑で逮捕する。ほかにも夜間の侵入強盗や自動車重窃盗などいくつかの容疑がかけられている。浴槽から出たほうがいいんじゃないかな、出るときに下手なまねはするなよ」

「弁護士を」

「ああ、弁護士を雇うことは可能だ。だが、まずはおまえの権利を読みあげる」

「ベッドに腕時計があったぞ」ベッドルームで誰かが大声をあげた。「子どもの写真も。BMWのキーや、ほかのものも全部ある」

「了解だ。レイ、浴槽から出ろ。誰かこいつにタオルを渡してやってくれ。そうすれば、ミランダ警告を読みあげるあいだ、こいつの股間を見ずにすむ」

ルーシーはフロントポーチでふたたびテートとアリスと対面した。ふたりを見たとたん、手のひらを口に押し当てた。

「犯人が逮捕された。それを直接伝えたくて」テートが震えだしたルーシーの腕をつかんだ。「ちょっと座ったほうがいい、それから話すよ」

「ええ、そうね。作りたてのレモネードがあるわ」

「気にしないでくれ」

「わたしたちが持ってくる」ルーシーの背後からシーアが言った。孫たちはポーチの階段の下に立っていた。

孫たちはその気になれば、幽霊のように足音もたてずに移動できるようだ。

「わたしたちが持ってくる」シーアが繰り返した。「それまで何があったか話さないでくれるなら」

ルーシーはうなずいた。「あなたたちにも聞く権利があるもの。あなたたちが戻ってくるまで待つわ」

ルーシーはフロントポーチの椅子のひとつに腰をおろした。気が向くと、そこに座って朝のコーヒーを飲んだり、朝日を眺めたりする椅子に。

犬たちがやってきて尻尾を振りながらにおいを嗅ぎまわった。

「テート、裏から椅子を持ってきてもらえる？　そうすれば三人座れるから、それとキッチンテーブルの椅子があるわ」

「わたしは立ったままでかまいません、ルーシー」アリスが言った。

レムがレモネードをこぼさないよう無言で集中しながらピッチャーを持ってきた。そのあとに、氷入りのグラスをトレイにのせたシーアが続いた。

「わたしが注ぐわ、おばあちゃん」

「ええ、お願い。レム、こっちに来て一緒に座りましょう。わたしが座っているこの大きな椅子にはまだゆとりがあるから」

シーアがレモネードを注ぐと氷が音をたてた。昔から好きだったその音が、今日は祝福の響きに聞こえた。決して幸せなわけではないけれど、それに似た響きだ。

シーアはグラスを配った。「保安官代理、ここに座ってください」

「いいえ、シーア、あなたが座って。わたしは大丈夫だから」

シーアが腰をおろすと、テートが切りだした。彼が口を開く前に、シーアには話の内容の一部が脳裏に映ったが、黙って耳を傾けた。

「きみが言ったとおり、犯人はファイエットヴィルからほど近い95号線からそれた脇道沿いのモーテルにチェックインしていたよ、シーア。午前四時ごろのことだ。どうやら今日はのんびり寝ることにしたらしい。警察はすでに95号線沿いにあるモーテルを捜索していたが、きみの話を聞いたあと、現地の警察はファイエットヴィル周辺を重点的に捜査し始めた」

「警察はわたしの話を信じてくれたんですね」

「わたしは信じた。だから現地の警察に似顔絵を渡し、見せてまわるよう指示した。するとダブルシフトで働いていた夜勤スタッフが、チェックインした犯人の顔に運よく気づいてくれたんだ。だがそのツキに恵まれなかったとしても、警察はきみのパパの車を見つけたはずだ。車は犯人が泊まったモーテルの通りから離れた部屋の前に駐車してあった」

２０５号室だ。シーアの脳裏に、その部屋が映った。

「警察が押し入ったとき、犯人は真っ裸でシャワー室にいた。きみが自宅から盗まれたと言っていたものも見つかったよ。それと、銃も」

「警察はそいつを殺したの？」レムがきいた。

「いや。犯人は裸で丸腰だったからね。でも、その場で逮捕してフレデリックスバーグへ護送中だ。警察はやつの尻尾をまんまとつかんだ。犯人は弁護士を雇うだろうし、その権利が認められているが、警察は悪事の証拠を握っている。やつは確実に終身刑になるだろう」

「あなたが今どう思っているかわかるわ」アリスがレムに語りかけた。「でも犯人はまだ十八歳なの。刑務所に長くいればいるほど、報いを向けることになるわ。わたしは犯人が長生きするよう願っている」

「刑務所ってどんなところなの？」

「わたしは檻のなかには一度も入ったことがないけど、刑務所に入れられたら、命じられたときに出されたものを食べることになるわ。指定された服を着て、毎日毎日同じことの繰り返し。檻のなかに便器があって、人に見られながら用を足さなければならないの」

「げえっ」

「うんざりするでしょう。好きなときに檻から出ることも、外出することもできない。外に出してもらえたとしても、塀のなかで、まわりに看守が何人もいるし、塀の上には有刺鉄線が張りめぐらされている」

「そのとおりだ。それに、刑務所には犯人と同じような連中がうようよいる。人を痛めつけたい連中や、人を殺したことがある連中が」テートが続けた。「つまり、危険な場所ってことだ」

「あの男は一生刑務所から出られないんですか？」

テートはシーアのほうを向いた。

「ハニー、警察は犯人が使ったガラスカッターや、白い医療用手袋が詰まった箱、盗んだ車やほかのすべてを押収している。犯行に使った銃も発見した。その銃をどこで手に入れたかも、すぐに突きとめるはずだ。それに裏に停められていた別の車も押収し、すでにメリーランド州で発生した二件の殺人事件と結びつけている」

「犯人は車のために人を殺したんですか？」

「ああ、警察はその容疑でも起訴するだろう。犯人は刑務所から出られない。死ぬまで檻のなかだ。アリスが言っていたように、わたしも犯人が長生きすることを願っているよ。それから、フレデリックスバーグで事件の捜査に当たっている刑事がきみと話したいそうだ」

「この子たちは出廷しないといけないの？」

「断言はできないが、警察はもうやつの尻尾をつかんでいる、ルーシー。だから、この子たちが出廷する必要はないと思う。わたしの勘だが、おそらくやつは司法取引を求めるだろう」

「どういうことですか？」

テートはシーアに向き直った。

「ヴァージニア州では第一級殺人には死刑が求刑される。犯人は二件の殺人に関与し、証拠も山ほどある。死刑を免れるために有罪を認めるはずだ。死刑の代わりに仮釈放のない終身刑となる司法取引をするだろう」

「殺人犯でさえ、自分の命にはしがみつくものなの」アリスが言い足した。

「ほかにも何かききたいことはあるかい？」

「あの男はメリーランド州の殺人でも刑務所に入れられるんですか？」

「ああ、刑期は追加されるだろう、その被害者からもいろいろと盗んでいるからね。メリーランド州の殺人事件で刑期がのびるのはまず間違いない。ほかには？」

「今はありません、保安官」シーアがレムを見ると、弟はかぶりを振った。「わたしのことを信じて、ヴァージニア州の警察が犯人を逮捕できるよう協力していただいてありがとうございました」

「きみが犯人を捕まえたんだよ、シーア。警察は自分たちの職務を全うし、その仕事ぶりは上出来だった。だが、これほど迅速に逮捕できたのはきみのおかげだ。そのことを忘れないでくれ」テートはグラスを置いて立ちあがった。「そろそろ失礼するよ。何か必要なことがあれば電話してくれ」

「ふたりには感謝しているわ。似顔絵担当官にも」ルーシーも立ちあがった。「彼女にも感謝を伝えてもらえるかしら」

「ああ、伝えるよ。ルーシー、リーアンがきみたち三人にお悔やみを伝えてほしいと言っていた。何か助けが必要なことがあれば、彼女に電話するといい。ウィルはきみが手伝いを必要とする限り、毎朝来る予定だ」

「あと一日だけ手伝ってもらえたら助かるわ。そうしたら、わたしたちも日常に戻らないと。ウィルにはもう一日手伝ってもらいたいわ、そのあと朝食を食べていってくれるなら」

「息子に伝えるよ」

保安官たちが車で走り去ると、ルーシーはレモネードを注ぎ足した。「今、どんな気持ちか教えてくれる?」

「犯人が捕まって、一生刑務所から出られないとわかってうれしいよ。でも……」レムは口ごもった。

「だからといって、あなたのママとパパが戻ってくるわけじゃないものね」

「もう二度とママとパパには会えない」

「それは必ずしも真実じゃないわ。わたしたち三人のここにはふたりがいるもの」ルーシーは心臓の上に手を当てた。「それと、ここにも」こめかみに手のひらを当てる。

「これからもふたりのことは心や頭のなかで見えるわ、すべての思い出も」

「でも、もう新しい思い出は作れない」

「ええ、そうね、シーア、だからこそ過去の思い出がいっそう大切なの。わたしはあなたたちのママが初めてあなたたちのパパを連れてきて、わたしや弟たちに引きあわせたときのことを覚えているわ。あれは春休みだった。ジョンはわたしに花をプレゼントしてくれたから、賢い若者だとすぐわかったわ。太陽みたいにまぶしい黄色のチューリップの花束だった。花をもらったとき、わたしたちはちょうどこのポーチに立っていたの。彼が開口一番なんて言ったか知りたい？」孫たちがうなずくと、ルーシーは微笑んだ。「〝お会いできてうれしいです〟なんてありきたりな挨拶じゃなかったわ。コーラはわたしにそっくりで、世界一美しい女性だって言ったのよ」

ルーシーはレモネードをひと口飲んだ。「その場でジョン・フォックスのとりこになったのは、あなたたちのママだけじゃなかったわ」

ため息をもらし、ルーシーは立ちあがった。「さあ、動物たちに餌をあげに行くわよ。そのあと夕食を作って、わたしたちのおなかも満たしましょう。明日には、みんなから料理が届くわ」

「どうして？」レムがきいた。

「誰かが身内を亡くしたら、近所の住民はそうするものだから」

翌日の正午前、保安官の妻リーアン・マッキノンが〈アパラチアン・クラフツ〉のアビーとともにやってきた。チキンドリアと、ブルーベリー・コーンブレッド・コブラー（ブルーベリーの上にコーンブレッドのビスケットをのせて焼いたお菓子）を携えて。

ふたりはすぐに立ち去ったが、帰る前にふたりともルーシーをきつく抱きしめた。

「何か必要なことがあれば言ってちょうだい。市場への買い出しでも、洗濯でも何でもやってあげるし、泣きたければ肩を貸すから」

「頼りにしているわ」ルーシーはリーアンをふたたび抱きしめた。「昔からずっと頼りにしてる。ふたりとも」次にアビーを抱きしめた。

ウィルのようにすらりと背が高いリーアンが子どもたちを見た。「あなたたちのおばあちゃんの電話帳を見れば、わたしの番号が載っているから、何かあったら連絡してね。わたしたち三人は一緒に学校に通っていた、昔からの友人なの。長年の友人で、もう家族みたいなものよ。だからもし何か手伝えることがあれば、あなたたちも電話してちょうだい」

ウィルのブラウンの目より金色がかったリーアンの瞳が涙で濡れた。シーアが見守るなか、ふたりの女性は手をつないで車に向かった。

「一緒に通学してたの？」

「そうよ、ハニーポット」

「でも……」シーアは口ごもった。

「でも、なあに？」

「ウィルはまだ十七歳でしょう」

「リーアンとテートは、わたしより少し遅れて家庭を築き始めたの。ウィルにはお兄さんがふたりいて、妹がひとりいるわ、あなたと同い年くらいの妹が。その子のことをわたしたちは〝うれしいサプライズ〟と呼んでいるの」

「彼女はおなかに赤ちゃんがいることを知らなかったの？　だって――」レムが両手を突きだした。「おなかがすごく大きくなるのに」

「もちろん知っていたわ。でも、リーアンとテートはまた子どもを授かるなんて思ってもみなかったの。やがてマドリガルが生まれた。とってもおもしろい子よ。たぶん、この夏のうちにミス・リーアンがマドリガルを連れてきて、あなたたちに引きあわせてくれると思うわ」

「おばあちゃんは何歳でママを産んだの？」

「十六歳よ」シーアがあんぐりと口を開くと、ルーシーは笑った。「ザカリヤとわたしは結婚生活を始めるのが待ちきれなかったの。それに、わたしたちはラッキーだった。世の中には若くして結婚して愛が冷める夫婦もいるけれど、わたしたちはずっと愛しあっていたから」

ルーシーの予測どおり、さらに料理が届いた。みんなオーブン料理やパイ、夏野菜のサラダを持参し、慰めをもたらしてくれた。

真っ赤な髪に赤ひげの男性は、氷の詰まった大きなバケツに釣ったばかりの魚を三匹入れて持ってきた。

ルーシーが魚用のナイフと鱗(うろこ)取りを取りだすと、レムは歓声をあげた。「魚をおろすんだね！」

「ちゃんと見て、やり方を学んでね。新鮮なオオクチクロマスをもらったから、まず鱗を取らないと。鱗は飛び散るから外でやるわ。それから、三枚におろしましょう」

「どういうこと？」

「見て学びなさい」

「うわあ、気持ち悪い！」ルーシーが鱗を取るあいだ、レムは目を大きく見開き、楽しそうに見ていた。

シーアもやり方を学ぼうと眺めていたが、内心は少しも楽しめなかった。

ルーシーが魚の頭と尻尾を切り落とすと、レムはこれ以上ないほど興奮した。「ねえ、ぼくもやっていい？　いいよね？」

「このナイフはとびきり切れ味が鋭いから、注意して使うのよ」

ルーシーは孫息子と一緒にナイフを持つと、シーアに目を向けた。

「わたしは遠慮するわ。最後の一匹もレムにやらせてあげて」

ルーシーがレムに手取り足取り教えるうちに、魚の内臓や骨、切り身の塊ができた。

「次は、おろした切り身を三十分ほど塩水に漬けるわよ」

「どうして？」

「血抜きをするためよ」

「うげっ、キモっ。魚の血だ」レムは歌うように言った。

「漬けているあいだに、テーブルと道具を洗いましょう」

ルーシーはシーアのほうを向いて微笑んだ。「大半の人は、自分たちの食べ物がどこから来たのか知りたがらない。それでも問題はないわ。ただこのあたりでは、こういったすべてが生活の一部なの」

シーアは魚の下処理より調理するほうが好きだった。だから衣をつけるのを手伝い、祖母が揚げるのを眺めた。

三人は魚をフライにし、野菜の甘酢漬けと、近所の人からもらったブロッコリーのドリアを食べた。

シーアは日記を書くことができず、ルーシーが寝かしつけに来たときには、涙がとまらなかった。

ルーシーは何も言わずにベッドに座り、孫娘を抱き寄せた。

「おばあちゃん、わたしたちは一日中、いつもどおりのことをしたわ、普通のことを。パパとママのことを考えない時間もあった。外に座ってコブラーを食べたり、丘の上にいるコヨーテの鳴き声に耳を澄ましたりして。レムがコヨーテの鳴き声をまねしたときは、つい笑っちゃった。まるでパパとママのことを気にかけていないみたいに」

「ダーリン、そんなことはないわ、わたしの大切なシーア。わたしたちは生きていかなければならないの。それをあなたのパパとママも望んでいる。ふたりともわたしたちを愛しているからこそ、わたしたちにしっかり生きてほしいのよ」

ルーシーは少し身を引くと、シーアの涙をぬぐった。「悲しみはさまざまな形で表れて、長く尾を引くわ。泣きたくなったら、いつでも泣けばいい。だけど笑うことも必要よ。食べて、寝て、顔を洗って、髪をとかす。そういう日常的なこともしないといけないの」

「ママとパパに、ふたりのことを気にかけていないと思われたくない」

「そんなことを思うはずないわ。さあ、しばらくのあいだ一緒に横になりましょう」

隣に横たわったルーシーに髪を撫でてもらうと、シーアの胸はいつものようにあたたかくなった。

「あなたとレムは、ふたりの愛の結晶よ。力強くすばらしい人生を送ることが、その愛や、あなたたちの両親に敬意を払うことになるわ。精いっぱい幸せになってちょうだい。そして最愛の人を見つけたら、両親のようにその人を放さないでね」

「わたしは十六歳で最愛の人を見つけたくないわ」

ルーシーが噴きだすと、胸のぬくもりが広がり、シーアも微笑んだ。

「わたしも、あなたにはそんなに早く結婚してほしくない。だけど、あなたが十六歳になったときに恋してると思ったら、この話を思いださせてあげる」

「どうしたらその人が最愛の相手だとわかるの？」

「その年で見極めるのは難しいわ。だから、前にも言ったけど、おじいちゃんとわたしは運がよかったの。だって正真正銘の真実の愛を見つけたんだもの」

「今もおじいちゃんのことを愛してる？」

「ええ、今もこれからもずっと。真実の愛は長い年月も障害も乗り越えて、喜びをもたらしてくれるわ。ただの情熱やときめきじゃない。あなたのなかにしっかりと深く根づくの。そして成長し、開花する。しっかり根づかなければ、花開くことはないわ」

「ハンサムな人がいいな」

「もちろん、そうでしょうね」

「それと、パパみたいに優しい人」シーアの目に涙がこみあげた。

「優しさは整った顔より大事だわ。ほかには？」

「賢い人がいい」シーアは重いまぶたを閉じた。「本や音楽や動物が好きな人が。それと、引っ越したくないからここに住んでもらわないと」

シーアが眠りに落ちたあとも、ルーシーはしばらくそこにとどまり、孫娘の髪を撫で続けた。

シーアの願いがすべてかないますようにと、ルーシーは祈った。そのときが来たら、あなたがすべての願いをかなえ、それ以上の幸せを手に入れますように。

まだ真実の愛は根づいていなかったが、祖母の言葉はシーアの胸に刻まれた。どうしても泣きたくなったら泣いてもいいし、これからも泣くだろう。でも祖母の言いつけどおり、自分を育ててくれた両親に敬意を払うため、よい人生を送ろう。

よい人生を始めるために、シーアは祖母より早く起きた。身支度をして階下へおり、あとからついてきた犬たちを外に出した。

祖母がコーヒーをいれるのをいつも横で見ていてコーヒーマシンの使い方を覚えたので、コーヒーを用意した。祖母がおりてくるころにはできているだろう。

階下へおりたときはまだ薄暗かったけれど、ある程度は視界が利いたため、アスターを納屋へと連れていった。餌をやり、干し草を追加したあと、乳搾りに取りかかる。こうして早起きして、家畜の世話をするのは気分がいい。

母は乳搾りの仕方をよく知っていたのに、好きじゃなかったことを思いだす。一方、父は乳搾りの仕方を習って楽しんでいた。

東の丘から顔を出した朝日を浴びながら、バケツを持って家へ引き返すと、ルーシーが裏のポーチに出てきた。

「シーアったら、ずいぶん早起きね」

「早起きしたかったの」

「コーヒーをいれてくれたのね」

「ちゃんとできていたでしょう。ねえ、ミルクコーヒーを飲んでもいい？」

「もちろんよ。バケツを貸してちょうだい。一緒にコーヒーを飲みましょう」

「その前に鶏に餌をあげて、卵を集めてくる。レムはモリーの乳搾りが大好きだから、あとでやってもらうわ。わたしはいい人生を送りたいの、おばあちゃん、ママとパパに敬意を払うために。それを今日から始めようと思って」

「まあ、なんて優しい子なの」ルーシーは手の甲を唇に当てた。「またわたしを泣かせようとして。これはあなたを誇らしく思う涙よ。バケツはわたしが持つわ。あなたは鶏に餌をあげてきてちょうだい。それが終わったら、コーヒーを飲みましょう」

シーアが仕事をすませると、ふたりはキッチンテーブルの席に座り、コーヒーを飲んだ。

「ウェイロンとケイレブが、あなたとレムがほしがっていたものを車に積んでここへ来てくれるわ。早ければ今夜か、もしくは明日には着くはずよ。それと弁護士は――。全部聞きたい？」

「うん」

「あなたは自分で早起きして、わたしのためにコーヒーを用意し、動物たちの世話をしてくれるくらい大人だから、今何が起きているのかわかっていて当然よね。弁護士によれば、わたしの息子たちが持ってくるものを受けとるのはかまわないそうよ。すべてが片づくまでには、しばらく時間がかかるみたい。遺産のことだけど、あなたのママとパパは遺言執行者にわたしを指名したわ。つまり、わたしは弁護士とともにすべてに対処することになる」

「対処って、何に？　わたしたちはここにいられるのよね。おばあちゃんはそう言った――」

「それは別件で、もう解決済みよ。シーア」ルーシーは一拍置いてから続けた。「その決定は決して変わらないわ。そんな大事なことであなたに嘘はつかない」

「わかってる。ただ……怖くて」

「そのことについては、もう怯えなくていいわ。わたしがいくつかの書類に署名すればいいだけだから。弁護士がジョンの両親にメールを送り、わたしは書類に署名したものをスキャンしてなんとか提出したわ。今回の話はそれ以外のことよ。家とか家財道具とか、ふたりの車や銀行口座やなんかのこと」

「そう」

「すべてが片づくまでに一、二年はかかるわ」

「どうして？」

「それは神のみぞ知るよ、ダーリン。きっとそれが弁護士のやり方で、すべてが正しく適切に対処されなければならないからじゃないかしら。今回この話をしたのは、あなたとレムには両親の遺産をどうしたいか考える時間があるってことを知らせるためよ。あなたは大学に進学するころ、ふたりの遺産を手にするわ。あなたたちの両親がそうなるよう取りはからったから。それと自宅以外にも、いずれかなりの額の資産があなたとレムに分与されることになるわ。今のうちにその扱い方をあなたたちふたりに精いっぱい教えるつもりよ」

ルーシーは息を吐きながら、椅子の背にもたれた。「夫は働き者で、家族によい暮らしを与えてくれた。わたしもただの傍観者でいるのではなく、自分の商売でそこそこの収入を得てきた。でも、まぎれもない真実を打ち明けるわ。あなたたちの両親の遺産はわたしが一生かかっても目にできないような額よ。そのことにみんなで敬意を払いましょう」

「わたしたちはお金持ちってこと？」

ルーシーはコーヒーをもうひと口飲んだ。シーアは祖母が言いたいことをどう伝えるべきか考えあぐねているのがわかった。

やがて、ルーシーは言った。「ああ、もう。ここで一緒にコーヒーを飲むくらい大人なあなたには、さらにまぎれもない真実を伝えてもかまわないわよね。わたしは普段、人の悪口は言わないようしているの、その手の陰口は三倍になって自分に跳ね返ってくるから。でも、これだけはどうしても言わずにはいられない。マーシャルとクリスティーン・フォックスは――もう二度とあの人たちをあなたたちの祖父母とは言わない――彼らは資産家と呼ばれるお金持ちよ。でも人としては、このあたりで必死に生計を立てている人々より貧しいわ。わたしの言わんとしていることがわかる？」

シーアは、ルーシーが彼らに対して今も相当な怒りを抱えていることに気づいた。そのことに胸があたたかくなり、安堵（あんど）した。

「うん、わかるわ」

「あなたたちは、あなたとレムは、人として豊かになるわ。すでにそうだから。まったくのおばかさんじゃない限り――あなたはおばかさんじゃないけど――決して生活に困ることはない」

ルーシーはふたたびため息をもらした。「あなたの両親がちゃんと手配しておいてくれたから、わたしはこれから弁護士や財務管理アドバイザー、会計士たちといろいろ対処することになるわ」

シーアはルーシーが目をうるませ、必死に涙をこらえているのを見て取った。

「泣きたいときは泣けばいいって、おばあちゃんが言ったのよ」

「ええ、そうね」ルーシーはぽろりと涙をこぼした。「数日後には、わたしの娘と実の息子のように愛していた男性を埋葬することになる。娘夫婦の子どもたちのためにも正しいことをしなければならない。人は常に過ちを犯すものだし、わたしも間違えることはあると思うわ、人より優れているわけじゃないもの。でも、あなたとレムのために、わたしは正しいことをしなければならない。それなのに、数日後にママとパパを埋葬するあなたに、こんな話をぶちまけるなんて」

「いいえ、おばあちゃん、わたしは知りたいわ。知ることで心が落ち着くから。それに――おばあちゃんが傷ついているのが見える、まるで体の奥で血を流しているみたいにダークレッドに染まってる。その理由を知る必要があるの。こんなふうに普段どおりに過ごす必要があるように」

ルーシーにテーブル越しに手をつかまれると、シーアはまぶしい火花を感じた。これで二回目だ。「この特殊能力に関しても、あなたに教えて正しく導く必要がある。そうすると約束するわ」

ふたりが振り向くと、眠気と涙でうつろな目をしたレムが入ってきた。「パパとママが生き返る夢を見て、目が覚めた」

「ああ、レム」ルーシーがレムに向かって片方の腕をのばすと、シーアもそれにならった。「みんなで思いきり泣きましょう。そのあとレムは、モリーの乳搾りをお願いね、わたしとシーアは朝食を作るから」

それから三人は、家の正面の草むしりと水やりをし、野の花を生けた広口瓶と布にくるまれたパンを見つけた。

「これこそが優しさよ」ルーシーは言った。「これこそが豊かさよ」

「誰が届けてくれたかわかるの、おばあちゃん？」

「ええ、レム。以前、三人で訪ねた女性を覚えている？　ぜにたむしになった幼い娘さんがいたでしょう？　このパンはあのときのお礼で、花はあなたたちの両親に手向けられたものよ。これはストッティケーキと言って、パンだけどケーキと呼ぶ人もいるの。キッチンに運んでもらえる？　昼食はこれでサンドイッチを作って、日に当てて作ったサンティーを飲みましょう」

「ケーキのサンドイッチだ！」レムはパンの包みを抱えて、家のなかに駆けこんだ。

「この調子だと、一週間は料理をせずにすむわね」

「あとでキャンドルを作らない？」いつもどおりのことをしようとシーアは思った。

「それはいいアイデアね。ぜひそうしましょう」

7

ケンタッキー州の空港近くのレンタカー会社でフィル・マスク刑事がコイントスに勝った結果、チャック・ハワード刑事は相棒の運転に我慢する羽目になった。

空港はレッドバッド・ホロウからゆうに一時間の距離で、マスクは制限速度を決して超えない。

マスクのことは気に入っているし、心底信頼している。あの骨をくわえた犬並みのしつこさや、細部にまで注意を払って疑り深いところさえも尊敬している。

だが、運転の仕方は老人さながらだ。

「この調子じゃ着くのが夕暮れ時になってもおかしくないな」

「大いに景色を楽しめよ、チャック。美しい田舎の風景じゃないか」

「われわれは景色を見に来たわけじゃない。そもそもこんな辺鄙なケンタッキーくんだりまで、わざわざ足を運ぶ必要などなかったんだ。もう犯人は捕まえただろう、フィル。本人も弁護士も、罪を認めている。さもなきゃ司法取引なんてしようと思わないはずだ」

「二件の終身刑のほうが、薬物注射や電気椅子で死刑になるよりはましだからな」

「やつはこれから一生刑務所暮らしだ。それなのに、悲しんでいる母親と十二歳の子どもに事情聴取するのか？　やつは洗いざらい白状したし、こっちもそれを裏付ける証拠を押さえた」

「そもそもなぜその証拠品を押収できたんだ？　なぜあんなに早く犯人が見つかった？　そのガキが夢で見たおかげだって？　ふざけるな、チャック」

マスクは道路から目を離し、相棒をにらんだ。

「その悲しみに暮れる母親は孫たちの後見人で、ふたりのガキはいずれ大金を相続する。夢に見た？　ばか言うな。たしかにリッグスは殺人を犯し、おれたちはやつを逮捕した。だが、それ以外は――」前方の道路を見つめながら、マスクがかぶりを振る。

「どうもしっくりこない。何もかも」

「もしそのルーシンダ・ラニガンが――前科のない女性が――すべてをでっちあげ、指示したとおりに話すよう孫娘を言いくるめたんだとしたら、なぜリッグスは彼女のことを暴露しないんだ？」

「そんなこと知るもんか。ひょっとしたらラニガンじゃなく、ガキのほうがからんでるのかもな」

「いいかげんにしろ」

この件についてずっと考え続けてきたマスクは言いつのった。

「あれくらいの年齢になれば、凶悪なガキもいる。あんただってそれをよく知っているだろう。ちょうどそのガキが弟と一緒に祖母の家に泊まってるタイミングに合わせて、リッグスに両親を殺させたんじゃないのか？」

「リッグスはメリーランド州の殺人でも起訴される予定だ。しかもうれしいことに」ハワードが思いださせるように言った。「メルセデスベンツや宝石、犯行の手口と証拠がそろってる。今回とは別の二件の殺人につながる証拠が」

「そっちの裏を取るのはもっと難しいだろうな。やつはボルチモアの路上で銃を買い、メリーランド州の田舎町でヒッチハイクをしようとしていた矢先、キーがささったままガス欠で放置されていたメルセデスベンツを見つけたと言い張っている」

ハワードはにおいを嗅ぐふりをした。「それに関しては、わたしもうさんくさいと思っているよ」

「まあ、そっちの事件でも再逮捕されるだろう。ただ、おれたちが手がけた事件のようにはすんなりいかないだろうな。とにかく、そのガキと年寄りと話して真実を突きとめよう。地元の保安官じゃ関係性が近すぎるし、そいつが最後に二件の殺人事件の捜査を担当したのはいつだ？　きっと一度もないはずだ」マスクは自問自答した。

ハワードは忍耐強くなろうとした。「おまえの言っていることはこじつけだ、フィル。自分でもどれほど途方もないこじつけかわかっているだろう」

「全部夢で見たって言うほうが、ひどいこじつけだろう。ミスター・ファンタスティック（肉体が自由自在に伸縮するスーパーヒーロー）並みに引きのばされたこじつけだ。今日で片をつけるぞ、チャック。あとになって、リッグスに〝十二歳のガキにはめられた〟って泣きつかれるのはごめんだ」

反論できず、ハワードは鋭く息を吐いた。

「片がついたら、帰りはわたしが運転するからな」

キッチンで、シーアとレムはキャンドル作りを手伝っていた。ルーシーが香りと色にちなんで〝ジャスト・ピーチー〟と名付けた商品だ。まず、ふたりは旅行用の蓋つきの缶や、小さな広口瓶、ピンクやオレンジの渦巻き模様が描かれた大きなガラス瓶などの容器を並べた。大きな瓶には芯を三本使う――ルーシー曰く、いい香りで包みこんでくれるキャンドルで――シーアのお気に入りだ。

続いて、容器に芯を入れ、その先端を瓶や缶の縁にのせた細い棒で固定する。キャンドルは丸一日かけて冷やし固めるため、キッチンに隣接する工房の作業台にクラフト紙を敷き、容器はその上に並べておいた。

時間があれば、ラベンダーのキャンドルも作る予定だ。

ふたりは大きな二重鍋でソイワックスを溶かした。ルーシーが蜜蠟(みつろう)でキャンドルを作るときは、自然な色や香りのまま冷やし固める。

今回はシーアがアロマオイルを加え、レムが色をつけた。

どれも食べたくなるほどいいにおいだ。

最後の缶にソイワックスを流しこんでいるとき、犬たちが急に立ちあがって吠え始め、玄関のドアをノックする音が聞こえた。

「ぼくが出るよ、おばあちゃん!」

レムは犬たちとともに玄関ドアへ駆け寄った。裏手や側面のドア同様、網戸しか閉めていないため、向こう側が見通せた。おもてにはスーツ姿の男性がふたり立っている。ふたりとも茶色の髪だが、背が高いほうの男性は白髪まじりだった。

「みんな、ストップ! お座り!」

三匹ともお座りし、ダックは喉の奥でうなったが、みんな吠えるのをやめた。

「こんにちは」レムが挨拶をした。

「やあ」背が高いほうの男性が微笑んだ。「わたしはハワード刑事で、こっちはマスク刑事だ」

明らかに興味津々(しんしん)で、レムは網戸を押し開け、刑事のバッジを眺めまわすと、ふたりを見あげた。「刑事さんたちが逮捕したの？　あの――」ちらりと背後を振り返り、これだけ離れていれば祖母には聞こえないだろうと判断したようだ。「ママとパパを殺したろくでなしを」

「ああ、われわれもその場にいたよ。きみのママとパパは本当にお気の毒だった。おばあさんはいるかな？」

「もちろんいるよ。ぼくはもう十歳だっていうのに、ひとりにさせてもらえないんだ。今はキャンドルを作ってる」

「なかに入って、おばあさんやきみや、きみのお姉さんと話をしてもいいかな？」

「うん。ぼく、最初は警察が犯人を逮捕したら殺してほしかったんだ。でも、ドリスコル保安官代理に刑務所がどういうところか教えてもらって、そいつが一生そこから出られないって知った。それって死ぬよりつらいことだよね。そうでしょう？」

マスクがレムを見おろした。「たとえ百五十歳まで生きたとしても、あの男は刑務所に閉じこめられたままだ。それは死ぬよりつらいことのはずだ。それはそうと、いい犬たちだね」

「この子はココア、ぼくとシーアと一緒に来たんだ。あっちの二匹はダックとグース。お座りって言ったから、刑事さんを嚙(か)んだりしないよ」

だがレムがふたたび網戸を開けると、まるで家が燃えているかのように、犬たちは外へ飛びだした。

「ああやって外を駆けまわりたいんだ」

ルーシーがシーアとともにキッチンに足を踏み入れたところへ、レムが彼らを連れて戻ってきた。「上手にできたわね。それじゃ――」

レムのあとから見知らぬふたりの男が入ってくるのを見て、ルーシーは言葉を切った。

とっさにシーアを背後へ押しやり、レムの手をつかんだ。

「何かご用ですか？」

ハワードはルーシーの保護欲を感じとった。彼女は真っ先に孫たちを守った。

「われわれは警察です、ミズ・ラニガン。フレデリックスバーグから来ました。ハワード刑事とマスク刑事です」

ハワードはルーシーが孫たちに左右の腕をそれぞれまわしながらも、肩の力を抜いたことに気づいた。

「まあ。誰かがいらっしゃるとは思っていなくて……。ちょうどキャンドルを作っていたところなので、散らかっていますが」

「すごくいいにおいがしますね」マスクはあえて温和そうな笑みを浮かべた。「まるで……桃（ピーチ）みたいなにおいだ」

「ええ、まさに桃です。アイス・サンティーもありますが、コーヒーをいれましょうか？」

「コーヒーを断ることはめったにないんですが、今日は暑いのでアイスティーをもらえますか、もしお手数でなければ」

「もちろんかまいませんよ。レム、わたしたちはアイスティーを用意するから、刑事さんたちをリビングルームへ案内してちょうだい」

「こちらで大丈夫です」ハワードはキッチンテーブルを指した。「いくつか追加の質問をさせていただくだけですから。でも、まずはみなさんにお悔やみを申しあげます」

「お気遣いに感謝します。レム、あなたはカウンターのスツールに座って」

「貧乏くじを引くのはいつだって一番年下なんだ」

ハワードは思わずレムに向かってにやりと笑った。「同感だよ」親指で自分の胸を指した。「わたしは三人きょうだいの末っ子だ」

ルーシーは食器棚から一番いいグラスを取りだした。「あなた方が犯人を逮捕したと、マッキノン保安官が知らせてくれました。今後、裁判が行われるんでしょうか？」

「容疑者はすべて自白しました」ハワードはルーシーの質問に答えた。「完全な自白により、死刑は求刑されません。二件の終身刑が科され、仮釈放はありません」

ルーシーが喉に手を押し当ててうなずくあいだ、少女は影のようにぴたりと祖母に身を寄せていた。ルーシーは冷蔵庫から大きなガラス瓶を取りだし、氷を入れたグラスにアイスティーを注いだ。

氷がカラカラと音をたてた。

「それを聞いてほっとしました。わざわざそのことを伝えにいらしてくださって、わたしも孫たちも感謝しています。ヴァージニア州から運転してきたんですか？」

「いいえ」マスクはルーシーからグラスを受けとった。「最寄りの空港まで飛行機で来ました」

「空港からでも車で一時間はかかりますよね。今わが家には……」ルーシーはいったん口を閉じてから言った。「近所の方が届けてくれたチョコレートピーカンパイがありますよ」

「いえいえ、おかまいなく」ハワードが答えた。「あまりお時間は取らせません。あなたはこの子たちの法定後見人でいらっしゃるんですよね」

「そのとおりです」

「そして、ふたりが相続する資産の遺言執行者でもある」

「ええ」

「それが決まったのはいつごろか教えていただけますか？」

「たしか、シーアが生まれてほどなく、コーラとジョンが遺言書を作成し、その内容に同意するかどうか問われました」

「あなたは未亡人ですよね、ミズ・ラニガン」

「ええ。十八年前の十一月十八日に夫を亡くしました」

「義理の息子さんにはご両親がいますよね」マスクが告げた。

ルーシーが答える前に、レムが言った。「あの人たちは、ぼくたちのことが好きじゃないんだ」

「レム――」

「だって、おばあちゃん、心が痛いときは本当のことを言ってもいいんでしょう。あの人たちはぼくたちを好きじゃなかった」

レムはスニーカーをスツールの脚に引っかけて肩をすくめた。

「一度も会いに来たことがないし、ぼくの誕生日には何も送ってくれなかった。最後に会いに行ったとき――今まで誰にも言わなかったけど――あの人たちがこう言ってるのを聞いちゃったんだ。シーアは母親そっくりになって、決してレディにはなれないし、ぼくはごろつきになるって。意味がわからなかったから辞書で調べたけど、それなの嘘だよ！　それに、おばあちゃんが電話して事件のことを話したときも、あの人はパパだけ引きとるって言ったんだ。ママと引き離して向こうにパパのお墓だけ作って、ぼくたちは寄宿学校に入れるって。それでおばあちゃんはかんかんになった。あんなに怒ったおばあちゃんを見たのは初めてだったよ。おばあちゃんは、そんなこと絶対にさせないし、もしそんなことをしようとしたら、あの人たちの評判をうんちまみれにするって言ったんだ。まあ、おばあちゃんは〝うんち〟なんて言葉は使わなかったけど」

「レム！　いいかげんにしなさい」だが、ルーシーはおもしろがると同時に感心したように瞳を輝かせた。「刑事さんたちはそんなことを聞くためにわざわざいらしたんじゃないのよ」

「実は」ハワードが口を開いた。「今のが質問の答えになりました」

「最初、おばあちゃんはあの人たちと話さないとだめって言ったんだ。あの人たちも息子を亡くしたんだし、ぼくたちのおじいさんとおばあさんだからって。でも、その電話のあとはもう話さなくていいって言われた。もともとぼくたちは話したくなかったんだけどね、そうだよね、シーア？」

シーアはうつむいたまま、黙ってうなずいた。

「娘さん夫婦と、向こうのご両親は敵対していたんですか？」

ルーシーは疲れた目でマスクを見つめた。「敵対していたとまでは言いませんが、疎遠ではありました。コーラとジョンは心から愛しあっていました。子どもたちのことも愛していて、ふたりですばらしい人生を築いていました。でも、ジョンのご両親はそのことをまったく気にかけていませんでした。彼らにとっては、ジョンが自分たちの希望に沿わない道や結婚相手を選んだことのほうが問題だったんです」

「シーア、きみと弟さんは毎年夏の二週間をここで過ごしていたそうだね」

「はい」シーアはマスクに目を向けなかった。

「それはきみたちが望んだことかい？」

「はい」

「自宅にはスイミングプールがあって、近所に友だちもいるのに？　自宅にはゲームや大型スクリーンのテレビもあるんだろう？　ここで二週間も何をしていたんだい？」

シーアが顔をあげ、深いブルーの瞳でマスクを真っ向から見据えた。「モリーとアスターの乳搾りや、雌鶏の餌やりです。丘を散歩したり、石鹸やキャンドルや自家製アイスクリームを作ったり、外に座って星を眺めたりします。アップルスタックケーキの作り方も教わるつもりです。おばあちゃんはアップルスタックケーキが大好きなパパのために、よくそのケーキを焼いてくれました。おばあちゃんは楽器も演奏するので、レムにせがまれてバンジョーの弾き方も教えています」

「すごく楽しそうだね」ハワードが言った。

「ぼくたちが一年で一番好きな二週間だよ」レムが口をはさんだ。「まあ、クリスマスも同じくらい好きかな、クリスマスはおばあちゃんが会いに来てくれるから」

マスクはシーアに話を戻した。「今回ここへ泊まりに来る前に、自宅で何かトラブルはあったかい？」

「いいえ」

「きみは似顔絵担当官にレイ・リッグスの顔を詳しく説明したそうだね」マスクはそう続け、ゆったりと微笑んだ。「おかげで、犯人をまんまと捕まえることができたよ。あの男をどこで見かけたんだい？」

「彼がガラス戸に穴を開けて、家に忍びこんだときです」

「でも、きみはそのときここにいたんだろう？」

「はい。夢で見たんです。犯人がガラス戸に穴を開けたときは、顔が見えませんでした。彼が両親を撃ったあと、ママの結婚記念の腕時計をつかんだとき、その顔が鏡に映ったんです。彼が鏡をのぞきこんだときに――」シーアはマスクの目をじっと見つめ続けた。「彼は誰かに見られているのを感じ、怯えていました。階下におりて壁からわたしの写真を取ったのは、頭のどこかでわたしに見られていることに気づいたからです。あの人はママとパパにしたように、わたしのことも痛めつけたがっていました」

「どうもしっくりこないな」

マスクは穏やかに微笑んだまま言った。

「きみは自宅にいなかったのに、どうやって犯人を見たんだ？　どうして犯人が現場から持ち去ったものや、犯人の行動を知っていた？」

ルーシーがシーアの肩に手をのせた。「この子を嘘つき呼ばわりするつもりですか？」

「ミズ・ラニガン、レイ・リッグスがジョンとコーラ・フォックスを殺害したことはまぎれもない事実です。あの男には必ず自分の犯した罪の報いを受けさせ、一生刑務所暮らしをさせたいと思っています」

「そうなるとおっしゃいましたよね」ルーシーが問いただした。

「リッグスがあなたの娘さんと義理の息子さんを殺害したことはわかっています。われわれとしては、すべての事実を把握したうえで、単独犯だと断定することが重要なんです」

ルーシーが警戒したように顔色を失った。「共犯者がいた可能性を疑っているんですか？」

「シーアは以前リッグスを見かけたか、やっと話したことがあるんじゃないですか。

そうでないなら、莫大な信託財産が遺されたふたりの未成年者の法定後見人であるあなたに疑いの目を向けなければならない。あなたは莫大な資産の遺言執行者でもあり、孫たちに対して途方もない影響力を持っています。あなたがレイ・リッグスと会って、今回の件を仕組んだのかもしれないと疑わざるを得ません。あなたがシーアに何を言えばいいかを吹きこみ、彼女はそれにしたがったのかもしれないと」

警戒心がぱっと怒りに取って代わった。

「わたしのキッチンで、孫たちを前にして、わたしがベッドで眠るわが子の殺害を企てたと非難する気ですか？　わたしがジョンのことも殺害させ、孫娘をそんなふうに利用したと？」

「事実を述べただけですよ、ミズ・ラニガン」

この手の事情聴取では、癇癪を起こさせることで相手を罠にはめ、自白を引きだすことが多い。だから、マスクはそのまま追及した。

「あなたが関与していないなら、このお嬢さんがあたかも現場にいたかのように詳細を語ったのはどういうことですか――十二歳なら両親を疎ましく思ってもおかしくありませんが。彼女は現場にいなかった。だとすれば、その次に論理的に考えられるのは、リッグスを利用して両親への怒りを晴らしたという可能性です」

ルーシーはゆっくりと立ちあがった。「なんてことを。この悲しみに暮れるいたいけな子どもに、よくもそんなことを言えるわね。シーアに微笑みかけながら、頭のなかではそんな卑劣なことを考えていたなんて！」

「ただ、己の職務を全うしているだけです。ジョンとコーラ・フォックスのために正義の裁きがくだされるようにするのが、自分の役目ですから」

「もうこの人たちには出ていってもらおうよ、おばあちゃん」レムは両脇に垂らした手をかたく握りしめ、スツールからぱっと立ちあがった。「この家からとっとと出ていってもらおう！」

「ええ、そうね。わたしの家から出ていってちょうだい、そしてもう二度とこの子たちに近づかないで。この子たちの心をナイフで切り裂きながら、正義を語らないでちょうだい」

「立ち去るのはかまいませんが、夢の話に固執するつもりならまた来ますし、リッグスをふたたび尋問して、やつから真実を聞きだします。今度来るときは児童保護司も連れてきますよ」

「あなたは去年離婚して、今もそのことで悲しんでいる」マスクを凝視したまま、シーアは静かに語りだした。「以前ほど、双子に——ローガン（Rogan）とローガン（Logan）に会えないから。あなたはみんなからフィルとかマスクと呼ばれているけど、お母さんが怒ったときは、フィリップ・ヘンリー・マスクと呼ばれる。十一歳のときに腕を骨折した。自転車でスピードを出しすぎて、歩道から飛びでていた根っこにぶつかり、自転車から落ちて腕を折った。こっちの腕を」

シーアは左腕をさすると、ハワードに目を向けた。

「あなたはチャックで、奥さんはリッッサ。ケヴィンは六歳でコーディーは三歳——お財布に家族の写真が入っていて、あなたと奥さんはもうひとり子どもがほしいと思い始めている、今度こそ女の子が生まれることを願って。あなたは今、彼に、マスク刑事に怒ってる。そもそもここには来たくなかったし、頑固なマスク刑事がかっとなってこんなやり方をしたことが気に入らないから。何もしなくてもリッグスは刑務所で朽ち果てる。わたしが保安官に話したことは説明がつかないけれど、ほかのすべての証拠から……わたしたちを事件に結びつけるものはないと確信している」

シーアはマスクに視線を戻した。「あんなことを言ったあなたに対して、わたしは怒っていません。おばあちゃんもレムもそんなに怒らないで。この人はベッドに横たわるパパとママを見たの。ふたりは手を握りあっていた」声が震え、目がうるむ。「手をつないだふたりの顔は血まみれの枕で覆われていた。それがマスク刑事の目に焼きついて、深く心に刻まれた。だから、あなたはハワード刑事に……」

シーアは濡れた目を閉じ、読みとった台詞(せりふ)を口にした。「〝こんなことをしたろくでなしを必ず見つけるぞ、チャック。一生かかってもそのろくでなしを見つけだし、おれたちが刑務所にぶちこんでやる〟って言った」

「なんてこった」

「黙れ、フィル。いいから、黙るんだ」ハワードはシーアのほうに身を乗りだした。

「シーア、きみや、きみのおばあさんや弟さんに心から謝罪させてほしい。きみがあの事件を目撃しなければならなかったことを本当に気の毒に思う。きみが両親やさまざまなものを失ったことも。そして、われわれのせいでこんな思いをさせてすまなかった」

「マスク刑事は両親のために正義の裁きをくだしたいと心から願ってくれていました。だから、わたしは怒ってません。でも……」

シーアがふたたびマスクのほうを向くと、彼は顔面蒼白で呆然と座っていた。「おばあちゃんはわたしたちに負けないくらい両親のことを愛していました。パパにとって、おばあちゃんは母親同然でした、実の母親がまったく母親らしくなかったので。おばあちゃんはわたしたちを引きとるために自分の生活を変えようとしています。それは、わたしたちの両親がそう望み、おばあちゃんがわたしたちを愛してくれているからです。だから、もう二度とおばあちゃんのことは悪く言わないで」

マスクは何か言おうとし、さえぎろうとした相棒を制するように手をあげた。「頼むから言わせてくれ、チャック。すまなかった。いまだかつてこんな経験をしたことがなかったから。信じなかった――信じられなかった……。本当に申し訳ない」

「シーアがあなた方の謝罪を受け入れたので、わたしたちもそうします。さあ、もうお帰りください」

刑事たちが立ちあがると、シーアはもう一度息を吸った。「ハワード刑事。青い階段に気をつけてください。それがどういうことかはわかりませんが、青い階段に気をつけて」

ハワードはうなずいたとき、若干鳥肌が立っていた。

外に出ると、マスクは両手で顔をこすった。「酒が飲みたい。何もかも忘れるまで飲みたい」

「空港に着いたら飲もう」

車に戻ると、マスクはボンネット越しに相棒を見つめた。「あんなふうに手をつないだふたりの姿が心に突き刺さったんだ、チャック。あの姿が目に焼きついて離れない」

「もう忘れるんだ、フィル。この事件は解決済みだ」

キッチンでは、ルーシーがシーアのつむじにキスをしていた。「あなたを心から誇りに思うわ、シーア。それにレム、あんなふうに立ち向かったあなたのことも」

「わたしはあのふたりが怖かったの。あれ以上ここにいてほしくなかった。刑事さんたちと話したくなかったし、あの晩のことをまた一から説明したくなかった。だから、考えないようにしたの。そうしたら……いろいろ見えてきて、ふたりのことがわかった。ふたりが話せば話すほど、動揺してしまって、あの晩のことを考えないようにしたから」

シーアはまぶたを閉じた。「頭がずきずきするわ、おばあちゃん」

「でしょうね。何か頭痛をやわらげるものを取ってきてあげる。しばらく横になる？」

「外に出てポーチの椅子に座ってもいい？」

「ぼくも一緒に行くよ、シーア。黙ってるって約束するから」怒りと悲しみの涙で、レムの目はまだ濡れていた。「ぼくも一緒に行く」

「あのふたりについてわかったことを言わずにはいられなかった、そうすればわたしたちが嘘をついていないってわかってもらえるから。でも、いろんなことを知り始めたら、とめられなくて。頭が痛くなってもとめられなかった」

「その力についてもわたしが手助けするわ。あなたの能力のほうが勝っているけど、手助けすることはできる、ダーリン。さあ、しばらく座っていなさい。レム、シーアが話したくなるまで約束を守るのよ」

「うん」

バジルのアイスティーが頭痛をやわらげてくれた。レムが自分ひとりで家畜に餌をやれると言って立ち去ると、シーアはルーシーとポーチに残った。

「あなたには強い特殊能力があるわ、ダーリン」

「どうして頭痛がするの？」

「特殊能力には常に代償がつきものだからよ。でも、それを軽減する方法はあるわ。たとえば必要なときや望んだとき以外は、何かを見たりいろいろ知ったりせずにすむ方法があるように。今日は必要に迫られたから、彼らのことを見たのよね。でも、あなたはその強いイメージを受けとめる準備が整っていなかった」

「ママにもこの能力があったの？」

「そう思うわ。でもコーラは手放した。この能力を拒んだの。そして、あの子にはそうする権利があった」

「わたしは手放したくない」

「わたしもそうだった。でも、平穏を保つために特殊能力を使うことをいっさいやめた」

「ママのためね」

ルーシーはかすかに微笑みながらうなずいた。「コーラはわたしのかわいい娘で、第一子だったから」

「ママは、特殊能力があるせいで人と違う人間になりたくなかったのね」

「それが真実だと思うわ。あと、知りたくないことまで知ってしまうんじゃないかと怯えていた。あるいは、怯えていたのはわたしかもしれないわね」

「わたしはそんなふうに怯えたりしないわ、おばあちゃん」

「いいことだわ。これは敬意を払うべき能力だから。ただ、なかには特殊能力があるあなたを避けたり、いやなことを言ってきたりする人もいるでしょうけど。決してこの能力を使っていたずらをしたり、誰かを傷つけたりしてはだめよ」

「刑事さんたちがあんなひどいことを言ったり考えたりするのをやめさせたかったの」

「わたしは正直、頭に来すぎて、ただ追い返したかった。だから、真実をわかってもらうべきだったのにそうしなかった」

ルーシーはシーアの肩をさすった。「でも、あなたはそうした。冷静になって、あの人たちから言われたことや、あの人たちがわたしたちに言わせようとしたことを考えないようにした。冷静なほうがいろいろと見やすいわ。動揺したり怯えたりしたときに、見えることもある。でも、一番いいのは冷静なときよ、それなら頭痛も今ほどひどくならないわ。ただ心を開くの。さあ、いらっしゃいって！」

「それって――ドアを開くみたいな感じ？」

「そのとおりよ。眠っているときは心を開いているでしょう、だから夢を見るの。もし見たくなければ、ドアを閉じることもできる。たいていの場合は」

「どうやって？」

「ばかみたいに聞こえるかもしれないけれど、枕の下にハーブを忍ばせるか、ベッドにお守りを置くの。そして呪文を三回唱え、眠る前にある香りを吸いこむの。その能力はあなたを苦しめたがっているわけじゃないわ、シーア。あなたの一部なの。だから、自分の一部をうまく扱えばいいのよ」

ルーシーはシーアの手を持ちあげてキスをした。「練習しましょう。ねえ、レムを見て、わたしたちが甘やかされたレディのごとく座っていられるように家畜の世話をしてる。あの子がごろつきになるですって！　冗談じゃないわ」

シーアがくすくす笑うと、ルーシーも笑った。「あっ、電話だわ」ルーシーは人さし指をあげ、目を閉じた。「ウェイロンからよ」シーアに向かってウインクした。「わたしの能力もまだまだ錆びついていないみたいね」

引っ越し用トラックに荷物を積んで運転してきたにもかかわらず、おじたちは翌日の昼前には到着した。

ふたりを見て、シーアの胸は二度締めつけられた。ふたりに会えたうれしさと、この再会をもたらした理由の悲しさで。

ウェイロンはさっとシーアを抱きあげると、強く抱きしめた。無精ひげを生やし、昔からやめようとしている煙草(たばこ)のにおいがかすかにした。

ウェイロンはすごく疲れて見えた。シーアの顔を両手ではさみ、キスをしたケイレブも同様だった。

ふたりはレムも抱きしめ、ルーシーのことはさらに長く抱きしめていた。シーアが見守るなか、ウェイロンは母親の肩に顔を押しつけ肩を震わせた。

ルーシーは無精ひげを生やした息子のぼさぼさの頭を撫でた。シーアが慰めを必要としたときに撫でてくれるように。

「さあ、ふたりとも家に入ってゆっくり休んでちょうだい。この数日間、大変だったでしょう。レモネードを作ってあるし、食べるものもたくさんあるわ」

「ぼくたちはずっと座っていたんだよ、母さん」犬たちがくうんと鳴くので、ケイレブは三匹をさっと撫でてやった。「レモネードや料理をいただくのは、トラックから荷物をおろしてからにするよ」

「パパの製図板を持ってきてくれた？」

「もちろんだよ」ウェイロンは濡れた目を隠すようにサングラスをかけ、レムの髪をくしゃくしゃとかきまぜた。

「それはぼくの部屋に置いてもいい、おばあちゃん?」

「いいわよ」

シーアは自分の服や荷物が詰まった箱をいくつも運びこみながら葛藤した。こうして自分のものを受けとれたのはうれしいけれど、あらためてすべてが現実に起こったのだと思い知らされた。

もう二度とヴァージニア州の家へ戻ることはないのだと。

「今すぐ全部片づける必要はないわ。コンピューター類は裁縫部屋に運んでちょうだい。部屋を空けておいたから」

「あそこはおばあちゃんの部屋でしょう」

「もう昔みたいにお裁縫はしないから」ルーシーはシーアの肩をぽんと叩いた。「いったんそこにすべて運びこんでおけばいいわ。屋根裏部屋をゲームルームみたいにリフォームして、いずれそこに全部移してもいいし。でも、とりあえず今は裁縫部屋に運んでちょうだい」

シーアは自分の部屋で服やいろいろなものが詰まった箱の山を前にして、どこから手をつければいいものか途方に暮れた。

「これにもあなたの名前が書いてあるわ。ちゃんと荷造りした息子たちを褒めてあげないとね」ルーシーが入ってきて、箱を置いた。「自宅で使っていた部屋より狭いのはわかっているけど――」

「ううん、おばあちゃん、そうじゃないの。わたしやレムのために何かを変える必要はないわ。おばあちゃんの裁縫部屋も屋根裏部屋も」

「あなたやレムのために変えるんじゃないわ。わたしたちのために変えるのよ。わたしたち三人のために。ウェイロンやケイレブが泊まりに来たときのために。いつか息子たちが家族を持ったときのために」

ルーシーはベッドに腰かけ、隣のスペースを叩いた。「これまではひとり暮らしだったから、何かを変える必要もなかった。でも状況が変わった今こそ、あれこれ変えるべきなのよ。シーア、いろいろ変えることは、わたしの心を癒してくれるの。だって、あなたのママとパパはきっとその変化を喜んでくれるはずだから。レムは自分の部屋でケイレブと一緒にプレイステーションを設置しようとしているわ。あなたならぱぱっとできるんじゃない？」

「まあ、たぶん」シーアは肩をすくめた。「ええ、できるわ」

「でも自分たちでやるほうがあのふたりのためよね」

「そう、わたしたちは生きていかないといけないから」

「そのとおりよ」

今こそ一番気になっていたことをきくときだと、シーアは思った。

「警察はいつママとパパをここに連れてきてくれるの？」

「階下(した)で何か食べない？　そのことは、ランチを食べたあとにみんなで話せばいいわ。みんなで、なんでも話しあいましょう」

8

みんなで食事をしてレモネードを飲みながら、ケイレブがニューヨークに引っ越した話やウェイロンの一番最近の旅行の話をした。

テーブルを片づけたあと、ルーシーは息子たちにビール一杯以上の働きをしたとねぎらった。

「わたしが手配した葬儀について話しあわないとね」ふたたび一同がテーブルを囲むと、ルーシーが切りだした。「もし何か変えたいことがあれば変更可能よ。わたしが正しい選択をしたか確認させて。まず、コーラとジョンは明日帰ってくる予定よ」

「ふたりに会える？」

ルーシーはレムに向かってかぶりを振った。「会えないわ、ダーリン、ごめんなさい」

「犯人にあんな殺され方をしたからだよね」

ウェイロンの表情が凍りついたが、その目には怒りが燃えあがっていた。隣に座るケイレブが兄の腕に手をのせた。

「そうよ。葬儀の場にはふたりの写真を置くわ。おじさんたちがふたりの写真を持ってきてくれたから、あなたたちは何枚でも持っていっていいわよ。そして、葬儀で使う写真を選びましょう」

「ここにもギャラリーウォールを作っていい、おばあちゃん？　パパとママの写真だけじゃなくて、みんなの写真で」

「レム、最高のアイデアだわ」ルーシーは孫息子ににっこり微笑んだ。「近々わたしのアルバムに目を通して、ギャラリーウォール作りに取りかかりましょう。葬儀場のスタッフが空港で――」ルーシーはためらってから続けた。「ふたりの柩（ひつぎ）を引きとってくれるわ。コーラはウエディングブーケに大好きな白とピンクのアジサイを選んだから、葬儀や墓地にもアジサイを使いましょう。それから、ふたりがこれまでどおり一緒にいられるよう墓石はひとつにするつもりよ」

ルーシーは咳払（せきばら）いをした。「当初は怒りと悲しみで、墓石に〝残酷にも奪われた〟と刻もうかと思ったけど、そんなふうにふたりのことを覚えているべきじゃないわよね。だから、ふたりを称える言葉がいいんじゃないかと思ったの。ジョンが結婚記念日にコーラにプレゼントした腕時計に刻まれた〝永遠に〟という言葉が」

「完璧だよ、母さん」ケイレブが言った。

「わたしたちは誰も熱心な信者じゃないでしょう、だから、葬儀は葬儀場で行うのが一番だと思うの。ケイレブ、ウェイロン、あなたたちふたりには大役をお願いするわ。ケイレブ、わたしたちを代表して弔辞を読みあげてもらえる?」

ケイレブは無言でうなずいた。

「ウェイロン、あなたにも大役よ。あの歌を歌ってほしいの、ふたりが結婚式のファーストダンスに選んだ《エンドレス・ラブ》を。あの結婚式で歌ったようにふたりのために、わたしたちのために歌ってくれる?」

「母さん」ウェイロンはまぶたを閉じ、弟同様うなずいた。「もちろん歌うよ」

「あなたたちはこれでかまわない、シーア? そしてあなたも、レム?」

「葬儀で飾る写真の一枚は、ヴァージニア州の家のギャラリーウォールに飾ってあった結婚式の写真でもいい?」シーアがきいた。「もし花や歌が……」

「それは完璧だわ」

「ココアも連れていける? ママとパパはココアが大好きだったから」

「それについては確認してみましょうね、レム。もし葬儀場に入れなくても、墓地には必ず連れていくわ。葬儀は明後日で、そのあとみんなでここに戻ってくる予定よ。町のレストランから料理を届けてもらうわ。お代はいらないそうよ。でも、わたしはハムとアップルスタックケーキを作るつもり。コーラはわたしのハムが大好きだったし、アップルスタックケーキはジョンの大好物だった。必要なもののリストを作ったから、ケイレブかウェイロン、車で市場まで買いに行ってくれる？」

「ぼくが行くよ、母さん」ウェイロンが答えた。

「ありがとう。あとで金額を書きこめる小切手を渡すから――」

「いや、いらないよ。そんなこと言わないでくれ、母さん。頼むよ。コーラはぼくの姉さんで、ジョンは兄も同然だった」

ウェイロンが涙ぐむと、ルーシーは立ちあがって息子のもとへ向かった。「あなたの言うとおりね」椅子の背越しにウェイロンを抱きしめ、もつれた髪にキスをする。

「わたしたちみんなが最高のやり方でお別れを告げないと。何かやり残したことや、ほかにしたいことがあれば、遠慮なく言ってちょうだい」

「たくさん人が来るの？」

「ええ、来るはずよ、レム。それに明日は、わたしの母――あなたのひいおばあちゃんがストレッチと一緒にやってくるわ。わたしの兄や妹たち、あなたのいとこたちも。ママとパパにはヴァージニア州に友達がいたから、そのうちの何人かも参列するでしょうね」

「たしかに大勢やってくる」ケイレブも言った。「みんなが来ても、しばらくひとりになりたいとか静かに過ごしたいと思ったら、自分の部屋にあがって静かに過ごせばいい。何かほかにも必要なことがあれば、ぼくかウェイロンを探してくれ」

「買い物リストをくれ、母さん。さっそく買い出しに行ってくるよ。おばあちゃんのトラックでおじさんと一緒に出かけないか、レム？　きみもどうだい、シーア、もしよければだけど」

「わたしはいいわ。荷物を片づけてしまいたいから。それに、アップルスタックケーキを作るのを手伝って、レシピを教わりたいの。上階に行って荷物を片づけてくるね、おばあちゃん」

そしてちょっと考えよう、とシーアは胸のうちでつけ加えた。いったい何人くらい来るんだろう。この悲しみや怒りを抑える方法を祖母に教わらないと。ケイレブは表情も話し方も落ち着いて見えるけれど、感情が顔に出るウェイロン同様、深い悲しみと怒りを抱えていることが感じとれた。

みんなから、祖母やレムからもそういう感情が伝わってきて、シーアの胸はことさら重くなった。

以前はこんなふうじゃなかった、あの晩の前までは。感情を抑制する方法を学ばないと押しつぶされてしまいそうだ。

学ばないと。

その晩、ルーシーが寝かしつけに来てくれるのをシーアは待った。

「大勢の人が来るんだよね」

「ええ」

「この能力はわたしを苦しめたがってるわけじゃないし、心を開くべきだって、おばあちゃんは言ったでしょう。でもランチのあとみんなで話しているときもそうだけど、今日は何度か――頭がずきずきしたわ、おばあちゃん。ケイレブおじさんはウェイロンおじさんほど感情をおもてに出さないけど、同じように感じてた。これでもっと大勢の人が来たら――」

「わかるわ。ときには窓を閉めないといけないときもある」

ルーシーは夜気を入れるために開けてある窓を顎で指した。

「窓を閉じても外は見えるし、雨が降ればそれも見える、太陽や、木々を揺らす風も。でも窓を開けっぱなしにしているときほど、はっきりとは感じない。今回のような場合は、窓を閉める必要があるわ」

「どうやって？」

「もう何度もやったことがあるはずよ。考えてやったわけでも意図してやったわけでもないかもしれないけど。自分の能力を受け入れたからといって、毎日使う必要はないわ。窓じゃ心許（こころもと）ないならドアを想像してみて、ドアを閉めて鍵をかけるの。ここはあなたの部屋よ、シーア。あなたが決めていいの、窓を少し開けておくか、ドアを開けたままにするか。ケイレブおじさんが言っていたように、静けさが必要なら開けっぱなしにはしないことね」

「おばあちゃんは開けておく？　それとも閉めるの？」

「たいていは少しだけ開けておくわ。ときには全開にすることもあるし、ぴったりと閉めることもある」

「できれば、葬儀のときは閉めておきたいわ」

「だったら、そうしなさい。手助けが必要なら、わたしのところに来てちょうだい。いいわね？」

シーアがうなずくと、ルーシーは身をかがめてキスをした。「楽しい夢か、冒険に満ちた夢を見てね。夢のなかまで重荷を背負わないで」

シーアはまぶたを閉じ、窓を想像した。外では嵐が吹き荒れている。雨……涙。風……悲しみ。雷鳴……怒り。

そして、自ら窓を閉めるところを思い浮かべた。

葬儀当日、シーアは春に学校で行われる合唱コンサート用に母と選んだ黒いワンピースを着た。その服やローヒールの靴を身につけると、大人になった気がした。どちらももう二度と身につけることはないとわかっていた。

髪を三つ編みにし、警察からおじを通じて返却されたピアスをつけた。

曾祖母は、みんながストレッチと呼ぶ裕福な再婚相手とともにやってきた。祖母や母は、曾祖母のキャリー・リン・オマリー・ライリー・ブラウンを〝大自然の力〟と呼んでいた。

百八十センチを上まわる長身に、真っ赤なロングヘア、鋭いグリーンの瞳は、まさに自然の力を彷彿させた。

曾祖母が泣き叫ぶと、シーアはほんの少し心の窓を開け、曾祖母が心に深い傷を負っているのに気づいた。

おばたちやおじたち、いとこたちも、さらに涙をもたらした。

ウェイロンとケイレブが引っ越しトラックを運転してきたため、家には曾祖母のトラックしかなく、ストレッチが借りてくれた数台のレンタカーを葬儀場や墓地と自宅の往復に利用した。

シーアはそのうちの一台の後部座席に乗りこんだ。片側には祖母、反対側には一張羅のスーツを着たレムが座った。

ウェイロンがハンドルを握り、助手席にはケイレブが座り、そのあいだにココアが寝そべった。

町の外れに立つ葬儀場は大きな赤レンガ造りの建物で、白い縁取りがあり、窓が日に照らされて輝いていた。シーアの目には、手入れが行き届いた芝生のゆるやかな斜面の上に鎮座する葬儀場が、家のように見えた。

白髪の男性がドアを開け、一同を迎えた。黒いスーツにぴかぴかの黒い靴というでたちで、教会で話すような小声を使った。

鼓動が速くなり、シーアは耳を傾けないようにした。

まわり中から花の香りがして、暑すぎる。

外へ飛びだしてそのまま走り続けたい気分だったが、反対側にいるレムと同じように祖母の手をぎゅっと握りしめた。ココアにリードをつけ、一同は男性に先導されて燦々と日の光がさしこむ大きな部屋に足を踏み入れた。そこには折りたたみ椅子が何列も並んでいた。

テーブルにはシーアたちが選んだ写真が並び、ここにも花が飾られている。ふたつの大きな白い花瓶にピンクと白のアジサイが生けられ、隣のイーゼルにはストレッチが引きのばしてくれた写真が置かれていた。

結婚式の衣装をまとった両親の写真だ。ギャラリーウォールに飾ってあったので、それがファーストダンスのときのものだとシーアは知っていた。

両親は見つめあっていた。ふたりの目には星がきらめいていたと、祖母が語ったことがある。

何列もの椅子にはさまれた中央の通路を進みながら、シーアは棺に目を向けた。光沢のある棺の上にもアジサイが飾られていた。

そのなかに両親が横たわっているのだ。

シーアは自宅を出発したときの両親の姿を思い返した。

ほんの一分前のようにも、一年前のようにも思える。

ぴったり窓を閉めていても、レムが泣き始めるのがわかった。祖母の頰に涙がこぼれ落ちるのも。おじたちの悲しみが、自分の悲しみの上に降り積もっていく。

ルーシーがシーアのほうを向いて頰にキスをすると、その恐ろしい重荷が軽くなった。

次に、ほかの親族を迎え入れた。レムはケイレブと立ち去ったが、ルーシーはシーアの手をぎゅっと握り続けた。

最前列が参列者で埋まっても、ルーシーはシーアの手を放さなかった。

参列者は続々とやってきた。すべての席が埋まり、しまいには後ろに立つ人も現れた。黒いスーツ姿の男性が前にやってきた。彼はコーラの幼なじみで、ジョンとも会ったことがあるそうだ。その場にいる参列者はみな喪失感を抱いていた。家族や幼い子どもたちや、コミュニティーにとっての悲劇的な喪失感を。

ウェイロンが立ちあがってギターを肩にかけた。無精ひげをきれいに剃り落とし、髪も整えている。

「これはコーラとジョンの曲です。ふたりが夫婦になって初めて踊った曲です」

ウェイロンがゆっくりとギターを弾きながら歌いだすと、シーアの手を握っていたルーシーの手が震えた。

今度はシーアのほうがその手をぎゅっと握った。

ウェイロンはふたたび腰をおろすまで涙を流さなかった。

続いて、ケイレブが立ちあがった。顔面蒼白だったが、なぜか端整さがより際立っていた。

「この世には、存在するだけで世界をよくしてくれる人がいます。喜びや愛情を抱えているだけで、世界に喜びや愛をもたらしてくれる人が。コーラとジョンはこの世界をよりよいものにしました。喜びや愛をもたらしました。この世界や、子どもたちやわたしたちは、無意味で残虐な行為によりふたりを奪われました。それでも、ふたりは喜びや愛をもたらしてくれます。悲しみの先に、その喜びや愛が感じられます。それは、ふたりがわたしたちに与えてくれるからです。わたしたち全員に、友人や、近所や遠方から来た隣人に。ふたりは、わたしたち家族に喜びや愛を与えてくれます。母さんや、ウェイロン、とりわけシーアとレムに。ふたりを失ったことはあまりにもつらく、それを受け入れるのも乗り越えるのも容易なことではありません。ですが、わたしたちは受け入れ、乗り越えます。ふたりがこの世界にもたらした光は、決して消えることはありません。その光はふたりの子どもたちのなかで輝いています」

ケイレブがふたたび腰をおろすと、黒いスーツの男性が弔辞を述べたい方は前へいらしてくださいと促した。

大勢が優しい言葉を口にし、愉快なエピソードや懐かしい思い出を語った。座っているうちにシーアの鼓動は穏やかになった。ウェイロンの歌やケイレブの弔辞がすっと心に流れこんできた。なぜかそのおかげで、黒いワンピースを身につけてからずっと耐えてきた鋭い頭痛がやわらいだ。

墓地は町の境界線の外にあり、なだらかな丘に墓石や記念碑が立っていた。黒いスーツの男性がふたたび口を開き、ケイレブとウェイロンが立ちあがった。

「ふたりは何をするの、おばあちゃん?」

「わたしにもわからないわ、レム」

シーアたちは太陽が降り注ぐ丘で、花を手向けられた棺のかたわらにたたずんだ。

「ぼくたちはここでコーラとジョンに別れを告げます。両親はぼくたちに音楽を教えてくれました。だからケイレブとぼくは、ぼくたちは、歌でふたりを送りだそうと思います。悲しい歌ではなく人生にまつわる歌で、愛がこもった歌で」

ふたりはアカペラで《イン・マイ・ライフ》を歌った。

出だしの一節で、ルーシーはすすり泣きをのみこんだ。涙をこらえ、長いため息をもらした。

ルーシーはレムとシーアの手に順番にキスをした。息子たちの歌声が斜面に響き渡るなか、孫たちと手をつないで座っていた。

参列者がやってきてはお悔やみの言葉をかけたり抱擁を交わしたりしていたが、とうとう息子たちと母親、孫たちだけが残った。

「まずこれだけは言わせて。息子たちを心から誇りに思うわ。葬儀でのウェイロンの歌も、ケイレブの弔辞も、一生忘れない。それに、あなたたちがここでしてくれたことも。どれも決してたやすいことではなかったはずなのに、ふたりのために、わたしのために、この子たちのために、やり遂げてくれた。さあ、家に帰りましょう。みんなもう到着しているはずよ。墓地に来ないで彼らを出迎えてくれた友人たちに感謝しないと。さあ、帰りましょう。墓石ができたらまた来ましょうね。花束を持って」

ルーシーの家は参列者であふれ、ポーチや芝生、家の正面にも裏手にも人がいた。みんな、ハムや郷土料理のカラードグリーン、コーンブレッド、オーブン料理やケーキを食べ、甘いアイスティーやレモネード、ビールやワインを飲んだ。

子どもたちは犬たちとともに外を駆けまわっていた。ルーシーの許可を得て、レムはスーツから普段着に着替えたが、シーアは黒いワンピース姿のままだった。このワンピースを着るのはこれが最後だし、それなら人々が帰るまで着ていようと決めた。

だが、しばらくのあいだは自分の部屋で静かに過ごした。そして、やはりそのほうがいいと思い直し、階下へおりた。窓はほんの少ししか開けていなかったけれど、悲しみがそれほど重くのしかかってこないことに気づいた。みんな、ママやパパの話をしたがっていた、とりわけママの話を。おかげで重荷が少し軽くなった。

両親の大学時代の同級生だった男性にも会った。ふたりの結婚式で花婿付添人（ベスト・マン）を務めたらしい。

「ぼくのことは覚えていないだろうね。直接会うのは、きみが五歳か六歳のころ以来だから。シカゴへ引っ越してからは、きみのママやパパに会う機会もなくなってしまった。彼女はぼくの妻のメリッサだよ」

「両親は、おふたりの結婚式に出席したんですよね。両親が結婚式に出席するためにシカゴへ行けるよう、わたしたちはおばあちゃんに預けられました。あれは去年の夏じゃなくて、たしか一昨年でしたね」

「そのとおりだよ。ジョンはぼくのベスト・マンを務めてくれた、ぼくが彼のベスト・マンだったように」

「わざわざシカゴからいらしてくれたんですか？」

「ぼくはジョンが大好きだったから」彼はさらりと言った。「それに、きみのママのことも」

こんなに大勢の人々の感情に囲まれたら、てっきり頭が痛くなるものと思っていたが、むしろ心が少し軽くなった。

誰かに説得されてウェイロンがギターをつかみ、ほかのふたりがそれぞれギターとバンジョーを手に取った。幼い子どもたちと犬たちが家の裏手を走りまわるなか、フロントポーチで演奏が始まった。

そのことも、なぜか心を癒した。

シーアは裏のポーチに出てぶらんこに座った。子どもたちの叫び声や、音楽の調べ、窓から聞こえる話し声のせいで、とても静かとは言えない。

けれど、外の空気に包まれて座っているだけで充分だった。

そのとき、ひとりの少女が家から出てきた。細かい三つ編みのブレイズヘアは、先端に白いビーズがついていた。膝丈の黒いスカートに、花柄の襟がついた白いブラウスを着ている。

少女は大きな赤いプラスチックカップを手に、シーアの隣に腰かけた。

「わたしはマディ。本当はマドリガルだけど、ちょっと長ったらしいでしょう。わたしのママはあなたのおばあちゃんの友だちで、パパは保安官よ」

「そう。わたしはシーアよ」

「知ってるわ。あなたのママとパパのことは本当にお気の毒だったと思う。ふたりを殺した犯人は、あそこが化膿してイボができればいいのよ」

シーアが思わず噴きだすと、マディは微笑んだ。

「本気でそう思ってる。誰かに災いが降りかかるよう願ったりしちゃだめだって、ママはいつも言うけど、ママも犯人のあそこが化膿してイボができたって気にしないはずよ。わたしのレモネードを飲みたい？」

シーアがためらうと、マディはまた微笑んだ。「大丈夫。わたしの体にはもうシラミはいないから。わたしたち、同い年だし、一緒の学校に通うことになるよね。だったら、友だちになったほうがいいんじゃない」

シーアはカップを受けとって、ひと口飲んだ。冷たくて酸味があって、とてもおいしかった。

両親を埋葬した日、シーアはいきなり生涯の友と出会った。

キッチンの窓からふたりを見守っていたルーシーは、自身の生涯の友に手をのばした。「ほら見て、リーアン、わたしの孫娘とあなたのお嬢さんを。シーアがまた微笑んでる、本物の笑みを浮かべているわ」

「マディはどんな相手の悲しみも消し去ることができるの。あの子は決してあきらめないタイプよ。もしあの子が友だちになると心に決めたなら、シーアは逃れられないわ」

「シーアには友だちが必要よ。レムにも。ああ、リーアン、わたしはあの子たちのために正しいことをするには、年をとりすぎてはいないわよね」

「あなたに思いださせてあげる、ルーシンダ・ラニガン。わたしにも十二歳の子どもがいるわ」

ルーシーはふっと笑って、さらにハムをスライスした。忙しく手を動かしていたほうが、つらさがまぎれるのだ。

「わたしのほうがはるかに長く子育てしているわね」

「それは経験豊富ってことで、年齢は関係ないわ。あなたは立派な娘と立派なふたりの息子たちを育ててあげた。ザカリヤが亡くなってからも、シングルマザーとしてしっかり子育てをした。お孫さんたちのために正しいことができる人間として、あなた以上の適任者はこの世にいないわ」

「あなたがわたしを支えてくれるように、シーアにも支えになる友人が必要だわ」

「信じて」リーアンがまた窓の外をのぞき、ポーチのぶらんこに座るマディとシーアを眺めた。「もうシーアには支えになる友だちがいるわ」

身内以外は誰もいなくなるまでかなり時間がかかった。そして、ウェイロンとケイレブ以外の親族が立ち去るまでさらにかかった。

ルーシーの友人たちは残り物をすべて片づけ、キッチンをぴかぴかにしていってくれた。

「ウェイロン、年老いた母親のためにワインを注いできてくれない？」

「ぼくには年老いた母親なんていない、美人の母さんのためにワインをグラスに注いでくるよ。どれがいい？　ストレッチがアトランタのワイン専門店のボトルを買い占めたんじゃないかと思うくらい、いろいろ持ってきてくれたんだ」

「ストレッチが買ったならどれもいいワインに違いないから、あなたが選んで」ルーシーは靴を脱ぎながらうめいた。「パンプスなんて最後にいつ履いたか覚えていないわ。ありがとう」ウェイロンが目の前にワイングラスを置くと、そうつけ加えた。

ワインをひと口飲んであたりを見まわす。「わたしが何もしなくていいように、みんなすべて片づけてくれたのね。ウィルも家畜の世話をしてくれたし。やるべきことが何もないと、どうしたらいいか途方に暮れるわね」

「そのまま座って、ワインを飲めばいいよ」ケイレブが言った。

「じゃあ、そうするわ」

「ぼくも飲んでもいい？」

レムの問いに、その場にいた大人全員が大声でノーと答えた。

「どうして？　フランスの子どもたちはワインを飲むんだよ」

「あなたがフランスに行けたら、飲んでもいいわよ」

「そうしようかな。フランスに行けたら、フランス人はカタツムリを食べるんだって。だからカタツムリも試してみるよ」レムはシーアに優越感に満ちた目を向けた。「きっとシーアは食べないだろうけど」

「あなたはお皿にほうれん草がのってるだけで〝げえっ〟て言うのに、カタツムリなんか食べられるわけがないわ」

「フランスに行ったら食べるよ。フランスのカタツムリはきっとアメリカのカタツムリとは違うんだ、そうでなきゃフランス人が食べるわけないよ」

「だったら、レムはベレー帽もかぶらないとな」ケイレブが言った。

「ベレー帽って？」

「帽子の一種で、ちょっと斜めにかぶるんだ」両手でかぶるまねをした。

「それにアスコットタイも。高級なネクタイの一種だよ」ウェイロンが説明した。

「スカーフみたいなものだ」

「ネクタイはダサいよ。でも、その帽子とアスコットタイは身につけてもいいな。カタツムリも食べるし、ワインも飲む、メルシーボークーって言う、だってそれがフランス語のお礼の言葉なんでしょう」

「カタツムリが好きじゃなかったらどうする？」

レムはウェイロンを見て、一瞬顔をしかめた。「吐きだして、〝うえーっ〟て言うよ、フランス語だとなんて言うのかわからないけど。フランスでは〝うえーっ〟て言いたいとき、なんて言うの？」

「〝メルド〟かな」

今度はウェイロンがケイレブに向かって顔をしかめた。「なんでそんなことを知っているんだ？」

「芝居のおかげだよ、ウェイロン。芝居をやっていると、いろいろなことを学ぶんだ」

三人が話すあいだ、シーアはテーブルの下で祖母の手をつかみ、微笑んだ。

こういうことが生きるために必要なのだと気づいた。

その晩、祖母が寝かしつけに来てくれたあと、シーアはベッドに横たわり、夢を見ながら眠りにつこうとした。だが、身を起こして明かりをつけた。両親が亡くなって以来、初めて日記を手に取った。

思いだせる限りすべてを書き記した、あの晩のことも。レイ・リッグスや、保安官、刑事たちのこと。ウィルや、キャンドル作りのこと。窓を開け閉めする方法や、葬儀、マディやおじさんたちのことを。

葬儀で語られた言葉や、耳にした歌も。

日記に洗いざらい書き記したら空白のページがほとんどなくなった。

新しいノートを買ってもらえるか、祖母にきこう。

ついに日記を脇に置いて明かりを消すと、シーアは眠りに落ちた。

家中のみんなが眠るなか、静かに穏やかに眠った。


ウェイロンとケイレブは、さらに三日ほどとどまった。買い出しや家畜の世話を手伝う以外に、ルーシーとともに書類手続きを行い、遺産がらみの決断をくだした。

「コーラとジョンの会社はうまくいっていると思っていたけど、まさかジョンがあんなに裕福だとは知らなかったよ、母さん」

「ジョンは決してそれをひけらかさなかったから」こぢんまりとしたホームオフィスで息子たちと座ったルーシーは、ウェイロンに言った。「ジョンの家族は彼の資産を奪えなかったけど、その一方で何も与えようとしなかった。向こうの親族はひとりも葬儀に参列しなかった。あの人たちにとって、息子であり兄弟なのに。誰ひとりとしてシーアやレムに慰めの電話や手紙もよこさなかった」

「その解決方法は簡単だよ」ケイレブが肩をすくめた。「ぼくたちの世界には彼らは存在しないと思えばいい。まったく存在しないんだ。ジョンはぼくたちの家族だ、母さんの息子で、ぼくたちのきょうだいだよ、これからもずっと」

「それは最高の解決策ね」ルーシーは疲れた目をこすり、三つ編みにせずに垂らしたままの髪を押さえた。「そう考えることにするわ。あなたたちのおかげで本当に助かった。自分はそこそこ頭の切れるビジネスウーマンだと自負していたけど、今回は経理や弁護士とのやりとりや財務管理なんかをいろいろ学んだわ」

「ぼくたちはもう数日残ってもいいんだよ、母さん」

「ウェイロン、あなたとケイレブには戻るべき生活があるでしょう。今年のクリスマスにまた帰ってきて。つらいクリスマスになるから、あの子たちには家族が必要よ。でも、もう自分たちの生活に戻らないと。わたしには会計士や弁護士や財務管理アドバイザーがついているから、なんとかなるわ」

「そういうあれこれで愚痴を言いたくなったら、電話をくれ」

ルーシーは笑ってケイレブの手をぽんと叩いた。「そんな言葉を口にしたことを後悔するかもしれないわよ。でも、ぜひそうさせてもらうわ。それに、あなたたちのアドバイスを受け入れる。シーアたちは両親が殺された家で暮らしたいとは決して思わないでしょうから。ふたりのためにあの家の売却をためらうなんてばかだったわ」

「だからといって、コーラとジョンが一生懸命稼いで建てた家を簡単に売り払えるわけじゃない」

本当にすてきな家だったと、ルーシーは胸のうちでつぶやいた。娘夫婦はその家を光と愛で満たしていた。

「ええ、そうね、ウェイロン」

やるべきことだとわかっているからといって、すぐにできるわけではない。でも、それが正しいことなのだと思える。

「コーラとジョンもあの家の売却を望むはずよ。あなたたちもそうすべきだと言い、シーアとレムもそれを望んでいる。ただ、ひとつ気掛かりなのは、山ほどあるコーラとジョンのものをどうすればいいのかってこと」

「母さん」ケイレブは母が自分のほうを見るまで待ってから続けた。「子どもたちはもうあの家から持ってきてほしいものを言っただろう。それに、母さんはコーラとジョンが大事にしていたものを知っているんだよね。あの子たちに受け継がせるべきものや、コーラとジョンが互いにプレゼントしたふたりにとって大切なものを。あとはただの物質だ、母さん」

「あなたの言うとおりだし、わたしもわかっているわ。じゃあ、弁護士から説明してもらったとおり、推薦された業者を雇ってあの家に入ってもらい、すべての見積もりを依頼する。遺品の売却を業者にまかせて一件落着。それがベストよね」

「ふたりが母さんにこういうことを託したのは、母さんならできるし、やってくれるとわかっていたからだ。でもさっきケイレブが言ったことを、ぼくにも言わせてくれ。もしちょっと愚痴を言いたくなったら電話してくれていい」

「わかったわ」ルーシーは最後のファイルフォルダーを閉じた。「もう遅いけど、しばらくポーチに座って少しだけウイスキーを飲みましょう」


翌朝、日課をすませて朝食を食べたあと、ウェイロンとケイレブは引っ越しトラックにバッグを放りこんだ。

「それぞれ家に着いたら電話をちょうだい、いいわね？」ルーシーは息子たちを抱きしめた。「すでにあなたたちのことが恋しいわ」

「クリスマスには帰るよ、母さん」ウェイロンはシーアを抱きあげた。「ぼくの代わりにおばあちゃんの面倒を頼むよ」

「うん」

「それに、レムも」レムもぎゅっと抱きしめる。「おまえがこの家の家長だ」

「まあ、数では女性に負けるけど、しっかり頼むぞ、レム」ケイレブは、レムとシーアの頬にキスをした。

ふたたび別れの言葉を交わし、ふたりを乗せたトラックが走り去るなか、三人はその場にたたずんだ。

「言ってもいいよ、おばあちゃん」シーアがルーシーに促した。「わたしたち三人だけになったね」

「ええ、わたしたち三人だけになったわね。さてと、みんなが大好きなリキッドソープを作らないと。作り始めて完成するまでに二日はかかるから、子どもの手を借りることにするわ」

「二日も！　ただ溶かすだけじゃないの？」

「ええ、レム、溶かすだけじゃないわ。ちゃんとやり方を教えてあげる。わたしが思うに、あなたたちはもう〈マウンテン・マジック〉の社員と言えるわ。だからお給料の話をしましょう」

「ちょっと待って、おばあちゃん」シーアはぽかんと口を開いたが、レムは両腕を突きあげて振っている。

「お給料をもらえるの？」

「お小遣いが必要でしょう。金額は交渉しだいよ」

「わたしのほうが年上だから、多くもらって当然よね」

「そんなことないよ！　ぼくは家長だし、男のほうが女の子よりたくさんお金がもらえるはずだ」

「いいから聞きなさい」孫たちと家へと引き返しながら、ルーシーはかぶりを振った。

「まず言っておくけれど、わたしのビジネスは性別や年齢でえこひいきはしない。ふたりにはまったく同じ額を払うわ。そうね、一時間十セントでどうかしら」

「十セント！」

「それがわたしの会社のいわゆる最低賃金よ、レム」ルーシーは網戸を押し開けた。すると、三匹の犬が三人より先に家のなかへ駆けこんだ。「さあ、交渉を始めましょう」

9

レイ・リッグスは刑務所がいやでたまらなかった。その思いの根底には、どす黒い恐怖心があった。二度と出られないかもしれないという恐怖心が。

ふたりを殺した罪と、係争中の別の殺人事件のせいで、ヴァージニア州の最高警備刑務所に直接送られる羽目になった。

護送中、自分に対する警察官の感情がふと読みとれた。こんなろくでなしは薬物注射で死刑になって当然だという感情が。

とっさにその警察官を痛めつけようとして、逆にあざができてしまった。あざなんてなんでもない、独房を目にして口のなかがからからになるほどの恐怖に襲われたことに比べれば。

独房は鉄格子ではなくドアで閉ざされ、そのブルーのドアには細い窓がひとつあるだけだった。ドアの向こう側で囚人たちは叫んだり、ドアをどんどんと叩いたり、甲高い声で笑ったりしていた。騒音が響き渡るなかを、手錠と足枷（あしかせ）をつけられたリッグスは引きずられていった。

こんな場所にはいられない、ずっとはいられない。こんな場所に閉じこめられてたまるか。

矢も楯(たて)もたまらず抵抗したが、独房のなかでひざまずかされた。

その恐ろしい空間には、ベッドと便器のほかに、高い位置に設置されたつや消しガラスの小さな窓しかない。

だめだ、ここに長居はできない。

あの弁護士がしくじったせいだ。ここを出たら、あのろくでなしを殺してやる。

足枷を外しながら看守が何か言ったが、リッグスは聞いていなかった。どうでもよかったからだ。

ここに長居するつもりはない。

独房に鍵がかけられると、リッグスはドアを叩きながら叫び、声が出なくなるまで囚人たちの騒音に加わった。

その後、ドアの細長い隙間から食事を渡されたが、手をつけなかった。

ハンガーストライキについては聞いたことがある。ハンガーストライキをやって、テレビ局の連中や無闇に同情したがるやつらを味方につけるんだ。

その晩、頭のなかでリッグスをあざける声がした。

翌朝には腹が減りすぎて、隙間からさし入れられたものを食べずにはいられなかった。

それからまたひざまずかされ、足枷をつけられた。まるで獣のように看守に連れられて行った先には、大きな金網の檻があった。

「一時間運動していいぞ」看守が告げた。

「くそっ。電話をかけさせろ」くず弁護士に電話して、どんな目に遭わせるか予告してやる。

「おまえには電話をかける権利は認められていない。一時間だぞ、レイ」背後で檻の扉が閉まった。

運動はしなかった。その代わり、床にボルトで固定されたベンチに座った。隣の檻では、ドレッドヘアに黄色のスキー帽をかぶった黒人が腕立て伏せをしていた。屈強そうだ。誰か強いやつを味方につけないと。こいつから始めて、ギャングを結成しよう。そいつらに看守を取り押さえさせれば脱獄できる。

「やあ」リッグスはこっそり呼びかけた。「ここから抜けだす方法を考えてるんだ。手を貸してくれないか」

その囚人は腕立て伏せを中断することなく、こちらをちらりとも見なかった。

「消え失せろ」

「おれはここから抜けだしてやるんだ！」リッグスはわめきながら金網に体当たりした。

「なあ」黒人の囚人は腕立て伏せを続けながら言った。「この頭のいかれたくずが、おれのストレス解消を邪魔するんだが」

「落ち着け、レイ」

だが、冷静になるつもりがないリッグスは、落ち着くことなどできないまま、また独房へ連れ戻された。彼の頭のなかではいろいろな声が鳴り響いていた。

その晩、すすり泣きながら眠りにつくと、夢が猟犬のように追いかけてきた。震えながら目覚めたとき、猟犬ではなく静寂に打ちのめされた。

高級住宅のテラスで海を眺めながら冷たいビールを飲む自分の姿を、脳裏に思い描いた。それでようやく落ち着きを取り戻して、自分自身に言い聞かせた。頭のなかでなら、どこへだって行きたい場所に行けると。

その力を使って物理的にここから抜けだす方法を見つければいいだけだ。

リッグスには、抜け目なく人の心を読みとる特殊能力が生まれつき備わっていた。今こそそれを使い始めるべきだ。

頭のなかで独房から独房へと渡り歩き、囚人たちを見てまわった。読みとった情報のなかには身震いするようなものもあったし、無理をしたせいで鼻や耳から血が垂れた。

それでも続けた。あまりの頭痛に悲鳴をあげそうになったが、やめなかった。レイ・リッグスはすぐにあきらめる臆病者じゃない。

そもそも刑務所に放りこまれたこと自体がおかしいのだ。決して捕まらないはずだったのに。その責任を誰かが負うべきだし、必ず報いを受けさせる。だが、まずは生きのびなければ。

だから、リッグスはドアの隙間からさし入れられたものを食べた。看守が来ても抗(あらが)わず、足を引きずって金網の檻に行き、毎日一時間座って熟考した。

看守の心を読み、何か隙はないかと探したが、まったく見つからなかった。次の喫煙休憩や金の心配、女房や女といったとりとめのない内容ばかりだった。

ほかの囚人の頭ものぞいてみたが、役に立ちそうなものは皆無だった。煮えくり返るような怒りや、絶望やあきらめ、後悔、恨みしか見つからなかった。

それに、恐怖心がこみあげるあまり、その多くは読みとれなかった。

毎晩、頭のなかで多くの声が響き渡って汗だくになり、あのガキの顔を――壁から持ち去った写真に写る小娘の顔を――夢に見ることもあった。

こんな羽目になったのはあのガキのせいだ。モーテルから連れだされたとき、刑事たちから小娘の気配を嗅ぎとった、小娘に指さされた気配を。

だが、あまりのショックと恐怖で、そのにおいはかすかにしか嗅ぎとれなかった。

今は時間がある、時間しかないとも言えるが、あのときのことを振り返る時間がたっぷりある。生意気な小娘のことをじっくり考える時間が。

あの場に小娘はいなかった――それは確かだ――だから、まったく理解できない。だが壁のあの写真。写真に写っていた小娘がじっとこっちを見ていなかったか？

それに、あの腕時計を手にしたとき、鏡に一瞬……。

リッグスはぱっと立ちあがった。あのときに見た。たしかにあの小娘を見たぞ。頭のなかで。鏡に映った自分の背後に。

その両方だ。

小娘はあの場にいたのだ。リッグスが頭のなかでならどこでも好きな場所へ行けるように。

きっとあの小娘も同類だ、そうとしか考えられない。自分と同じ特殊能力を持っているのだ。小娘はリッグスの顔を目にし、犯行の一部始終を目撃していた。その能力を利用して、彼を独房に放りこんだのだ。

だったら夢を見てやる、あの小娘の夢を。そして、どうにかしてこの報いを受けさせてやる。

リッグスはまぶたを閉じてあの写真を思い浮かべ、刑務所に来て初めて心穏やかと言える気持ちで眠った。

小娘は写真のなかではなく、白いシーツに覆われたベッドで眠っていた。雨音が彼方(かなた)から聞こえる気がする。開いた窓にかかったカーテンが揺れるのが見えた。

さわやかなそよ風を感じたくて、リッグスが簡易ベッドで身じろぎすると、小娘もベッドのなかで身じろぎをした。

リッグスがシーアの夢を見ているあいだ、彼女も彼の夢を見ていた。

シーアはリッグスを、両親を殺した男を見おろした。彼は簡易ベッドの端から片腕を垂らして眠っていた。ぼさぼさの髪が汗で頬に張りつき、髪や汗のにおいがした。呼吸の音も聞こえる。

シーアは息ができるけれど、両親はもう呼吸することはない。

とはいえ、保安官が刑務所について語ったことは真実だった。小さな窓に、かたいむき出しの床やむき出しの壁。まるで檻だ。この人はトイレを使うときも個室に入ることはできず、眠れないときに外へ出て夜の音に耳を澄ますこともできない。明かりをつけて本を読むことも。

それぞれの独房から簡易ベッドで眠る囚人たちのいびきが聞こえた。リッグス同様、彼らも四方を壁に囲まれ、閉じこめられている。

シーアはドアに近づき、両手で触れた。ずらりと並ぶ檻のドアを小窓から眺めながら、リッグスはこれから一生その光景を目にするのだと想像した。リッグスは息をすることができる。くしゃみをすることも、いびきをかくことも、汗をかくことも。でも本当の意味で生きられない。

シーアの両親はともにダンスを踊り、死ぬときも手を握りあっていた。リッグスは誰からも愛されず、誰かと手をつないだり、赤ん坊をもうけたり、一緒に林を散歩したりすることもない。おやすみのキスをしてくれる相手も決して現れない。

それは死ぬよりつらいことかもしれない。

リッグスが本当の意味で生きられない場所にいる姿を目や耳で確かめ、感じることができてよかった。

振り返ると、リッグスが目を開いてこちらを見つめていた。

シーアは思わずはっと息をのみ、みぞおちが震えた。だが、真っ向から相手を見つめ返した。

大人になって……堂々としていないと。

「おまえを見たぞ。小娘め、おまえを見たぞ」

「あなたの新しい家を見てみたかったの。あなたにぴったりね」

「必ずおまえを見つけだす。見つけたあかつきには、両親が殺されたときに自宅のべッドにいたほうがよかったと、おまえに思わせてやる。あのときならすばやく息の根をとめてやったが、もうそうじゃないからな」

リッグスからあふれだす憎悪が毛布のようにシーアを覆い、ちくちくと刺した。

「わたしは立ち去れるけど、あなたはここから出られない。あなたなんか怖くないわ」

シーアが意識して目覚めようとしたとき、彼の言葉が聞こえた。「おれはいずれここから抜けだす」

左右の肘をぎゅっと抱きしめながら、シーアは暗闇のなかでベッドに座っていた。あんな人のせいで、赤ちゃんみたいに明かりをつけたりしない。暗くても暗くなくても、ここは祖母の家のベッドの上だ――いや、今やここは自分の家でもある。そのまま自宅のベッドに座っているうちに、小雨がもたらしたそよ風が窓から吹きこんできた。

リッグスははるか彼方で眠っている――なぜかあの男がまだ眠っていることがわかった――独房の簡易ベッドで汗をかきながら眠っている。

朝になったら、好きな服を着て外に出よう。まだ雨で湿る芝生で側転をして、犬たちと戯れ、鶏に餌をやる。

どれもリッグスにはできないことだ。

だから、恐れたりしない。

夢のせいで喉が渇いたシーアは、立ちあがって洗面所の蛇口をひねり、冷たい水を片手で受けとめて飲んだ。

祖母の部屋へ行ってベッドにもぐりこみたい気持ちもあったけれど、そうしなかった。

背筋をぴんとのばし、鏡に映った自分自身をしげしげと眺めた。

「あれを嘘にしちゃだめ。彼なんか怖くないって言ったでしょう。あの言葉を嘘にしちゃだめよ」

シーアは自分の部屋へ引き返し、ベッドに滑りこんだ。

心を落ち着かせる雨音に耳を傾け、そのまま眠りに落ちた。

翌朝、シーアはただやりたくて側転をした。そして朝食まで待って、夢の話をした。レムは幼いけれど、聞く権利があると思い、話を聞かせた。

「そこに行ったの?」レムは目を見開き、シーアを凝視した。「拘置所に?」

「刑務所よ」シーアはふたつの違いをすでに調べていた。「刑務所のなかでは、こんなふうにただ座っていたわけじゃない。夢のようだけど、夢ともちょっと違うわ」

「シーアの魂が刑務所に行ったのよ。特殊能力を使って」

「どうしてぼくにはそういう能力がないのかな?」レムはむっとして皿の卵をつついた。「ぼくもほしかった」

「この能力は一族の女性に受け継がれているみたいなの。それに、あなたはこの家の家長でしょう。さあ、お姉さんに続きを話してもらいましょう」

その前にシーアは、レムが〝女の子ばっかりずるいよ〟と愚痴ると、父がよく弟に言っていた台詞を口にした。「あなたは外で立ちションができるじゃない」

弟はそれを聞いてぱっと笑顔になった。

「映画みたいな鉄格子じゃなかったわ。ドアと、十センチ幅の窓しかなかった」

シーアは話し続け、語り終えると肩をすぼめた。「あいつには怖くないって言ったけど、本当は怖かった。最初はね」

「ぼくだって怖かったと思うよ。立ったままおもらししちゃったかも」

「リッグスはあなたを見て、話しかけ、あなたが言い返した言葉を聞いたのね?」

「うん、おばあちゃん。だからわたしは目を覚ますことにしたの」

「もう二度と刑務所には行かず、こんなことを繰り返さないのが一番よ。だからこれから、そうしなくてすむ方法を教えるわ。でも、まず覚えておいてほしいことがあるの、シーア。あなたは最初から最後まで主導権を握っていた。きっと彼はあなたのことが怖かったはずよ」

そうかもしれないとシーアは思ったが、もう二度と刑務所に行かずにすむようにしたかった。

またあそこに行きたいと自ら望むときは、話が別だが。

ルーシーは二枚の布と糸と針を使って小袋の作り方を教えてくれた。

「小袋を作っているときは、すてきなことや楽しいことを考えるの」

これまで裁縫をしたことのないシーアはその作業をすてきだと感じ、ぱっと楽しいことが思い浮かんだ。やがて一から作った小袋が完成すると、もっと大きな針を使って細い紐を通し、結べるようにした。

ルーシーは小さな木のボウルにクローヴとカルダモンと塩を入れ、白いキャンドルに火を灯した。

「これはすり鉢と乳棒よ。乳棒を使って粉末状にすりつぶすの。ここでもすてきなことを考えて」

莢（さや）や小さな粒が乳棒でつぶされる音に、シーアはますますすてきだと思った。

「その調子！　とっても上手よ。次に庭で採れたローズマリーとペパーミント、そしてレモンピールを加えるわ」

「いいにおい」レムがすんすんとにおいを嗅いだ。「ぼくも作っていい？」

「もちろんいいわよ。シーアのはもうすぐ完成するから、そうしたらあなたも作ってみましょう」

「おばあちゃんも作ろうよ。そうしたら、みんなおそろいになるよ」

「いいわね、レム。わたしも作ることにするわ。つぶした粉末を小袋に詰めて、シーア。そして、あなたの意思と信じる気持ちもこめてちょうだい。その思いは、これまでの作業と同じくらい重要よ。うん、それでいいわ。今夜そのお守りをベッドにつるすとき、三回こう唱えて。〝眠りよ、安らかな眠りよ、今夜われとともにあれ、そして朝日がのぼるまで、われとともにあれ〟と」

シーアはその呪文を繰り返してうなずいた。「どうしてこういうことをなんでも知っているの、おばあちゃん？」

「お母さんから教わったのよ、わたしのお母さんがそのまたお母さんから教わったように。そうして長年受け継がれてきたの。キッチンの魔法よ。それはこのあたりの丘や、わたしたちの一部なの」

ルーシーはレムがお守りを作るのを手伝ったあと、自分のお守りも作った。

「今夜寝る前に、ベッドにつるして呪文を唱えましょう。でも今は三匹の犬たちとみんなで散歩に出かけるわよ。夏は永遠に続くわけじゃないんだから」

日々が過ぎゆくなか、シーアは毎晩呪文を唱え、穏やかな眠りが続いた。

独立記念日には三人で町の公園へ花火を見に出かけ、シーアはマディやほかの女の子たちと過ごした。レムも同年代の少年たちと知りあい、姉のことは無視した。シーアは別に気にしなかった。

夏の後半は、マディが遊びに来るか、シーアがマディの家を訪ねた。レムの新しい友人のドウェインとビリー・ジョーも同様だった。

シーアたちは散歩をしたり、近所の人を訪ねたりした。桃のアイスクリームを作り、クログルミを拾った。

ルーシーは頭より顔のほうが毛が多いノビーという男性に、屋根裏部屋のリフォームを依頼した。

「豪華にする必要はないのよ、ノビー。ただ、子どもたちにこの部屋を使わせたいの。子どもたちがここでゲーム機で遊べるように、電気やインターネットの回線を引いてもらえる?」

ノビーは立派な茶色のひげをさすった。「断熱材も必要だよ、ミス・ルーシー。さもないと、子どもたちが夏はひからび、冬は凍えることになる」

「じゃあ、それもお願い。でも梁(はり)はむき出しのままにしてね。そのほうが個性的だから。床はしっかりしているからこのままで大丈夫。あと壁にかけるテレビを買ってくるから、それを取りつけてもらえると助かるわ」

ノビーはにっこりして、ぱっとルーシーに人さし指を向けた。「豪華な部屋になりそうだね」その言葉にルーシーは笑った。

「まあ、そこそこ豪華よね。あなたが石膏（せっこう）ボードを取りつけ始めたら、子どもたちに壁の色を選ばせるわ。きっとやかましく言い争うでしょうね」

「ルーシー、モディーンとぼくはあなたのことを考えてた。知ってのとおり、ぼくらはコーラが大好きだった、彼女と一緒に来ていたジョンのことも」

「そうだったわね。あなたたちの思いはちゃんと伝わったわ、ノビー。おかげで心が慰められた」

「子どもたちの様子はどうだい？」

「ふたりともなんとかやっているわ、ノビー。何人か友だちもできて、本当にありがたいことよ。もうこの家が静寂に包まれることはほとんどないけれど、それでもちっともかまわない。あの子たちは本当にお行儀がいいのよ。まあ、ひいき目もあるし、どうしてあんなに言い争うのかしらと思うこともときにはあるけど。でも、本当にいい子たちなの」

「それで、あなたの調子は、ルーシー？」

「なんとかやっているわ、ノビー。わたしたちみんながなんとかやってる。ところで、ここのリフォーム代はいくらになりそう？」

ノビーはひげをこすり、ふたりは費用の交渉を始めた。

いつの間にか七月が過ぎ去って八月になり、ノビーと彼のスタッフは工事に取りかかった。ルーシーは孫たちを連れて、新学期用の買い物をするためにパイクヴィルへと車を走らせた。

ふたりにはドレッサーやクローゼットにあった長ズボンやジーンズをはかせていたが、どれもすぐに丈が短くなってしまった。そのうえレムの足を見てみたら、窮屈そうに靴に押しこまれているのがわかった。

前日の午後は三人で〈マウンテン・マジック〉の商品を寄付用のギフトボックスに詰める作業をした。今日はパイクヴィルのショッピングモールで何時間も過ごした。

そこで学用品を大量に買いこんだ。

シーアは新しいぴかぴかの学用品を大いに気に入っていた。レムはなんとも思わないのか、新しい服にさえ無関心だった。

だが、新しいスニーカーは気に入っていた。

「レムにはもう一足買ったほうがいいわ、おばあちゃん。どうせ新品の靴だってびしょ濡れにしたり泥だらけにしたりしちゃうから、それを洗ったり干したりするあいだ、もう一足必要になるでしょう」

「そのことをすっかり忘れていたわ」ルーシーは微笑み、今日は垂らしている髪を後ろに振り払った。その拍子に、黒い海に立つ白波のように白髪の房がきらりと光った。

「あなたのおじさんのウェイロンにそっくりね。ケイレブは同じように思いきり遊んでも、靴は箱から取りだしたばかりのように見えたものよ。さあ、もう一足選んで、レム。それがすんだら、年寄りのおばあちゃんは腰をおろしてランチを食べさせてもらうことにするわ」

帰り道、シーアは新学期に思いをめぐらせた。これまでに何人か友だちができた——もちろんマディもそのなかに含まれる——けれど、自分が転校生であることに変わりはない。

これまで転校生になったことは一度もなかった。それに、レッドバッド・ホロウの学校は規模が小さい。もうみんながみんなを知っている。

自分のことを内気だとは思わないものの、みんなから変だと思われるような格好や髪型はしたくない。できれば、すんなり周囲に溶けこみたい。そうでなくても同年代の大半の男子より背が高いのだから。

そのせいで自ずと目立ってしまう。

それに、胸もほとんどない。少しはふくらんできたけれど、マディとは大違いだ。

「いったい何を考えているの、ダーリン？」

「ええと、新学期のことよ。ここにある服で大丈夫かなとか、ちゃんと学校になじめるかどうかとか」

「わたしの孫娘なら、その気になればどこにだってなじめるわよ。それに、マドリガル・マッキノンと友だちになったでしょう。マディがいれば、緊張する初日も無事に乗りきれるわ。わたしを信じて」

「本当に？」

「わたしはあなたのひいおばあちゃんを〝大自然の力〟って呼んでいるでしょう。マディは、その小型版だけど同類よ」

「ぼくも〝大自然の力〟だよ」

ルーシーはバックミラーをちらりと見た。「ええ、そうね、レム。あなたもまさしく〝大自然の力〟だわ」


帰宅すると、ルーシーはレムが真新しい購入品をしまうのを手伝った。孫息子が、どこに何をしまうかにまったく無頓着だからだ。こだわりがあるシーアはすべてをしかるべき場所にしまうと、新学期に向けて前向きな気分になった。トップスとシャツは母が好んでしていたように色別につるした。ジーンズ以外のパンツも。ジーンズもそうしたかったのに、ジーンズやスカートやワンピースをつるすスペースは残っていなかった。

ヴァージニア州の自宅には整理棚つきのウォークインクローゼットがあった。それを思いだしたとたん、両親を失った悲しみが一気によみがえった。

シーアは小さなクローゼットの床に座りこみ、胸が張り裂けそうな悲しみがやわらぐまで泣き続けた。

ようやく気持ちが落ち着いたとき、彼女はひどい騒音のなか、かたい床の上に立っていた。

制服姿の男たちがまわりを歩きまわっていたが、彼らの目にシーアは映っていないようだ。そこには大きな檻がいくつかあった。そのうちのひとつで、青い囚人服の男がうろうろ歩きながら独り言をつぶやいていた。

男の邪悪な思考が、小石のようにシーアを打ちつけた。

別の檻のベンチには、痩せこけた小柄なリッグスが幽霊のように青白い顔で座っていた。

リッグスは別の囚人や看守たちの頭のなかをのぞこうと躍起になるあまり、シーアが目に入らず、彼女の気配にも気づかなかった。

ドーバーマンという看守に意識を集中するリッグスに便乗し、彼が読みとった情報を盗み見た。

妻が三人目の子を身ごもっているので、毎週火曜日が休みのドーバーマンは、一週間置きにウェストヴァージニア州へ通っていた。現地のモーテルでいつもの売春婦と落ちあうためだ。そこでSMプレイを楽しんでいた。

そのネタでゆすれば、看守から金をまきあげられるかもしれない。

退屈したリッグスは別の囚人に目を向けた。頭のいかれたろくでなしだ。ほぼ一日中叫びながら歩きまわっているので、しょっちゅう薬の処方を変更されている。

やつを自殺に追いこむのもありだな。今夜やつの頭に忍びこみ、シーツで首をつらせてみようか。おもしろそうだ。

気分を高め、得も言われぬ全能の力をふたたび感じるべく、リッグスは自ら殺した人間を頭に思い浮かべた。


自分の部屋に戻ったとき、シーアは小刻みに震え、呼吸が乱れていた。

ほかにもいるのだろうか？　両親のような被害者がほかにも？　丸くなって自分の体を抱きしめ、なんとか震えを抑えてパニックに抗おうとした。

ここは自分の部屋で、今はクローゼットのなかに座っている。床を照らす日の光が見えるし、廊下の反対側からレムの笑い声も聞こえる。

リッグスはシーアに触れることはできない。檻のなかに座り、日の光を見ることもかなわない。

彼はほかにも人を殺し、被害者のひとりひとりをガラスケースに飾られたトロフィーに見立てていた。

警察はこのことを知っているのだろうか?

リッグスはまた人を殺したがっている。ただ楽しいからというだけの理由で。

そんなことが可能だろうか? リッグスは誰かを自殺に駆りたてることができる?

はたして、シーアにそれを食いとめられるのか。

祖母がレムを手伝っている隙に、シーアは階下におりてキッチンの電話に向かい、祖母の電話帳でハワード刑事の番号を探した。

「ハワード刑事です」

「もしもし、ハワード刑事、わたしはシーア・フォックスです」

「やあ、シーア、元気かい?」

「え、ええ。あの……ハワード刑事、ほかにもいました」

「ほかにも?」

「わたしの両親のような人たちがたくさんいるんです。リッグスはもっとたくさんの人を殺しています。両親を殺す前に。それと、刑務所にいる別の囚人を、ジェローム・フォスターのことをリッグスは殺したがっています。それから——」

「シーア。ちょっと待ってくれ。ひとまず息を吸って。落ち着くんだ」

「わたし——ちょっと水を飲んできます」

シーアは蛇口をひねってグラスに水を注ぎ、勢いよく飲みすぎて、吐きだしそうになった。

「大丈夫です、もう大丈夫です」

「リッグスと連絡を取ったのかい、シーア？」

「そういうわけじゃありません。でも、わかるんです。それにリッグスは看守が浮気していることを突きとめて、その情報をもとに何かしようとしています。たしか、ドーバーマンっていう人です。わたしにはわかるんです。リッグスもいろんなことを知っています。わたしと同じ能力があるから」

「つまり、リッグスは超能力者(サイキック)なのか？」

「だからリッグスはわたしの写真を持ち去ったんです。何かあると気づいて。刑務所に放りこまれたのも、わたしが協力したせいだと思ってます。リッグスはわたしの両親の前に何人も人を殺しています」

「あの男がメリーランド州の二件の殺人に関与していることは突きとめた」

「それよりも前、もっと前なんです。三——三——三——」

シーアはぎゅっとまぶたを閉じ、必死に意識を集中した。「それよりも前に三回」

「あと三人殺しているのか？」

「五人です。わたしの両親のように殺された夫婦が二組、それと女の子がひとり。リッグスは彼らのことを思いだしていました。大きな檻のなかで、彼らのことを考えていたんです。殺人事件のひとつは……そこはブリンモウっていう場所で、彼女が――大人の女性、そう、奥さんが――セキュリティーシステムの暗証番号について考えていました。リッグスがその大きな家に忍びこめたのは、彼女が思い浮かべた暗証番号を読みとったからです。使ったのはナイフです。ナイフでそのご夫婦を殺しました。ああ、ひどすぎる、大量の血だわ。息ができない」

「シーア、座ってくれ。座って、両膝のあいだに顔をうずめるんだ」

「はい」折れたストローで息を吸おうとしているみたいだ。だが、視界を縁取る奇妙なグレーのもやが薄れた。

「おばあさんはどこにいるんだい？」

また息を吸うと、シーアの胸はいくらか楽になった。「二階です。リッグスはそこで、ブリンモウの家で銃を手に入れ、その銃でメリーランド州の被害者を撃ち、わたしの両親も殺しました。でも、その前に、たしかその前は……オールバニーです」

「ニューヨークの？」

「はい――いいえ。ニューオールバニーです。もっと年上の男性で。名前はテランス。

いいえ、テラスです。夏、夜の空気。わかりません。今はこれ以上考えられません。頭が痛くて」

「わかったよ、シーア。もう充分だ。落ち着くまで座っていたほうがいい、そのあとおばあさんを呼びに行きなさい」

「リッグスはジェローム・フォスターという囚人も殺したがっています、ただ……退屈だからというだけの理由で。わたしはほかにどうすればいいかわからなくて」

「大丈夫だ、シーア。あとはわれわれが調べる、何もかも調べるよ」

「本当ですか？」

「ああ、だから頼みを聞いてくれ。できる限り、ありとあらゆる意味で、リッグスには近づかないでほしい」

「リッグスには近づかないようにしていました」シーアの頰を涙が伝った。「あそこに行くつもりなんかなかった。でも、大きな金網の檻や、たくさんの青いドアが見えて。見ようとしたわけじゃないのに」

今回は、とシーアは胸のうちでつぶやいた。一回目は自ら望んでそうした。少なくとも、多少は自分の意思がからんでいる。

「大丈夫だから、この件はわれわれにまかせてくれ。何があったか、おばあさんに話すんだよ」

「そうします。ありがとうございました」

受話器を置いて背筋をまっすぐのばすと、ルーシーが目に入った。

「ごめんなさい。そんなつもりじゃなかったの――」

「しいっ」ルーシーはシーアをぎゅっと抱きしめた。「大丈夫よ」

「ママとパパのことを考えてたら感情的になっちゃって。そうしたら、いつの間にかあそこにいたの。おばあちゃん、被害者はほかにもいたわ。リッグスはほかにも人を殺していた、わたしには見えたの……。リッグスもこの能力を持ってた。それを使ったのよ、それを使って人を殺していたの。今もそうやって人を殺そうとしてる」

「いずれリッグスはその代償を払うことになるわ。彼に見られた？」

「ううん。リッグスは痛めつける相手を探したり、今まで殺した人たちのことを考えたりするのに忙しかったから」

「そして、あなたは警察にできる限り協力した」ルーシーはシーアの髪を撫でつけ、孫娘が目を合わせるのを待った。「それこそが、人助けこそがこの能力の本来の目的よ。さあ、もう忘れなさい、ダーリン」

「おばあちゃん、どれほどひどいかわかったわ、リッグスが考えていることがどれほど恐ろしいか。でも、見てよかった」

「そのせいでわたしに責められると思ったの？」ルーシーは身を離し、シーアの頬から涙をぬぐった。「わたしはこのことがわかってよかったと思っているのに、あなたは責められると思ったの？　どうしてわたしを呼ばなかったの？」

「あとで話そうと思ってた。だって……警察には自分で知らせたかったから」

「もう大人になったから、わたしの手を必要としていないの？」ルーシーはシーアの額にキスをした。「あまり急いで成長しなくていいのよ。でも、あなたを誇りに思うわ。今回のことには勇気がいったはずだし、あなたがどういう人間かを示している。これは与えられた特殊能力に値する行為よ」

「もう二度とあそこには行きたくない。もう行かないようにする」

「そうね、わたしも手助けするわ。でも、もし万が一また刑務所に行くようなことがあれば、これだけは忘れないで、主導権を握っているのはあなたよ。あなたは自由だけど、リッグスは違う。もう二度と自由な生活を送ることはできない。あなたのほうが強いわ、これからもずっと」


数日後のかすみがかった土曜日の昼下がり、刑事たちが玄関のドアをノックした。ルーシーはふたりを見たとたん、胸が重くなった。シーアの勇気が真実の扉を開き、自分にはそれを閉じる権利はないのだと、自らに言い聞かせた。

「ミズ・ラニガン」マスクが切りだした。「あなたやシーアと話がしたいのですが。

彼女が提供してくれた情報に関して」

「わかりました」ルーシーは網戸を開けた。「シーアは十二歳です。まだ十二歳なんです」

「ミズ・ラニガン」

ハワードは相棒の腕に手をかけて制した。

「フィルとわたしはプライベートでこちらへ来ました。この件に関しては勤務時間外で対応しています、ミズ・ラニガン、これは個人的な案件なので。それに今回訪問したのは、シーアが連絡してくれたことに感謝するためでもあります」

「わたしのことはルーシーと呼んでください」ルーシーはため息をもらした。「さあ、奥へどうぞ。シーアは裏のポーチで絵を描いています。レムは友人の家に遊びに行っていますが、ちょうどよかったかもしれませんね。今なら作りたてのレモネードがありますよ」

「それはありがたい」

裏の網戸を開けると、シーアはスケッチブックの絵をじっと見つめていた。「これが一番いいかな」顔をあげるなり、立ちあがった。

「来てくれたんですね。リッグスはあの人を殺したんですか?」

「ジェローム・フォスターなら、自殺しないよう看守が見張っている」ハワードが説明した。「現時点では、それがわれわれにできる最善策なんだ。シーア、電話をかけてきてくれたことに礼を言わせてくれ。きみは、そこまでする必要などないのに連絡してくれた」

「いいえ、必要はありました」シーアが振り返ると、ルーシーがトレイを持ってポーチに出てきた。「おばあちゃん」

「わたしが運びます」マスクがトレイを受けとった。トレイにはレモネードが入ったピッチャーとグラス、ショートブレッドクッキーを並べた皿がのっていた。

「あなたは正しいことをしたのよ、シーア。刑事さんたちはあなたにお礼を言うために、わざわざプライベートの時間を割いてここまで運転してきてくれたの」

「それに、きみのおかげでわかったことや、その結果どう対処したかを、きみも知る権利があると思ったからだ。座ってもいいかな？」ハワードはシーアに問いかけた。

「もちろんです。ブリンモウじゃなくてブリンマーでしたね。あのあと調べました」

「きみの言うとおり、ペンシルヴェニア州のブリンマーで、被害者はジェイムズとデボラ・コーエン夫妻だった。約一年前の事件でいまだ捜査中だ。つまり――」

「犯人がわからなかったんですね」シーアが言葉を継いだ。「彼です。レイ・リッグスがやったんです」

「そのとおりだ。リッグスがきみのご両親を殺したときに使われた銃は未登録だったから、所有者までたどれなかった。だが、きみが提供してくれた情報のおかげで、少し調べたら、デボラ・コーエンが同じメーカーの同じモデルの銃を所有し、それが未登録だったことが判明した。彼女の兄が妹のためにセール時に購入したらしい。犯行現場から見つからず、当時は紛失物として報告されていなかった」

マスクが咳払いをし、ルーシーがさしだしたグラスを受けとった。

「それからオハイオ州ニューオールバニーの事件だ」マスクが口を開いた。「被害者はスチュアートとマーシャ・ホイーリング夫妻で、これも捜査中の事件だった。捜査官は犯人が二階のバルコニーまで格子状の柵をよじのぼり、無施錠のガラス戸から主寝室へ侵入したと結論づけていた。事件が発生したのは一年半前だ」

「リッグスはまず女性を殺しました、男性のほうが年配だったからです。凶器はハンマーでした。ただ気絶させるだけのつもりだったのに、彼女を強く叩きすぎてとめられなくなったんです」

ルーシーは何も言わず、ぶらんこに座るシーアの隣に腰をおろすと、孫娘の手をつかんだ。

「リッグスが手口を変え、侵入方法も変え、コーエン夫妻の家には途方もないダメージを与えたせいで、これらの事件が結びつけられることはなかった」

マスクがハワードを見ると、相棒はうなずいた。

「匿名の情報源からかなり有力な情報がもたらされたおかげで、リッグスはこれらの殺人事件の重要容疑者として調べられることになった。情報源であるきみの名前は決して明かさない」

途方もない安堵感に、ルーシーはまぶたを閉じた。

「彼は知っています。リッグスはわたしが両親の殺人事件を目撃したことを知ってるんです。わたしがそのすべてを警察に話したことも」

「リッグスにもきみと同じ能力があると言っていたね」

「彼は好んでその力を人殺しに利用していました、昔から。子どものころから、何かの命を奪うのが好きだったんです」

「ああ、リッグスの幼少期の行為については目撃証言を得ている。だから、あの男は刑務所にいるんだ。シーア、きみはリッグスがいる場所を見たと言ったね。あの男がいる刑務所を。どんな特殊能力があっても、リッグスはそこからは一生出られない」

「彼は看守を買収しようとしています」

「それくらいじゃ脱獄なんてできないが、その件も手を打った。あそこは凶悪犯を収容するための最高警備刑務所だ。だが、不安になったり怖くなったり、そのことについて話したくなったりしたら、電話をくれ」

ハワードが名刺を取りだした。「ここにプライベートの電話番号も書いてある。二十四時間いつでもかまわないから、電話をかけてきてくれ、シーア」そう言って、トレイに名刺を置いた。「それじゃあ、今からひとつつらい質問をするよ。きみは被害者のひとりは女の子だと言ったね」

「その子の名前はわかりません。リッグスが覚えていないか、知らないんだと思います。ただ、彼女は最初の被害者です。リッグスはそれまでにもいろんな人を傷つけてきました。たとえば、ゲイの子を。でもその子を散々殴りつけたのは、ゲイだったからじゃありません、それが一番の理由じゃないんです。彼が小柄で弱かったからです、それに殴ることができたから。でも、その女の子は……」

シーアはレモネードを飲んで気持ちを落ち着かせた。「彼女は路上生活をしていて、リッグスと同じくらい若い子でした」

マスクが口を開きかけたが、ルーシーはかぶりを振った。

「あの日は寒く、雨が降っていました。リッグスは両親や祖父母から盗んだお金や、家出をする前に殴った子どもから奪ったお金で部屋を借りていました。でも、家に舞い戻って両親を痛めつけるつもりでいました。ふたりを憎んでいたからです。両親からひどい扱いを受けたことは一度もないのに、憎んでいました。その女の子は彼のように家から逃げだした子でした。リッグスはその子に、もし……その、セックスしてくれるなら、ひと晩泊めてやってもいいと言いました」

「なるほど」

「でもリッグスはうまくできず、こんなこともちゃんとできないなんて負け犬だっていう女の子の心の声を聞いたんです。それで、彼女を殴りました。思いきり顔面を殴ったんです。そのあとランプを、ベッド脇にあったグリーンの金属製の台がついたランプをつかんで彼女を殴りつけました。おばあちゃん」

「わたしはここにいるわ」

「女の子は抵抗できませんでした。ランプで殴られた顔に切り傷ができ、そこから出血していました。彼女が抵抗しないので、リッグスはそのまま首を絞めました。死んだ女の子の目を見て、彼は浮かれていました。猫や犬や鳥を殺すよりも楽しかったんです。リッグスは女の子をクローゼットに押しこみ、床についた血をふきとりました。念のため、DNAから身元がばれないようシーツもはぎとりました。荷造りをして、荷物とシーツを持って、その場をあとにしました」

「どこで起きたわかるかい？」

「たぶんトレドじゃないかと。それか、彼女を殺したあとでそこに向かったんだと思います。確信はありませんが。すべてがあっという間で、怖くて。それに――」

「大丈夫だよ、それで充分だ。とても助かった」

「リッグスはその子の名前を覚えていないんだと思います。だから、わたしにもわかりません。でも彼が頭のなかに思い浮かべたから、彼女の顔はわかります。描いてみようとしたんですけど、顔を描くのはあまり得意じゃなくて」

シーアはスケッチブックの最後のページを開いて、ハワードにさしだした。

「もっと自信を持ったほうがいい。うまく描けているよ」

重苦しい気分だったシーアは、その絵をちょっと誇らしく感じた。「本当ですか?」

「ああ、本当にそう思う」

「少女は根元がダークブラウンのブロンドで――それを描こうとしたんですけど、あとはメッシュかな? ブルーのメッシュが入っていました。目の色はブラウンです」

「この絵をもらってもいいかい?」

「もちろんです。場所はモーテルだと思います。ドアが偽物の木みたいな茶色でした。ドアに書いてあった番号は137です」

ハワードはスケッチブックから慎重にそのページを破りとった。「将来、警察官になる気はないよね?」

「ええ」シーアはきっぱりと言った。「ありません」

「これは褒め言葉だけど、シーア、とても残念だ。じゃあ、この件はもう忘れて、われわれにまかせてくれ。協力してくれて、時間を割いてくれてありがとう。そろそろ失礼しますが、このクッキーを一枚いただきます」

「フレデリックスバーグから運転してきたんですよね？」

「ええ、ミズ・ラニガン。ルーシー」ハワードが言い直した。

「まさか今夜フレデリックスバーグまで車で戻る気じゃないですよね」

「ええ、今夜はええと……」ハワードは相棒に目をやった。

「〈ウェルカム・イン〉に泊まります」マスクが答えた。

「その宿の主人は遠縁の親族です。とびきりおいしい朝食を出してくれますよ」

「明日の朝、出発する前にその朝食を楽しむことにします」

「でしたら、夕食はうちで召しあがっていってください」

「そんなご迷惑をおかけするわけにはいきません」

「あなた方はプライベートの時間を割いて、わざわざいらしてくださった。ですから、ぜひわが家で夕食を召しあがっていってください。今は非番でしょうから、ビールをお出ししますか、それともケンタッキー・レモネードをお出ししましょうか？」

「今飲んでいるのがそれじゃないんですか？」

ルーシーはマスクに向かってかぶりを振った。「バーボンウイスキーを入れないと、ケンタッキー・レモネードとは呼べません」

ハワードは返事をする前にシーアに目をやり、彼女が微笑むと、長いため息をもらした。「ルーシー、ぜひそれを一杯いただきます」

10

ルーシーは〝キツネたちの隠れ家〟と呼ぶべき屋根裏部屋のリフォーム工事が最終段階に入ると、子どもたちを立ち入り禁止にした。レムがそのせいで手がつけられない状態だったので、シーアはその制約を歓迎した。

制約にしたがうことで、レムよりも上手で大人になった気分を味わった。

その数日のあいだ、レムは無数の質問をした。

「壁を何色に塗ってるかだけでいいから教えて。ぼくが選んだユニークなオレンジ？ それともシーアのまぬけなブルー？」

「あなたたちふたりがペンキのサンプルをめぐってつまらないけんかばかりしていたから、醜い茶色にしてちょうだいって頼んだわ。おしゃべりしながらトマトを収穫できないなら、トマトだけに集中しなさい」

「でも、工事はいつ終わるの？　永遠に終わらない気がするよ」

「それはノビーしだいね。早く工事が終わってほしいの？　それともすてきな屋根裏部屋にしてもらいたいの？」

「どうしてすてきな屋根裏部屋が早く完成しないの？」

ルーシーは身を起こして背筋をのばすと、つばの広い帽子をかぶり直した。

「わたしたちがトマトを収穫して、秋や冬においしいスープやシチューを食べるために缶詰にしたくても、トマトが早く成長して熟さないのと同じ理由よ」

「それはどういう理由？」

「物事はそういうものだからよ」

レムはまたひとつトマトをもぐと、ぐるりと目をまわした。「本当はガラス瓶に詰めるのに、どうして〝缶詰にする（キャン・ゼム）〟って言うの？」

「それもそういうものだからよ」

そう答えながらも、ルーシーはレムと同じ疑問を抱いた。

晩夏の収穫のにおいを吸いこみながら、庭を見まわした。

「今夜はレザーパンツを取りこみましょう――たしか、そう呼ぶのよね、ミスター質問攻めさん。インゲンをちゃんと乾燥させると、レザーパンツみたいに見えるから」

「おばあちゃんはこれを全部ひとりで植えたの？」

ルーシーはシーアに目をやった。「春はたくましいふたり組が快く手伝ってくれたし、今やふたりも助っ人（すけっと）がいる。冬野菜を植えるときには、あなたたちもちょっとだけど経験できるわ。でも春になれば、すべてがどんなふうに始まるのかを目の当たりにすることになるでしょう」

少し手を休め、ルーシーは太陽を見あげた。

「植えつけでも満足感を得られるけど、収穫時はもっと感じるわよ。寒い晩、自分が育てて保存した野菜の瓶に手をのばすときは、さらなる満足感を覚えるの」

シーアは、祖母から教わったとおりにトマトをひねってもぎとった。ヴァージニア州では野菜を育てたことがなかった。だが毎年春は花の植えつけを手伝ったし、草花の成長を見守るのが好きだった。

ヴァージニア州の家を誰が買ったのかわからないけれど、その人は花を植えるのだろうか。

そうだといいな。

そして、警察や裁判所はリッグスに両親以外の人々を殺した罪も償わせてほしい。あのあとハワード刑事が電話で教えてくれたので、少女の名前はもう知っている。ジェシカ・リン・ヴァーノンという少女は、当時十五歳だった。

ジェシカは花を植えることも、トマトを収穫することも、寒い冬の晩に自分で保存しておいた野菜の瓶に手をのばすことも、永遠にない。

シーアは彼女のために自分にできる最善のことをした。あとは刑事たちが精いっぱいのことをしてくれると信じている。

これでふたたびリッグスの件は脇に押しやった、いや、押しやろうとしたというのが正しいだろう。シーアはトマトを鼻先に持ちあげてにおいを吸いこみ、緑の丘を見渡した。

この景色が秋には一変し、冬や春にかけて変化するさまを目の当たりにするのだろう。来年はアメリカハナズオウの花も見られる。きっと両親を恋しく思うこともあるはずだ――いつだってふたりが恋しい――し、採れたてのトマトのにおいや、まぶしい夏の緑の丘や、その先のもやがかかった山並みに感謝することもあるだろう。

新学期が始まる直前の最終週、シーアは学校のことしか考えられなかった。みんなに受け入れてもらえなかったり、クラスになじめなかったりすることを想像し、不安でたまらなくなり、在宅学習(ホームスクーリング)をさせてほしいと祖母を説得しようかと考えた。

そのアイデアが頭から離れず、どう説得するか考えて、レムが起きだす前の早朝に切りだすことにした。

ルーシーが階下におりると、シーアがコーヒーをいれていた。

「今日はずいぶん早起きね」

「毎朝早起きしてコーヒーをいれて、アスターの乳搾りだってできるわ。もしおばあちゃんが自宅で勉強を教えてくれたら、もっとたくさんお手伝いができる。ホームスクーリングで学ぶ子どもたちは大勢いるのよ」

「ふうん。今すぐコーヒーを飲んだほうがよさそうね」

「わたしがいれてあげる。朝食を作ってもいいわ。そうしたってちっともかまわない。自分たちで時間割を設定して宿題も決められるの。ホームスクーリングにはオンライン講座もあるのよ」

「そのことについて、ずいぶん考えていたみたいね」

「わたしは優秀な生徒で、成績はほとんどAよ。それにホームスクーリングを選べば、農業や石鹸作りやおばあちゃんの会社のことをもっと学べるわ」

ルーシーは慣れた手つきで髪をねじりあげ、手首から外したヘアゴムでとめた。

「たしかにそうね。そのすべてをできるでしょうね。でも、そういうことをしているあいだに、同級生と過ごしたり、いろんな先生からさまざまなことを学んだり、学校行事に出かけたり、ほかの若者の異なる考え方や生き方や行動を学んだりする機会を失うことになるわ」

「どれも興味がないわ」

だって、どうせ誰も話しかけてくれないもの！　それにみんなから変な目で見られるに決まっている。ケンタッキー訛(なま)りがまったくなくて、変な靴を履き、変な髪型をしているから。

「とにかく家にいたいの。ちゃんと勉強するわ、仕事をして学んでお手伝いもする。それに――」

「落ち着いて、ダーリン。新しいことを始めるから不安なのね。でも、そう感じて当然よ。誰かにからかわれたり、意地悪されたりするんじゃないかと心配なんでしょう。実際、生きていれば、いつどこでそういうことが起きてもおかしくないわ。でも、これだけは言わせて」

シーアはルーシーの両手に顔を包まれると、つんと涙がこみあげた。

「これはあなたのおばあちゃんだからじゃなく、あなたがどういう人間か知っているから言うの。あなたなら大丈夫。全然平気よ」

「でも、大丈夫じゃなかったら？　転校生で、みんなと話し方も違うし、服装も変だからって、誰にも好かれなかったら？」

「あなたの親族は何代にもわたたって、誰にも負けないくらい昔からここで暮らしているのよ。でも、そういう問題じゃないわね、ダーリン。じゃあ、取引をしましょう。まずは二週間試してみて。学校に通い、自分らしくふるまうの。もし二週間経っても気持ちが変わらなければ、ホームスクーリングについて調べるから話しあいましょう。二週間は試すと約束してちょうだい、わたしも約束は守るから」

シーアのみぞおちが震え、呼吸が乱れた。「じろじろ見られて、ママとパパが殺された女の子だって言われたくない」

ルーシーは孫娘を抱き寄せた。「そういう子たちもいるかもしれない。でも、なかにはいい子もいて、あなたに手をさしのべてくれるわ。そのときは、あなたも手をのばすのよ」

「でも、もし――」

「もしキリンの首が短くて、シマウマが水玉模様だったら？」

シーアはため息をもらすことしかできなかった。「二週間だけでいいの？」

「ええ、二週間だけよ」

「レムにはこのことを黙っててくれる？」

「ふたりだけの秘密ね」

シーアは納得し、二週間後にはこの小さな農場でホームスクーリングを始めているはずだと確信し、不安に囚われることなくその日を過ごした。

翌日、日課の仕事が終わると、ルーシーは宣言した。

「今日はついに大々的なお披露目の日よ」

「今すぐ見せて！」レムはテーブルの席からぱっと立ちあがった。

「あなたが朝食を食べ終わらせてからよ」

「もう食べ終わったよ！」

ルーシーは無言で孫息子の皿を指さした。

「工事が終わったことを教えてくれなかったのね」

「屋根裏部屋でやりたいことがあったの」ルーシーはシーアに答えた。「あなたたちが寝たあとで、ちょっとだけやりたいことが」

「プレイステーションを設置したの？」

「もうじきその答えがわかるわ、あなたがお皿にのった卵料理とジャーマンポテトを無視し続けない限り」

レムはさらに料理を口に押しこんだ。「いつでも好きなときに屋根裏部屋へあがってゲームしていいの？」

「やるべき仕事を終えたあとや、学校がないとき、寝る前や、わたしを苦しめていないときならいいわよ。宿題を終えたらゲームをしてもかまわない。ただし、何時間も屋根裏部屋にこもって、可哀想なおばあちゃんをひとりきりにしたりしないこと」

「おばあちゃんもゲームをやればいいよ！」

「それについては様子を見ましょう」

「もう食べ終わったよ、おばあちゃん」

「まあ、ほぼ完食ね。待って！　駆けだしたらだめよ、レム。いつもどおり、ちゃんとお皿を片づけなさい。そうしたら案内してあげる。大々的なお披露目を取り仕切るのは、このわたしよ」

ルーシーが先に立って歩きだすと、レムはその踵を踏みつけそうな近さであとに続いた。

「もう永遠に工事が終わらないんじゃないかと思ったよ！　どうしてこんなに長くかかったの？」

「あなたはまずお礼を言うべきでしょう」シーアが弟に思いださせるように言った。

「まだ見てないし」

「お礼を言うのは、見てからでいいわ」

ルーシーは屋根裏部屋へ続く階段をのぼりきったところで足をとめた。「さあ、キツネたちの隠れ家のお披露目よ」そう言ってドアを開けた。

レムが真っ先に駆けこむと、シーアはあきれたように天井を仰いだが、すぐあとに続いた。

その屋根裏部屋はシーアが想像したどれにも当てはまらなかった。

広々とした空間の半分は何もかも新しく明るくなっていた。片側の傾斜した壁はシーアが選んだブルーに、もう片方の壁はレムが選んだオレンジ色だ。それぞれのスペースに作りつけの机と、壁際に棚がある。

床はぴかぴかに磨きあげられ、ふたりが選んだ色を用いた大きなラグが敷かれていた。その上に置かれたソファは両端を椅子ではさまれ、以前はなかった壁のほうを向いている。ソファの布カバーはブルーで、椅子はオレンジ色の布張りだった。部屋の隅にはクッションが積み重ねられていた。

ルーシーがスイッチを押すと、天井の明かりがぱっと点灯した。

新しい壁にはソファに向かって薄型スクリーンが設置されていた。その下にはノビーが作った棚が置かれ、ゲーム機が収納されている。

レムは駆けださずにぱっと振り向き、ルーシーに抱きついた。「ありがとう、おばあちゃん。本当にありがとう！　こんなにいい部屋は生まれて初めてだよ」

「待った甲斐（かい）があった？」

「すてき」シーアがつぶやいた。「とってもいい部屋だわ。何もかも最高よ。新しい壁のことは内緒にしてたのね。ここにあったおばあちゃんのものはどこにやったの？ここに保管していたものは？」

「壁の裏にあるわ、そこにも充分ゆとりがあるから。何か出し入れしたいときは、ノビーが壁に作ってくれた引き戸を開ければいいの。シーア、あなたがそうしたいなら、ノートパソコンを机に置いてもいいし、宿題をここでやってもいい。あなたたちしだいよ。それから、もしここに食べ物や飲み物を持ちこむなら、きっとあなたたちはそうするでしょうけど、食器はきちんと階下におろしてちょうだい。それがキツネたちの隠れ家の厳格なルールよ。それと、ふたりともこの部屋を汚したり散らかしたりしないこと」

「今すぐゲームをやってもいい？　おばあちゃんもやっていいよ」

「ありがとう、レム。でも屋根裏部屋を使う前に、もうひとつサプライズがあるの。マディとビリー・ジョーが今日の午後、遊びに来るわ。今夜はふたりともわが家で夕食を食べて泊まる予定よ」

「今日はぼくがキツネたちの隠れ家を使う！　ここで女の子とお泊まり会はしないよ」

「わたしたちだって、男の子と一緒にお泊まり会なんていやよ。あなたたちがソファとか床で寝るあいだ、わたしたちはベッドで寝るわ。ありがとう、おばあちゃん。すごく気に入ったわ。ほんと最高よ」

「今度ノビーに会ったら、ちゃんとお礼を言うのよ。彼はあなたたちのためにここが特別な屋根裏部屋になるよう、一生懸命、長時間働いてくれたんだから」

「いいものを作るには時間がかかるからだよね」レムが言った。

「立派な教訓を得たわね。さあ、プレイステーションの電源を入れて、やり方を教えてちょうだい」

マディとビリー・ジョーが加わって、一同はルーシーが作ったピザと自家製ピーチアイスクリームを食べた。その後、トーナメントを開いたのだが、レムにとってショックで屈辱的なことに、女子が僅差で男子に勝った。レムはいらだったものの、それはいつものことだった。シーアがマリオカートをはじめ、ほぼすべてのゲームを制覇するからだ。

「リターンマッチだ」レムが要求した。

「明日ならやってもいいわよ、どうせまたあなたが負けるでしょうけど」

「あなたの部屋に行こう、シーア。勝者として戦いの場をあとにするのよ」マディがシーアに肩をぶつけてきた。「わたしたちの勝ちね」

「臆病者！」

「負け犬」捨て台詞とともに、マディはシーアと腕を組み、戦いの場をあとにした。

「シーア」階段をおりながら言った。「あなたはジョイスティックの魔術師ね」シーアの部屋に入ってドアを閉めるのを待って、口を開いた。「ゲームにもその特殊能力を使ってるの？」

「ううん」少なくとも、シーアはそう思っていた。「ただゲームが好きなだけよ。ゲームって物語みたいじゃない、英雄にもなれるし」

「それはあなたがジョイスティックの魔術師だからよ」今日は髪を大きなふわふわのポニーテールにしたマディが、ベッドにばたんと仰向けになった。「二日後には学校に戻らないといけないのね」

シーアも仰向けになった。「二週間経って学校が気に入らなければ、おばあちゃんが自宅で勉強を教えてくれることになったわ」

「どうしてそんなことがしたいの？　何もかも逃しちゃうわ」マディは腹這いになり、シーアの顔を見おろした。「ホームスクーリングだって、勉強してテストを受けて作文を書かないといけないじゃない。作文を書くのはわたしも大嫌いよ。でも学校に行かないと、友だちと遊べないし、何があったかわからないわ」

「友だちはあなたしかいないし」

「わたしだけでも充分じゃない。でもシェリル・アンはあなたのことが好きよ、それにルビーも」

「生徒たちはみんなもう知りあい同士でしょう。わたしは違う」

「一緒の学校に行かなかったら、どうやってみんなと知りあうの？」マディはシーアを小突いた。「あなたはちょっと怯えてるだけよ」

「わたしは両親を殺された子よ」

　マディは今度はシーアを優しく撫でた。

「誰もそのことであなたをからかったりしないわ。もし誰かがそんなまねをしたら」マディの目が燃えあがった。「わたしが顔面を殴りつけてやる。神に誓って本当よ。今あなたが感じているのは、一般的な社会不安障害よ」

「信じられない」シーアは目をぐるりとまわし、かぶりを振った。「どこでそんな言葉を知ったの？」

「いとこのジャスパーから聞いたの。ママがその言葉を口にしたら、パパはこう言ったわ。〝シャイって言えばいいのに、どうしてそんな小難しい言葉を使うんだ？〟って。あなたはただシャイになっているだけよ」

「わたしは内気だったことなんて一度もないわ」

「いいことよ、じゃあ、乗り越えられるわ。それに、男の子がいる学校に行かなかったら、どうやってボーイフレンドを作るの？」

「今はボーイフレンドのことなんて考えられない。それに、男の子はレムの友だちしか知らないわ」

「あの子たちじゃボーイフレンドには幼すぎるわね。それとも若いツバメがほしいの？」

「マディったら！　そんなことあるわけないじゃない」

「おまけに、あの子たちはまぬけよ」

「たしかに」

「まぬけなボーイフレンドなんて誰もほしがらないわ。学校に行けばもっといろんな男の子と知りあえるし、あなたがつきあう価値のない相手に引っかからないようわたしが目を光らせていてあげる。わたしは結婚相手を決めるまでに大勢のボーイフレンドとつきあうつもりよ」

　マディはまた仰向けになった。

「それと、ハンサムな相手を見つけるまで結婚しないわ。正真正銘のハンサムじゃなければ、セクシーじゃないとだめ。もしそれほどセクシーじゃないなら、少なくともキュートじゃないと。だから結婚するに値する相手を見つけるまで、大勢のボーイフレンドとつきあって、じっくり選ぶつもり」

「しばらくかかりそうね」

「ええ、遅くても三十歳までにはと思ってる。ううん、三十五歳までかも」マディはぱっと天井を指さした。「女性だって人生を謳歌(おうか)しないと」

「おばあちゃんは十六歳のときに、わたしのママを出産したんだって」

　マディはダークブラウンの目をシーアに向けた。「ミス・ルーシーのことは大好きだけど、それはかなり変よ。妊娠したから結婚しないといけなかったの？」

寝室のドアは閉まっていたが、シーアはそちらに目をやった。「わたしも気になって、おばあちゃんとおじいちゃんが結婚した日を調べてみたの。そうしたら、ママが生まれたのは約一年後だった。十カ月半後だから、妊娠のせいで結婚しないといけなかったわけじゃない。おばあちゃんが言うには、愛しあっていたから、ふたりとも待てなかったんですって」

「わたしは待てるわ」マディは断言した。「ひとりの男性に決めるまでは。お金持ちの男性もいいわね、でもまぬけな人や意地悪な人はだめ。そんな人はお断りよ。たとえハンサムでも、まぬけとか意地悪とかの欠点は帳消しにならない」

マディは身を起こすと、あぐらをかいた。「とにかく大勢のボーイフレンドとつきあって、結婚相手を選ぶ前に少なくとも三人とセックスしたいわ。ベッドでの相性が悪いと、離婚したり浮気されたりする羽目になるから」

「マディ!」シーアはショックを受けると同時にわくわくし、ぱっと起きあがって友人をまねてあぐらをかいた。「いつかあばずれになるわよ!」

「そんなことないわ! 男の子はいろんな人とセックスして、若いときは遊びまわるものだって言うじゃない。女の子だって遊びたいのよ。わたしはしたくなったらセックスをするわ。でも、少なくともデートを——ただのデートを——六回するまでは、相手と寝たりしない。それで、学校のことだけど」

マディがいきなり話題を変えたので、シーアは頭がくらくらした。

「毎日ランチを一緒に食べよう。共通の授業もいくつかあるし。一週間もしたら、あなたもみんなと知りあって、友だちだってできるはずよ。でも親友は作らないで。だって、わたしっていう親友がもういるんだから」

友達がいなければ、ランチタイムはこのうえなく屈辱的な時間になると、シーアは重々わかっていた。

「毎日一緒にランチを食べてくれるの？」

「ええ、約束する。だからホームスクーリングのことなんか忘れて、新学期初日に着る服を選びましょ」


シーアは時間をとめることができず、ついに新学期初日を迎えた。胃がきりきり痛むなか、マディに命じられたとおりに身支度をした。デニムのスカート、白いTシャツ、ピンクのコンバースのスニーカー。母のピンクダイヤモンドのスタッドピアスをつけ、髪は――マディが承認した――片寄せ三つ編みにして左肩に垂らした。レムはショートパンツとTシャツを身につけ、新品の靴の紐を結ぶだけで準備万端だった。

「まあ、あなたたち！　写真を撮らせてちょうだい。新学期初日を祝いたいの。あなたたちが帰ってくるまで、おばあちゃんは静まり返った家で途方に暮れそうだわ」

スクールバスが到着すると、ルーシーはふたりにキスをした。「初日を楽しんできてね。あとで何もかも聞かせてちょうだい」

シーアは思わず祖母にしがみついた。すると、ルーシーが耳元でささやいた。

「バスに乗るのが心配なら、車で送るわよ」

シーアは〝試練〟という言葉の意味を理解した。町中に住むマディは、バスを利用しない。レムはバスに乗るのが楽しみでもう走りだしている。

弟のほうが勇敢だと認めるわけにはいかない。

「ううん、おばあちゃん、大丈夫よ」

バスの運転手が手を振り、ルーシーに呼びかけるなか、シーアは試練に立ち向かった。バスに乗りこむと、ほぼ空いている席のあいだの通路を進んだ。バスはくねくねと曲がる道をたどり、坂をのぼったりくだったりしながらところどころで停車した。子どもたちが乗りこんでくるごとに、車内は騒がしくなった。

ふたりの女の子がシーアの背後に座り、くすくす笑いあっていた。

町に着く直前、誰かが隣に座った。その女の子はシーアに〝ハイ〟と声をかけただけで、別の子たちと話し始めた。

シーアは車内にいた三十五分間、ひと言も発しなかった。

　学校に着くと、列に並んでバスをおりた。レムは男の子たちのグループにまじって先に行ってしまった。シーアは周囲の子たちが挨拶したり、笑いあっておしゃべりしたり、新学期が始まってうんざりだとうめき声をもらしたりするなか、二度目の試練に立ち向かった。

　そのとき、背後からマディが近寄ってきて、シーアの腰に腕をまわした。

「ああ、最悪！　きっと今日一日誰も話しかけてくれないわ」

「あなたは誰かに話しかけたの？」

「ううん、でも――」

「社会不安障害よ」マディがすかさず難しい言葉を使ってみせた。「アルファベット順で分かれているからホームルームは一緒じゃないけど、ママに確認してもらったら、一時間目と三時間目と六時間目は同じ授業だって。ハイ、ジュリアン！」マディはシーアを連れて重い正面ドアを通り抜けると、呼びかけた。「その新しい髪型、すてきね。この子はわたしの友だちのシーアよ」

　マディは歩きながらほかの子たちにも声をかけ、シーアに校内を案内した。

　ずらりと並ぶオフィスや、体育館の入口、集会やコンサートが開かれる講堂。

　ヴァージニア州で通っていた学校に比べると、すべてがこぢんまりとしていて古い。少なくとも、ここでは決して迷わないだろう。

「ここがあなたの教室よ。わたしの教室は廊下をはさんだ向かい側。一時間目の教室に向かうためのベルが鳴ったら、ここで落ちあいましょう。さあ、教室に入って誰かに話しかけてみて」

選択の余地はなく、教室に入ったシーアは、できるだけ目立たないよう最後列へ直行しようとした。

だが、その中程で足をとめ、すっと席についた。

耳鳴りがして、心臓が激しく乱れ打つ。机の下でぎゅっと両手を組みあわせ、普通に見えるよう必死に装った。

ついに誰かが隣の席に座った。ショートカットの赤毛の女の子で、ぴったりしたクロップド丈のジーンズに鮮やかなグリーンのシャツという格好だった。ネイルの色はシャツとおそろいだ。

拳に顎をのせ、すっかり退屈した様子で、シーアを含むまわりを見渡した。ゆっくり眺めまわされると、シーアは地中深く埋もれて頭まで覆われてしまいたくなった。

「あなたの靴、すてきね」

その言葉にショックを受けるあまり、シーアは言葉を失いかけた。

「ありがとう」

「おばあちゃんから、赤毛はピンクなんて似合わないって言われるけど、そんなことどうでもいいわ。わたしはピンクが好きなの。あなたは転校生よね」

「うん」

「すぐに慣れるわ。わたしたちの担任はヘイヴァーソン先生で、歴史の先生なんだけど授業がすごく退屈なの。わたしはグレイシーよ」

「シーアよ。わたしはシーア」

「シーア、最終学年へようこそ。やっとこれで地獄のミドルスクールが終わるわね」

帰りのバスに乗りこむころには、シーアはホームスクールのアイデアをお払い箱にしていた。


シーアは地獄のミドルスクールの最終学年を友人たちと乗りきった。そして、十三歳になった——やっと。初めてボーイフレンドができ、初めて失恋を味わった。もう二度と誰も愛さないという誓いは、高校一年生のクリスマスまでもたなかった。

学校とは別の世界で、リッグスの世界や刑務所、刑事たちのことをときどき考えた。警察はボウリンググリーン郊外のリッグスの実家からトレドまでの足取りをたどり、モーテルや、彼がジェシカ・リン・ヴァーノンを殺害した部屋を突きとめた。

「われわれがリッグスとその事件を結びつけると」ハワードは電話越しにシーアに言った。「あいつはすべてを自白したよ。どこで彼女に声をかけ、その後どうやってバスでアクロンへ逃れたかを」

「リッグスは自分がしたことを誇りに思っていました。自白することで事件を追体験し、ふたたび当時の感覚を味わったんでしょう」

「きみの言うとおりだと思うよ」

シーアは自分の解釈が正しいと確信していた。

「リッグスを別の殺人容疑で起訴すれば、彼は……」

「注目を浴びるだろう」

「ええ、そうですね」

「ところで、きみの調子はどうだい、シーア？」

「おかげさまで、元気です。ときどきリッグスが、とりわけ退屈しているときに、わたしの頭に忍びこもうとすることがありますが」リッグスがしょっちゅう退屈していることはつけ加えなかった。「でも、そんなことはさせません」

「よかった。その調子だ。今でもわたしの電話番号を持っているだろうね。必要ならいつでも連絡してくれ」

「ありがとうございます。あの……赤ちゃんのこと、おめでとうございます。フィオナってかわいい名前ですね。あなたが娘さんのことを一生懸命考えていたので」シーアは説明した。

「電話越しに読みとったのかい？」

「あなたが一生懸命考えていたので、電話越しに伝わってきたんです。それと、青い階段。青い階段には気をつけてください」

「わかったよ、シーア。おばあさんによろしく伝えてくれ。それと、いつでも連絡してくれていいからね」

ジェシカ・リン・ヴァーノンのためにできる限りのことをしたと思いつつ、シーアは別の世界の扉を閉めた。

十四歳になると、シーアは髪を顎の長さでカットしたが、その衝動的な行為を数カ月間にわたり悔やんだ。数学で賞を受賞したときは、胸が高鳴ると同時に気恥ずかしさを覚えた。

十五歳のとき、アスターが死んで悲しみに暮れた。一番の親友のマディがアスターとシーアのために花束を持ってきてくれた。

新たに飼った牛にはベティ・ルーと名付けた。

ウェイロンはカイラ・ライトフットというほっそりしたブロンド女性と結婚した。

彼女はよく笑う、ヴァイオリン奏者だ。

シーアはロックバンドに夢中になった――コード・レッドという若者四人組のバン

ドに。特に、リードボーカルを務めるシンガーソングライターで、マディ曰く、とっても魅力的なタイラー・ブレナンに夢中だった。

彼はシーアの夢で何十回も主演を務め、彼のせいでどの男の子も色あせて見えた。

だから十六歳の誕生日に、ルーシーがシーアとマディとグレイシーをルイヴィルで行われたコード・レッドのコンサートに連れていってくれた。

ステージ上のタイラーはすらりと背が高く、破れたジーンズと黒のTシャツを身につけ、ワイルドな髪は祖父がときどきグラスに注いで飲んでいたウイスキーの色だった。

シーアは音楽で、タイラーの音楽で体中が満たされ、永遠に心を奪われた。

日記には、何歳まで生きたとしてもこれ以上の誕生日はないと綴った。

高校の最終学年が近づくころ、シーアは将来何をしたいかを悟った。大学進学がぼんやりと視野に入り、ケンタッキー大学でコンピューターサイエンスを学ぶことにした。アートとともにふたつの分野を専攻するつもりだ。

さらに、コンピューターゲームデザインのオンラインコースも受講する予定だ。

ゲームをデザインし、開発まで手がけるのがシーアの夢だった。

もうひとつの夢は、どうにかしてタイラー・ブレナンと出会い、彼がシーアに恋することだ。ふたりは結婚して三人の子どもをもうけ、祖母の家のそばの小さな農場で暮らすのだ。

タイラーは作詞作曲し、シーアはゲームデザインを行う。

そしてふたりは一生幸せに暮らすという夢だ。

ウェイロンとカイラは、ルーシーにもうひとりの孫娘をもたらし、第二子も誕生する予定だ。ケイレブはニューヨークで制作中の『ケース・ファイルズ』というテレビシリーズのチャーミングで仕事熱心な刑事役を射止めた。

両親の六回目の命日に、シーアはいつもどおりルーシーとレムとともにふたりの墓の前に立った。そして、今年も三人は墓石にアジサイを手向けた。

レムは百七十五センチのシーアを五センチ上まわり、姉と違ってまだ身長がのびそうだった。目の色は父親譲りだが、それ以外はケイレブによく似ていた。

シーアはそんな弟に女の子たちが夢中なことを知っていた。

夏の終わりに、シーアはルーシーとレムを残して大学へと旅立つ。デューク大学に進学して医師を目指すマディとも離れることになる。

グレイシーはウエイトレスの仕事をしながら、ボーイフレンドと一緒に暮らしていた。だから、とりあえずレッドバッド・ホロウにとどまっている。

友人の大半がちりぢりになるのはわかっていた。なかにはすでに旅立った友もいる。

だが、シーアは戻ってくるつもりだ。いつだって丘や森や農場や両親のそばに戻ってくる。

「ふたりはあなたたちを心から誇りに思うはずよ」ルーシーはシーアとレムの手を握りしめた。「シーアのこともレムのことも心から誇らしく思うはず」

「もうフレデリックスバーグの家を思い浮かべることさえできないよ」

シーアはレムをちらりと見て、胸のうちでつぶやいた。わたしは思いだせる。

ときおり夢のなかで実家に戻り、在りし日の両親の姿を目にしていた。同様に、刑務所をまた訪れ、リッグスの暮らしぶりも見た。

「本当に思いだせない」

「両親のことは覚えているでしょう」ルーシーがレムに言った。「それが大事なの。あなたは今や野球部のスター選手で、高校生になって以来、毎学期成績優秀者に名を連ねてきた。そしてシーア、あなたはわたしが千年生きたとしても理解できないものを学ぶために、大学に進学する。あなたの口車に乗せられて通信販売を始めることにしたけど、あなたがいなくなったらどうやってオンラインショップを運営すればいいのかわからないわ」

「それはぼくにまかせて、おばあちゃん」

「頼んだわよ、レム」

「おばあちゃんは自分で思う以上にコンピューターに詳しいと思うわ」シーアはルーシーに言った。「それに助けが必要なら、電話や携帯メールやフェイスタイムで連絡して。感謝祭やクリスマスにも帰省するつもりよ……」

シーアはおなかに手のひらを押し当てた。

「不安になったりしないで。あなたたちは光り輝くんだから。ふたりとも、そしてウェイロンとカイラが与えてくれたふたりの孫も。ケイレブが決断してさらに孫を与えてくれたら、その子たちも光り輝くわ」

その晩、シーアはヴァージニア州の実家の夢を見た。家は空っぽだったが、母の声と父の笑い声が聞こえた。影で覆われているかのようにはるか彼方から聞こえる気がした。

次の瞬間、すべてが一気によみがえり、家はもはや空っぽではなく、シーアは外に立っていた、リッグスの背後に。

このまま彼のあとに続き、一部始終をふたたび目撃することは可能だ。声を聞き、感じることも。

だが、その場に背を向けて魂を移動させた。特殊能力を用いて、彼の独房へと。

リッグスは眠っていたが、落ち着かない様子で簡易ベッドのなかでびくりとし、何やらつぶやいていた。

今は短髪で、顔は月のように青白かった。まだ瘦せているけれど、おなかはたるんでいた。おなかはやわらかそうなのに、顔つきは険しかった。二十代前半にしては老けている。

歯が痛いのに、リッグスが歯科医を恐れて言いだせないことに、シーアは気づいた。薬は――麻酔薬は――手に入れたものの、効き目が切れ、歯がずきずきと痛みだしたらしい。

「起きて、レイ」

彼がうめきながらぱっと目を開き、ふたりの目が合った。

「わたしを覚えてる？」

「小娘か」顔をしかめながら、リッグスは顎の右側に手を当てた。「とっとと失せろ。おまえはいつか必ず殺してやる」

「やっぱり覚えているのね。ちなみに、その歯は抜かれるわ。抜いてもらうまで、ひどく痛むわよ。抜いてもらったあとも何日か激痛に襲われるでしょうけど」

リッグスは上体を起こした。「くそっ。おれの頭から出ていけ」

「あまり調子がよさそうじゃないわね。それに、におうわ。あなたの頭のなかまで虫歯のにおいがする。今回はあなたの様子を見て、別れを告げに来ただけよ。もう二度と来ないわ。わたしには生きるべき人生があるから」

「おまえをゆっくりじわじわと殺してやる」今も顎を押さえたまま、彼はシーアに対抗し、彼女にしてやりたいことを無理やり見せた。

シーアはひるまなかった。

「このまま夢を見続ければいいわ、レイ。あら、鼻血が出てるわよ」

シーアは意思の力で目覚めると、寝室の天井を見つめた。鼓動は乱れておらず、頭痛もしなかった。

上半身を起こし、ベッドに入る前に取り外しておいたお守りをふたたびつるした。こんなことをするのはこれで最後にしたい。

呪文を三回繰り返し、ベッドへ戻った。

もう忘れるべきだ。過去を振り返るのではなく、未来に目を向けるときが来た。

シーアはまぶたを閉じて眠りに落ち、自分自身が築いた夢を見た。

第二部　生命

力の限り生きよ、そうしないのは過ちだ。

——ヘンリー・ジェイムズ

深い暗闇の奥をのぞきこみながら、わたしはその場に立ちつくし、怪訝に思いながら、不安や疑念を抱き、生者なら決して夢見ない幻想を見た。

——エドガー・アラン・ポー

11

大学三年生の学年末、シーアは大学生活を振り返った。

一年次は、頻繁なホームシックと最悪なルームメートのマンディに悩まされながらもなんとか乗りきった。

マンディは午前二時にボーイフレンドとテレフォンセックスを――騒々しいテレフォンセックスを――するのが好きだった。土曜日の晩にパーティーで深酒しては、ほぼ毎週日曜日の朝に吐いていた。そして宗教上問題があるかのように、ハンガーやゴミ箱の使用を拒んだ。

シーアは大学に入って初めてセックスをし、世間で言われるほどいいものではないと結論づけそうになった。だが、二回目で考えをあらためた。その相手のおかげで、あるいは単にセックスのおかげで、かつて経験したことのない感覚を味わった。無数の星を目にして、頭のなかに鐘の音が鳴り響くような感覚を。

だが、彼を――同じコンピューターオタクのアッシャー・ビリングを――愛していると思いこむという過ちを犯した。

セックスや愛で燃えあがっていた最中、自分の特殊能力について打ち明けた。言ったとたん彼に笑われても傷つかなかった、それほどは。だが、そのあとに投げつけられた言葉がシーアの心を深く切り裂いた。

〝バケモノかよ、頭のいかれた変人だな〟という言葉だけでは終わらなかった。アッシャーは追い打ちをかけるようにシーアと別れ、そのことをほかの人たちに暴露した。軽蔑のまなざしや凝視に耐えられず、シーアは自宅へ逃げ帰りそうになった。

自宅なら安全だ。ありのままの自分を受け入れてくれる家族がいる自宅なら。

「そんなろくでなし野郎のせいで、尻尾を巻いて逃げ帰ろうなんて考えるんじゃないわよ！」

シーアが夜中にみじめな気持ちを綴ったメールを送った二分後、マディがビデオ通話をかけてきた。

「もう彼のことはふっきれてるわ。ふっきれたんだけど、彼のせいでみんながわたしのことを噂していて、今日はカフェで見知らぬ女の子から悪魔の子孫だと言われ――」

「あなたは悪魔の子孫なの？」

「もちろん違うわよ。でも――」

「そんな子や彼女みたいな連中なんか、かまうことはないわ。あなたは自分がどんな人間かわかっているでしょう、シーア・フォックス。だったら、そんな人たちなんかどうだっていい。逃げちゃだめよ。逃げずに、あなたの実力を見せてやりなさい」

「アッシャーに打ち明けるんじゃなかった。でも将来一緒になるなら、本当に一緒になるなら、彼もわたしの能力について知っておくべきだと思ったの」

「今回のことでその男は本性を露呈したの、豚の糞みたいな本性を。だから、そんな人には二度とかかわらないことよ。さあ、勇気を振り絞って、シーア、そんな男のせいで自分の好きなことをあきらめたらだめよ」

「あなたがここにいてくれたらいいのに」

「一緒にいるも同然じゃない。それで、これからどうするの?」

「朝起きて、授業に出席する。求めるものを手に入れるには、ここで学ぶ知識が必要だから。あんな人たちなんかくそくらえよ」

つらい経験から重要な教訓を得たシーアは、同じ過ちを繰り返すつもりは断じてなかった。

もう二度と豚の糞には近寄るものか。

愛は必ずしも信頼や支持や理解につながるとは限らない。自分には特殊能力があるけれど、それはほかの人には関係のないことだ。

そんなことがあったものの、シーアはなんとか乗り越えた。

わずかながら何人かの仲間ができたおかげで、二年生のときは前年と違ってかなり楽しかった――ただし、友だちと言えるほどの関係ではなかった。

シーアは大いに学び、アートやコーディング、ライティングのスキルに磨きをかけた。

一度たりとも独房に舞い戻ったり、両親を殺害した男の頭に忍びこんだりすることはなかった。

リッグスがシーアの頭に忍びこんでこようとする気配は感じ、そのたびに寒気が走ったり、体がかっとほてったりした。

窓は閉じたままにして、お守りをベッドにつるした。

そして、レッドバッド・ホロウこそが故郷だと受け入れた。

三年次の期末試験を終え、荷造りがすむと、無性に家に帰りたくなった。

ただ、その前に一箇所、立ち寄らなければならない場所がある。ゲームデザインの教授から会いたいというメールをもらったシーアは、こみあげる不安をこらえようとした。

期末課題でひどい点を取ったのなら、挽回のチャンスを願わずにはいられない。一生懸命課題に取り組み、昔夢見た冒険や魔法をきれいなグラフィックと完璧なストーリーに仕立て、コーディングやレベルを確認し、何度もプレイした。

もし出来が悪かったのなら、修正するまでだ。寮を引き払うまであと一日あるし、その一日は部屋を独り占めできる。何が問題だとしても修正できるだろう。

たとえ期末課題がだめでも——アイデアが今ひとつで、出来が悪かったとしても——単位を落とすことはないはずだ。学期を通しての成績で判断してもらえるだろう。大半の学生はすでに帰省し、夏期講習はまだ始まっていないため、校舎はほぼ無人で、その静けさがシーアの頭にこだました。

不安になっているせいだと承知しつつも、それを閉めだせなかった。

チェン教授のオフィスのドアは開け放たれていた。デスクの背後に座る教授は、三台のモニターのひとつを見つめながら眉間にしわを寄せている。

シーアが側柱をノックすると、教授が顔をあげた。スクエアフレームの眼鏡の奥の目には、いらだちしか映っていなかった。

みぞおちが重くなる彼女に向かって、教授は人さし指を掲げ、待つように合図した。

教授はタッチスクリーンをスワイプすると、椅子の背にもたれた。

「入りたまえ、ミズ・フォックス。ドアを閉めてくれ」

チェン教授は決して生徒をファーストネームで呼ばないが、ドアを閉めるよう指示されて、シーアの胃はますます重くなった。

「わたしに何かご用でしょうか、教授？」

「用がなければメールを送ったりしない、そうだろう？　座りたまえ。きみの期末課題について話しあうことがある」

「はい。チェン教授、教授の授業には一生懸命取り組んできたつもりです。期末課題の前までは、平均九十六点を維持してきました。期末課題で何か間違いを犯したのであれば、それが設計工学であれ、コンセプトであれ、デザインであれ、開発であれ、修正のチャンスをいただけないでしょうか」

不安に駆られて咳払いをした。「今学期に教授の授業を受講したのは、自分のスキルを磨くためです。わたしはできれば――その――将来ゲームデザインや開発に携わりたいと思っているので」

無言で座っていた教授が片方の眉をあげた。「言いたいことはそれだけかい？」

「わたしは――。はい、教授」

「よし。通常、きみのようなプロジェクトを提出した学生には、第三者の手を借りたのではないかと問うことがある。だが、きみの言うとおり、きみは今学期、優秀な成績を維持してきた。それに期末課題が加われば、きみの平均点は九八点になる。自分で計算できるだろう」

「えっ」肺の空気が押しだされ、シーアはまた息を吸いこんだ。「えっ」

「手短に説明する。わたしが期末課題に百点をつけることはまれだ。このゲームを楽しんだからという理由で百点をつけることに疑問を抱き、自問自答した」

教授が指先を触れあわせながら椅子の背にもたれると、椅子がきしんだ。

「とはいえ、娯楽性というのはゲームにとって重要な要素のひとつだ。グラフィックは美しく鮮明で独創的だった。ストーリーの流れはスムーズだし、会話は機知に富み、それぞれのキャラクターに合っていた。きみはキャラクター設計に優れている」

「ありがとうございます」

「コーディングもしっかりしていて、欠点がいっさいなかった。隅々まで完璧に目が行き届いている」

「この大学に入学した当初は、ＩＴ企業に就職することを目指していました」

「きみなら間違いなく就職先が見つかるだろう。だが、今はゲームデザインと開発に携わりたいと考えているんだね」

「競争が激しい業界で、求められるものが多いのはわかって――」

教授が人さし指を掲げて彼女を制した。

「競争や長時間の重労働に気後れしているのかい、ミズ・フォックス？」

「いいえ」

「だったら、きみの力になれるかもしれない。〈ミルケン〉社に知りあいがいてね。きみもその会社は知っているだろう？」

「ええ、もちろんです。世界でもトップクラスのゲーム会社ですよね」

「そこに、偶然にもわたしのいとこが勤めていて、彼にきみのゲームを一度見てもらいたいと考えている」

シーアは頭が真っ白になった。「えっ、すみません」

「なぜ謝るんだ？」

「つまり……教授は、わたしが制作した《エンドン》を〈ミルケン〉に送って評価してもらいたいとお考えなんですか？」

「ああ、きみの承諾を得たうえでね。こんなことは初めてだよ。しかるべき学生に推薦状を書いたことはある。もちろん、きみにも書くつもりだ。だが、この大学に勤めて十年になるが、いとこに学生のプロジェクトを見てもらいたいと持ちかけるのはこれが初めてだ。すばらしいプロジェクトだという確信がなければ、こんなことは絶対にしない。いとこは、わたしが身内であることを決して利用しないと重々承知している。だから彼は個人的にきみのゲームを評価し、プロとして忌憚のない意見を述べてくれるはずだ」

「わたし――」

「このオフィスで涙は禁物だぞ、ミズ・フォックス」

シーアはぎゅっと目をつぶって涙をこらえ、涙がおさまるまでうなずき続けた。

「ええ、ありがとうございます。〈ミルケン〉に送っていただいてけっこうです」

「よし。じゃあ、いとこにきみの連絡先を知らせる。向こうからなんらかの形で連絡が来るまでしばらくかかるだろう。以上だ、ミズ・フォックス」

膝が震えながらも、シーアは立ちあがった。

「感謝してもしきれません、チェン教授。わたしは――」

「結果は保証できない」

「ええ、でもチャンスをいただきました。心から感謝します」

オフィスを出たシーアの胸には、ショックと喜びと驚愕が渦巻いていた。ふたたび涙がこみあげ、サングラスを取りだす。

続いて、携帯電話を手に取ろうとした。このことを祖母や、レムや、マディに伝えないと。みんなに伝えないと！

いいえ、だめ。思い直して携帯電話をしまった。みんなには直接伝えよう。あと数時間で実家に帰るのだから。コロンビア大学で一年目を終えたレムも初めて帰省するし、デューク大学の医学部進学課程を三年で終えたマディも戻ってくる。

彼女は桁外れの頑張り屋だ。

マディはこのあとコロンビア大学の医学校(メディカルスクール)に進学する。

今や人生が一変した。何もかも変わった。レムは経営学専攻で、マディは医学生。

そして、シーアは大好きなことを仕事にできるかもしれないのだ。

ああ、帰省するのが待ちきれない。

シーアは小走りになった。寮の部屋まであがって、荷造りの最後の仕上げを終えて車に積みこんだら出発できる。

だが、寮の外にたたずむふたりの男性を目にしたとたん、ぴたりと立ちどまり、凍りついた。ハワードは白髪が増え、マスクもこめかみに若干白髪が見える。

ただ、それ以外はふたりとも初めて農場を訪れたときとほとんど変わらなかった。

一気に恐怖心に襲われ、シーアは駆けだした。

「脱獄したんですね。リッグスが脱獄したんですね」

「いや、そうじゃない」ハワードが彼女の腕をつかんだ。「あの男はいるべき場所にいる。今回はリッグスの件で来たわけじゃない。きみのご家族とはまったく関係のないことだ。怯えさせてすまない」

明らかに居心地が悪そうなマスクが身じろぎをした。「頼みたいことがあって来た。数分時間をもらえないか?」

「これから帰省するんです。荷物を取ったら、部屋の鍵を返却しないと」

「あまり長く引きとめないようにするよ、シーア」ハワードは彼女がふたたび自分に目を向けるのを待って続けた。「重要な用件でなければ、ここには来ていない」

彼女は無言のまま先に立ってなかに入った。

人気のない寮の階段をのぼる。みんな夏休みで帰省したのだ。シーアも一刻も早く帰りたかった。家族や友人に会って、あの山並みを眺めたい。

「寮のルームメートはもう帰省しましたし、荷造りをしてしまったので、何もおかまいできなくて」

四人部屋の共用リビングに続くドアの鍵を開けた。

「なかなかいい部屋だね」ハワードが笑みを浮かべようとした。「ぼくの時代のゴミだめみたいな寮を見たら、きみはびっくりするだろうな。座ってもいいかい?」

「ええ」ふたりがソファに腰をおろすと、シーアは椅子をつかんだ。

私物はいっさい残っていない。写真も花も食器も、シーアや美術専攻のルームメートが壁に飾っていた絵も。

そのほうがいい。刑事たちに対してわだかまりがあるわけではないけれど、どんな問題を持ちこまれようと個人的にかかわるつもりはない。

ただ、とりわけハワード刑事は長年親切にしてくれた。せめて話を聞くくらいはしてもいいだろう。

「ここに来た理由を話す前に、わたしの命を救ってくれたお礼を言わせてくれ」ハワードが身を乗りだした。「このことは、大げさにしたくなかったから、これまできみには話さなかった。だが、今回はいい機会だと思う。きみと出会って三年ほど経ったころ、マスク刑事とある容疑者を追跡していた。相手は武装していて、危険だとわかっていた。わたしが先頭で、マスク刑事は六時の方角にいた——真後ろってことだ」そう言い直した。「わたしたちは階段を駆けおりていた。青いペンキが塗られた階段を。そのとき、〝青い階段に気をつけて〟というきみの声が頭に響いたんだ。その瞬間、ぱっと足をとめた。ほんの一瞬だけだ。でもそのおかげで、銃弾が十数センチずれた。もしあそこで立ちどまっていなかったら撃たれていただろう。きみが警告してくれなければ、あのとき足をとめることはなかったはずだ」

「無事でよかったです」

「同感だよ。その後、容疑者を確保することができた。これまでの年月のなかで、あの瞬間を幾度となく思い返した。きみのことや、きみの家族のことも考えたよ、シーア。きみはリッグスの逮捕に協力してくれた。ほかの被害者のために正義の裁きがくだされるよう力を貸してくれた。わたしの命も救ってくれた」

「あなたはわたしを助けてくれました」

「そして、きみはわれわれを助けてくれた。今回はまたきみの助けを借りに来た」

「ここに来ることやきみを訪ねることに、わたしはかなり迷いがあった」マスクが口を開いた。「きみのご両親が亡くなったあと、まだ子どもだったきみにかなり威圧的な態度を取ったからな。きみに疎まれて当然だ。でも、どうかそのことはいったん忘れてほしい。十五歳の女の子の命がかかっているんだ」

「あなたが威圧的な態度だった理由はわかっていますし、恨んではいません。でも、いったいどういうことですか？ その女の子って誰なんですか？」

「彼女の名前はシャイロー・ダーニング。二日前、下校中に誘拐された。陸上部員で、放課後はいつも走っていた。学校から自宅までのどこかで——距離にして千六百メートル弱だが——何者かにさらわれた」

「この十六カ月のあいだに誘拐された四人目の女の子なんだ」ハワードが話を継いだ。

「全員十五歳から十六歳で、細身のブロンドだ。犯人は彼女たちを四日間監禁し、痛めつけている。そして四日目に殺害し、死体を遺棄する」

「特殊部隊が捜査に当たっている」マスクが言った。「連邦捜査局（FBI）にも協力を要請した。これまでにわかっていることは、犯人に土地勘があり、被害者を監禁できる秘密の場所があるということ。おそらく二十五歳から三十五歳の凝り性で几帳面（きちょうめん）な白人男性で、ひとり暮らしをしていると思われる」

「プロファイリングから人物像は浮かびあがったが、身体的な特徴は不明だ。シャイローに残された時間は少なくなっているんだ、シーア」

「わたしに何を望んでいるのか、いまだにわかりません」

ハワードはポケットから小さな証拠物件袋を取りだした。「これが彼女のラッキーアイテムのイヤリングだ。小さな稲妻みたいだろう。試合に出場するときだけ、身につけていたらしい。きみならこのイヤリングから何か感じとれるかもしれない」

シーアはとっさに腕を交差させ、両肘をつかんだ。「ここではしません。ここの人は誰もわたしの能力を知らないので」

それを打ち明けられるほど大事な人はひとりもいないから、とシーアは胸のうちでつぶやいた。「それに……そんなふうに透視できるかわかりません」

「ただ試してくれるだけでいい」

話しだしたマスクの腕に触れて制すと、ハワードがあとを引きとった。

「とんでもなく厚かましい頼みだということはわかっている。こんなふうに押しかけて、きみに頼むのは。だが、それがわれわれの仕事なんだ。犯人が見つからないせいで、三人の少女が亡くなった。シャイローには四人目になってほしくない。彼女はまだ十五歳だ。きみもあんなふうに人生が一変しなければ、彼女と同じ高校に通っていただろう。シャイローにも、きみと同じように弟がいる。きみの両親がきみを愛していたように、シャイローにも彼女を愛する両親がいる」

シーアは大学では窓をずっと閉めていた。かたく閉じて鍵をかけていた。アッシャーに打ちのめされたあと、そうすると心に誓ったのだ。

その誓いを三年間守り続けてきた。

授業を受けて必死に課題をこなし、パーティーへ行って男の子たちといちゃつき、平凡な一学生として大学生活を送ってきた。

だが、窓の鍵はとうにゆるんでいたらしく、向かいに座るふたりの男性から焦燥感や絶望、冷たい怒りを感じとった。

「彼女の写真はありますか?」

マスクはポケットから携帯電話を取りだすと、画面に表示した写真をシーアに見せた。

「シャイローはかわいい子だ。ほかの少女たちもそうだった。クリッシー・ベイツは十五歳、ハーレー・アダムソンは十六歳、ミカエラ・ロウはあと二日で十六歳になるはずだった」

「透視できるかどうかも、力になれるかどうかも約束できませんよ」

だが、シーアはイヤリングを貸してもらおうと手をさしだした。「いいえ、自分で袋から取りだします。わたしがやります。そのまま携帯電話の画面に写真を映して、黙っていてください。とにかく静かにしていてください」

証拠物件袋を開ける前に、シーアは祖母のことを考えた。祖母は窓の開け方や閉め方を教えてくれた。透視の仕方や、何も見ない方法も。

イヤリングを取りだすと、手のひらのなかで握りしめた。写真を見ながら小さな金色の稲妻を指で撫でる。

そして、ぱっと窓を開いた。

大量の情報が流れこんできた。

寮のルームメートたちのことが。彼らの話し声や感情、希望や不安が。

今はだめ、今はだめよ。知りたいのは、あなたたちの思考や不安じゃない。

彼女の感情だ。

シャイローの。

「彼女は一マイル競争のタイムを縮めたがっていました。持久力や戦略はあったので、もう少しだけタイムを縮めたかったんです。直近のレースでは二秒弱縮まりました。でも、三秒縮めなければならないんです。なんとしても記録を残すために。三秒縮めれば、それが実現します。彼女は走っているとき、とても力強く感じていました！このうえない力強さや自由や満足感を。彼女はジャックからデートに誘われたいと思っていました。あまりあからさまにならないよう、彼といちゃつき、彼もその気があるそぶりを見せていました。でも、いつデートに誘ってくれるのかしら。ああ、スペイン語のテストで赤点を取ったら両親に殺される。でも、一生懸命勉強しなかったわけじゃない！　彼女の望みは……。えっ、ああ、なんてこと！」

シーアがさっと青ざめると、ハワードが身を乗りだした。「シーア」

「静かに！　彼女は心底怯えて凍えているわ。すごく寒い。テープで口をふさがれ、息も苦しい。痛い、体中が痛い。手首も足首も結束バンドで縛られてる。彼女は母親に会いたがっている。お母さんに会いたいと。裸で凍えているわ。あの男が戻ってきたら、またレイプされる。階段をおりてきて、ナイフを彼女の喉に押し当て、ほんの少しだけ切りつける。〝ちょっとでも声を出してみろ、おまえを切り裂いてやるからな、お嬢ちゃん〟男が彼女に何か飲ませてる、ココア風の何かかも」

その味を感じて、シーアは喉を手のひらでこすった。「栄養補給のためね。それを飲ませたあと、またテープで彼女の口をふさいでレイプする」

シーアは涙ぐみ、自分自身を抱きしめながら身を揺らした。

「犯人が彼女を連れていくシャワー室は汚くてカビが生えてる。ひどいにおい。彼女自身もひどいにおいだわ。冷水を浴びせられて、彼女は泣き叫んでる。男は彼女が泣くと叩き、それを楽しんでいる。好き好んで泣かせていることを彼女もわかっている。犯人の目や髪は茶色よ。彼女は勇気を振り絞れるとき、男を観察してる。もし逃げだせたら、容姿を説明できるように。でも、もう逃げられないんじゃないかと怯えている。男は自分が立って見守るなかで、彼女にトイレを使わせてる。そのあと、ふたたび彼女をベッドに縛りつける。地下室で、天井にはパイプが通っていて、ちょうど地面の高さに窓がある。窓は内側も外側も汚いから、彼女には何も見えないし、誰かが外からのぞきこんだとしても彼女の姿は見えない。木の階段が上階にのびてる。ちょっと待って」

シーアは身じろぎをし、共有しているシャイローの恐怖をできるだけ感じとらないようにした。

「学校から出てすぐのところで、男に警官のバッジを見せられたのね。でも、もう警官じゃないことはわかっている。男が見せると言った失踪した少年の写真どころか、そんな少年すら存在しないことも。車のそばまで来たところで、男は彼女を思いきり殴った。でも、彼女にはその車が見えた。グリーンの4ドアで新車じゃなかった。彼女は車に詳しくないし、わたしもよく知りません。でも、ダークグリーンの4ドアです。待って」シーアはふたたびそう言うと、シャイローに意識を集中した。

「男の母親の家だわ。犯人は彼女に……母親は死んだ、死んでくれてよかったと話した。母親は離婚後にその家を手に入れ、男はその家で育った。見せて、お願いだから見せてちょうだい。ガレージ。家に隣接したガレージ。だから、隣人に見られずに被害者を連れこめたのね。男はきちんと芝刈りをして家に引きこもってる。二階建ての古いレンガ造りの家。なかは崩壊しかけているけど、外側はきれいなままだわ。そういう意味では、男とよく似てる。前庭にはハナカエデが植わっていて、家の土台を縁取るようにピンクのアザレアが咲いているわ。家の番号は１３３１。学校からそんなに離れていません。彼女はそこの地下室にいるわ」

シーアはイヤリングをハワードに押しやった。「お願い、これを受けとってください。もうこれ以上は無理です」

「水を持ってこよう」

「冷蔵庫にコーラが一本あります、家まで運転しながら飲もうと思って」

ハワードが立ちあがると、マスクはその場を離れ、携帯電話で低い声で話しだした。誰かに家や車の説明をしたのち、その両方を探すよう鋭く指示した。

「さあ」ハワードがさしだしたコーラはよく冷えていたので、シーアはボトルで額をこすった。「きみが落ち着くまで、ここを立ち去りたくない」

「わたしなら大丈夫です。これから家に帰りますし」

「まずそれを飲んでから、マスク刑事とわたしできみの代わりに荷物を運ぶよ」

「彼女は今が何時かもわからないんです。今日が何日かも」

「われわれがシャイローを見つける。きみのおかげで、彼女を家族のもとへ連れ戻せそうだ。犯人は逮捕するから、もうその男がほかの女の子たちを傷つけることはない」

「もし状況が違っていれば、リッグスが現れなければ、わたしが彼女と同じ目に遭っていたかもしれません。そのことを承知で利用しましたね」

「ああ」

シーアはハンドバッグを開き、スケッチブックと鉛筆を取りだした。「わたしは似顔絵担当官ほど絵が上手じゃありませんけど」そう言って、スケッチを始めた。「茶色の髪は短く、すてきなヘアスタイルで、どちらかといえば保守的です。ブラウンの目は間隔が空いています。見た目はいいですね、家の外観と同様に。感じのいい笑顔。耳は顔にぴたっと張りつき、無精ひげが生えてます——これもすてきなひげです」

シーアはスケッチブックをハワードに手渡した。

「よく描けている。上出来だ」彼は携帯電話で写真を撮った。「これをもらってもいいかな？」

「ええ、わたしはいりませんから。もうさっさと出発したいです」

「荷物を運ぼう、フィル」

今も携帯電話を持ったまま、マスクが振り返った。「ローレンス・ジェイムズ・ヘバーマン、ローレル通りの１３３１番だ。やつは二〇一〇年式の４ドアのシボレーを所有している。プロファイリングの結果とぴったり一致するぞ、チャック」

マスクがシーアに歩み寄った。「わたしには幼い娘がいる。五歳の娘が」

「ええ、再婚してお嬢さんがいるんですよね。おめでとうございます」

「ハワード刑事にも娘がいる。いつかふたりとも十五歳になる。もしきみが何か必要になったら、ドライクリーニングの引きとりでも、家のペンキ塗りでも、芝刈りでもかまわないから電話してくれ。なんでもやると約束する。チャック、われわれは空港に向かうぞ。あんたの友人のＦＢＩが飛行機に乗せてくれるそうだ」

「じゃあ、シーアの荷物を彼女の車に積んで、彼女を実家へと送りだそう」

シーアは完全に頭痛がおさまらず、鎮痛剤と吐き気をとめるためのジンジャーエールを買うべく、途中で車を停めた。

すると、携帯電話にハワードからメールが届いているのに気づいた。

〈シャイローは無事だった、今は彼女に付き添っている。ヘバーマンは拘留中だ。きみがまた命を救ったことを伝えたくて連絡した。きみの人生に幸多かれと心から願うよ〉

シーアはそのまましばし車内に座り、メールを読み返した。

気がつくと、頭痛はおさまっていた。

三年間の大学生活でシーアの人生がどのように変わったにせよ、農場は以前のままだった。

ささやかな変化といえば、塗りたてのペンキと、私道に停まっている祖母の新しいトラックだ。

そして驚いたことに、耳が垂れた二匹の子犬が、動きが緩慢なグースとココアのはるか先にある家の周囲を走りまわっていた。

「まあ、信じられない！」シーアが幼い少女に戻ったように車のドアを押し開けると、しゃがみこんで子犬たちの挨拶に応じ、年長の犬たちから熱烈に迎えられた。

なかば犬に埋もれながら振り返ると、ルーシーが家から出てきた。シーアの目には、かつて目にした誰よりも魅力的に映った。

髪を結いあげた祖母はすらりと背が高く、ジーンズと肘までまくりあげたシャツというでたちで、老いを知らず、農場のように揺るぎなく見えた。

「あら、孫娘だわ！」ルーシーがポーチの階段をおりると、シーアは犬たちから身を離し、祖母のもとへ急いだ。「おばあちゃん」

力強い腕に抱きしめられ、ローズマリーと焼きたてのパンのにおいに包まれた。実家のにおいだ。

「おばあちゃんが恋しかったわ。やっぱり実家は最高ね」

「顔をよく見せてちょうだい」ルーシーは身を引いた。「日増しにきれいになるわね」

「おばあちゃんに似ているからよ」

「まあ、それは否定できないわ」ルーシーは笑ってまたシーアを抱きしめた。「長いドライブだったでしょう。さあ、なかに入って腰をおろして」

「子犬を二匹飼ったのね」

「雄と雌のきょうだいのセットよ」ルーシーは子犬たちに脚を引っかかれながら、かぶりを振った。「あのときは気弱になっていたの。去年の冬にダックを亡くして、グースとココアも年老いてきたし、元気な子犬が必要だったのよ。わたしはクーンハウンドに弱いし」

「かわいいわよね」

「あっちがトゥイードルで、妹のほうがディーよ。もっとも、まぬけ（ダム）と名付けるべきだったかも。ディーが近々良識を身につけてくれることを願うわ。さあ、荷物をなかに運びましょう。あなたのやり方は知っているわ。まず荷ほどきをしたいでしょう」

「荷ほどきするまで、完全に家に帰った気がしないの。それに、本当に帰ってきたんだと実感したいの」

「荷ほどきがすんだら、ワイングラスを手に腰をおろしましょう——あなたはまだ飲酒が認められた年齢じゃないけど。そしてなんでも話してちょうだい。チキン・アンド・スリックス（鶏肉と小麦粉の団子が入ったスープ）を食べるころに、話し終わればいいから」

「うれしい。おばあちゃんの料理も恋しかったの」

「明日の夕食前にはレムも戻ってくるから、もっといろいろ作るわ。あの子はわたしのポークチョップが大好物だし」

「好きじゃない人なんている？」

子犬たちは鶏肉と香辛料をゆっくり煮込むにおいと、磨かれたばかりの床のオレンジオイルのにおいをくんくん嗅いでいた。

シーアの部屋は、ドレッサーの上のブルーの広口瓶に生けられたライラックの香りに包まれていた。

窓から吹きこむそよ風さえも彼女を歓迎しているようだ。

「マディは明後日、戻る予定よ」シーアは服をつるしたりしまったりしながら言った。「彼女の家族は娘が誇らしくて胸がはち切れそうになっているわ。上位五パーセントに君臨し、医学部進学課程を三年間で終えたんでしょう。彼女とレムは来年同じ大学に通うことになるし、よかったわね。それに、ああ、わたしも胸がはち切れそう。だから、腰をおろす前に打ち明けるわ。ケイレブとセルマがついに結婚するの」

「大ニュースじゃない！　いつ？」

「一週間後くらいにニューヨークでこっそり簡単な式を挙げて、ハネムーンに出発するそうよ。そのあとここに来るから、パーティーを開きましょう。ダブルのお祝いパーティーよ。クリスマス前にもうひとり孫が生まれるの」

「えっ！　それは大ニュースどころか、大大大ニュースね！　セルマとは二回しか会ったことがないけど、ふたりの番組は毎週録画しているわ。とってもお似合いよね。レムも彼女のことが大好きよ」

「ケイレブはセルマを愛しているし、彼女もケイレブを愛している。ふたりが一緒にいるところを初めて見たときにそれがわかったわ。交際期間が長かったけど、それはふたりの時間であって、わたしの時間じゃないから、とやかく言えないわよね」

「チャーミングな刑事とまじめな検察官。ふたりのファンは大騒ぎするわね」

「だから、ふたりはこっそりと式を挙げるんでしょうね」

ルーシーは両手を腰に当て、周囲を見まわした。「どうやらあなたは完全に帰ってきたようね。さあ、階下（した）におりて、何もかも聞かせてちょうだい」

「今日まではたいした出来事はなかったわ。エタがアダムとまた別れて、リリーはインターンシップが決まり、チェルシーは家族とイタリアに行くそうよ」

「お友だちの話も聞きたいけれど、まずはあなたの話を聞かせて。お店で買ったお酒と自家製アップルワインがあるわ」

「おばあちゃんのワインが飲みたいわ。鶏肉のスープもうおいしそうなにおいがしてる」

「あなたが帰ってくるまでに鶏肉がかたくなるといけないから、さっき取りだしたところよ。あとの具材はもう四十分ほど弱火で煮込むわ」

ルーシーはワインを注ぎ、鍋をかきまぜた。瓶からクッキーを取りだして、皿にのせる。

シーアは実家のルールをよく心得ていた。帰省初日は座って祖母にひたすら世話を焼かれること。

「さてと。それで、今日何があったの？」

「今日の出来事はふたつよ。起こった順に話すわ。チェン教授から――ゲームデザインの教授から――オフィスへ来るようにってメールが届いたの。わたしはこういう性格だから、期末課題で大失敗したんだとパニックになった」

「わたしなら一分たりともそんなふうに思わないわ。あなたは一生懸命課題に取り組んでいたし、レムが〝これはイケてる〟って――文字どおりそう言っていたから」

「レムは弟だからそう言うのよ。チェン教授は妥協を許さない人なの。教授から多くを学べたのは、手を抜くことが許されなかったからかもしれない」

「それで、教授からなんて言われたの？」

シーアは乾杯するようにグラスを掲げた。「百点満点だって。教授はマルディグラ（謝肉祭の最終日に行われる祭り）のビーズネックレスを誰彼かまわず投げつけるみたいに、むやみやたらと満点をつけたりしないのに」

ルーシーが歓声をあげて手を叩いた。「シーア、あなたを心から誇りに思うわ！」

「それだけじゃないの。教授のいとこが〈ミルケン〉に勤めていて」

「それはゲーム会社？」

「そう、教授がわたしのゲームをいとこに見てもらうために送ってくれるそうよ。そんなことをするのは初めてだと言われたわ」

ルーシーは椅子の背にもたれた。「つまり、その会社があなたのゲームを商品化するかもしれないってこと？」

「まだわからないけど。でも〈ミルケン〉からなんらかのフィードバックをもらえたら、途方もない価値があるわ。それに学位を取ったとき、そのコネを利用できるかも」

「シャンパンを開けるべきだったわ」

「先走るのはやめましょう。これはチャンスだし、内心では小躍りしているけど、先走るのはよくないわ」

「キャンドルに火を灯して、孫娘が努力に見合う結果を得られるよう祈りをこめて光を放つわ。そうしたって罰は当たらないはずよ」

「そうね。それと、もうひとつ。荷物を取りに寮へ戻ったら、ハワード刑事とマスク刑事が待ちかまえていたの」

ルーシーがぱっとシーアの手をつかんだ。「リッグスのことね。でも……まさか、リッグスが」

「ううん、リッグスとは無関係だった。わたしも同じことを考えて、ふたりにその場で否定されたわ。用件は、誘拐された少女のことだった」

シーアは最初から最後まですべてを語った。

話が終わると、ルーシーは立ちあがってそれぞれのグラスにワインを注ぎ足した。

「あなたが自分の意思と良心にしたがったおかげで、その子は無事だったのね」

「やりたくなかったわ、おばあちゃん。ふたりを追い返して、そっとしておいてほしかった。でも……」

「あなたは自分の意思と良心にしたがったんでしょう」ルーシーは先ほどの言葉を繰り返した。「助けを必要とされたから協力した」

「おばあちゃんのおかげで、窓を開いて、ものに触れたり握ったりして透視することができた。痛かったわ、おばあちゃん。彼女の苦痛や恐怖を感じたの。遠く離れていても、彼女を感じ、同じ苦痛を味わった」

ルーシーはうなずいた。「それがこの能力の代償よ」

「でもいったん始めたら、どんな代償があろうととめられなかった。犯人が彼女にしたことといったら……。たしかにこの世には残酷なことがあって、わたしたちもなんとか乗り越えてきた。でも、おばあちゃん、その男が彼女にしたことや、これからしようとしていたことは、残虐きわまりないわ」

いったん口をつぐみ、息を吐きだすと、シーアはまたワインを飲んだ。「わたしが犯人の車を見ることができたのは、彼女がそれを目にしたからよね。地下室も、彼女が目にしたから。あの男の顔も、彼女が目にしたから。でも彼女はその家の外観を見たことがなかった。屋内も、地下室しか目にしていない。でも、わたしには見えたの。リッグスのときのように、犯人の目を通して見たわけじゃない。あれとは違ったわ」

「一歩さがると、見えるようになるの。その場に身を置いて彼女と一緒にいたから、一歩さがるともっとよく見えるようになるのよ」

「どうやるのかわからないわ」

「ハニーポット、あなたは知っているはずよ。さもなければ透視できないし、見えなかったはず。わたしにはそんなに優れた能力は備わっていなかった。でも、あなたは違う。それで、どうなったの？」

「吐き気がこみあげて体が震えて、頭が痛くなった」

「それは身体的な反応でしょう。この件でどう感じたの？」

「不安になったし、怖かった。彼女のことを思うと怖かったわ。もしわたしの勘違いだったら？　手遅れになる前に警察が彼女を見つけられなかったら？　わたしは早く帰りたかった。家に帰って、会ったこともない女の子のことで心配したり怯えたりしたくなかった。でも知ってしまった。もう彼女のことを知ってしまった。その結果、帰る途中で鎮痛薬を買うために車を停めることになった。でも車からおりる前に、彼女の無事を知らせるメールが届いたら、頭痛がおさまったの。いとも簡単に」

「あなたは彼女とつながって、彼女の不安や苦痛を共有した。知ってのとおり、この特殊能力には重荷が伴うけど、あなたはそれを引き受けた。彼女が無事だったと知って、その重荷から解放されたのよ」

「じゃあ……重荷を引き受けたくない場合は？」

「自分の意思と良心にしたがうの。それはあなたがくだす選択肢よ、シーア。いつだって、選ぶのはあなたなの。その特殊能力があなたのものであるように」

「おばあちゃんと無性に話したかった。家に帰りたくてたまらなかったわ」

12

　ケイレブがレムを花婿付添人（ベスト・マン）に指名してこっそり式を挙げたため、レムの帰郷は一日遅れ、混乱と喜びをもたらした。

　レムは荷ほどきに手をつけず、シーアはそれが終わるまで一週間近くかかるだろうと見積もった。

　弟は身長が百九十センチを上まわり、びっくりするほどケイレブにそっくりだったが、目は父親譲りだった。

　犬たちに囲まれたレムは、十歳児さながらに大騒ぎした。祖母を持ちあげてくるりとターンしたかと思うと、シーアをあばら骨が折れそうな勢いで抱きしめた。「ビールを飲んでもいいかな、おばあちゃん？　どうせ波乱に富んだぼくが過去にビールを一、二本飲んだはずだと疑ってるんでしょ」

「ええ、疑っていたから、少し余分に買いだめしておいたわ。さあ、一本飲んだら、そのあと結婚式の話を聞かせて」

「別にたいしたことなかったよ」レムはビールの栓を抜いた。「ふたりは〝よし、やろう〟って決めて、五分しかかからなかった。でも、写真はあるよ」

携帯電話を取りだしてアプリを立ちあげると、手渡した。

「まあ、見て、シーア！　ふたりとも幸せそうじゃない。スーツ姿の息子はなんてハンサムなの、それにきれいなドレスに身を包んだ花嫁も絵になるわ。あら、これを見て、見つめあうふたりを。この写真がすべてを物語っているわね。フォトフレームに入れたいから、これを現像してちょうだい、レム」

「ああ、いいよ。家に帰ってくると本当にほっとするね。ニューヨークは好きだよ。大好きだけど、この家みたいな場所はほかにはないね」

「ちょうど家の話題が出たから、あなたたちふたりに話したいことがあるの。ソファに座りましょう」

三人が腰をおろすと、犬たちが駆け寄ってきた。レムが加わって大混乱になると、ルーシーが命令した。「みんな、お座り！　お座りして落ち着きなさい」

子犬たちは二分ほどお座りしてから、走り去って庭でじゃれあいだした。ココアはレムの足元に伏せ、グースはルーシーの椅子の下でいびきをかいている。

「まずひと言言わせて。あなたたちふたりが戻ってきてくれて、あのいかれた子犬たちに負けないくらい幸せよ。あなたたちがそれぞれ自分の人生を歩んでいることを心から誇りに思うわ。でも、だからといって、あなたたちが恋しくないわけじゃない」

満ち足りた思いで、ルーシーは庭や草原を見渡した。「ここは人生の大半を過ごしたわたしの家で、これからもずっとあなたたちの家よ。あなたたちはどこか別の場所で家庭を築きたいと思っている？　ケイレブのようにニューヨークとか、わたしの母のようにアトランタとか、子どもたちが生まれる前のウェイロンのようにあちらこちらを旅してまわるとか。ウェイロンとカイラは今でも旅をしないわけではないけど、マイホームを建てた。でも、なぜかあなたたちが求めるものはそうじゃないと思ったの。わたしの勘違いだったら言ってちょうだい」

「わたしはここにいたいわ、おばあちゃん」シーアが答えた。「ケイレブおじさんを訪ねるたびに、レムのようにニューヨークが好きになるし、これまで行った場所はどこも気に入ってる。でも、一番幸せだと感じられるのはここなの」

「ここは家だからね」レムもうなずいた。「もちろんほかのいろんな場所を見てみたいけど、いつだって帰ってきたいのはここだよ」

「そういうことなら、好きなだけここで暮らしていいと言わせて。もしあなたたちが自分の家庭を持ったら、もっと大きな家を建てればいいし。そうするだけの土地はある。でも、将来のことを考えると、あなたたちは自分自身の家がほしくなるはずよ。それに関して、アイデアがあるの」

「遠い未来の話だといいな。何しろ、ぼくはまだこのビールをバーで飲むことさえ認められていないからね」

「年月はあっという間に過ぎ去るものよ、ダーリン。あなたはちょっと前まで宇宙飛行士になりたがっていたじゃない。ふたりともこの道の少し先に住むミス・レオーナを覚えているでしょう」

「あの小さな黄色の家ね。彼女はおばあちゃんのオートミールスープが好きだった。レムは高校時代、毎年夏になると彼女の家の芝刈りをしていたわね」

「いつもクッキーと甘いアイスティーを出してくれた。彼女はお元気なんだよね？」

「ええ。でもだいぶ年を取ってきたし、未亡人になって八年になるわ。以前は広い畑に作物を植え、肉牛を育てて鶏を飼っていた。最近は作物の量をぐっと減らし、手伝いを雇い、家畜も売り払った。八十近い女性がひとりで行うにはあまりにも重労働だから。もしかしたら、八十になってから数年経つかもしれないわ、本人は認めないけど」

「この夏、彼女を手伝ってほしいなら」レムが口を開くと、ルーシーは孫息子の手をぽんぽんと叩いた。

「あなたがそうしてくれたら、きっとミス・レオーナはありがたく思うはずよ。先日、商談があるから来てほしいと頼まれて会いに行ったの。彼女は十五エーカーの土地を所有し、そこには自宅や古い納屋、畑や小川が横切る林があるわ。そのうちの五エーカーは自分が亡くなったときに家族に遺せるように保有し、あとのすべてを売却したいんですって。それで、その十エーカーに興味がないかどうか打診されたの」

「十エーカーもの土地をどうするの?」シーアがきいた。「ここから一キロ半以上離れた場所でしょう」

「一・二キロくらいよ。それと、自分のために購入する気はないわ」ルーシーは私有地を見渡して微笑んだ。「ここで充分だもの。ただ、あなたたちにそれぞれ五エーカーずつあげられたらと考えて、興味がわいたの。あなたたちの気が変わらなければ、将来自分の家を建てるための土地を手に入れることになる。気が変わった場合は売却すればいい。いずれにしろ、投資として悪くないと思うわ。いい土地だし、身勝手なことを言えば、ここから近いし」

「五エーカーの土地の購入か」レムがつぶやいた。

「経営学専攻の頭脳を働かせているわね。購入するなら、あれやこれやの法的手続きを行うことになる。その土地にまた道路を作らないといけないから、測量や通行権が必要よ。彼女は通行権を認めるわ。所有地が荒廃するのを見るのはつらいでしょうから。購入する土地には井戸や汚水浄化槽が必要だし、また電気を引かなければならない。時間はかかるけど、興味があるなら、あなたたちには時間的ゆとりも、自分が望む家を建てるお金もある」

「シーアはどう思う？」

彼女は弟を見た。「今まで一度も考えなかったことを考えようとしているわ」

「今すべきことは考えることよ。散歩がてらふたりで見に行って、考えたり話しあったりしてみたら。それと、シーア、あなたはレムに伝えることがあるでしょう」

「なんのこと？」と、レム。

「まだ話せないわ。今、考えている最中だから」シーアは立ちあがった。「散歩に行きましょう」

ルーシーが口笛を吹いて子犬たちを呼び寄せた。「この子たちがついていかないように家に入れるわ」

車道に出る前に、レムが口を開いた。「ぼくは購入したい」

「レム、まだ五分も考えていないじゃない。それに、あなたは大学を卒業するまでまだ三年もあるのよ」

「いい投資だし、これは目で見て感じることができる物件だよ。しかも自ら使うことができる。それにシーアは卒業まであと一年しかないじゃないか。売買契約を結び、道路やなんかを整備して、家を設計して建てるとなると、もっと時間がかかるはずだ。どうせどこにも行く気がないんだろう。姉さんのことならお見通しだよ」

シーアは木々に覆われた丘を見渡した。

「ええ、どこにも行かないわ。頭のどこかで、おばあちゃんの小さな農場で暮らす生活の先に目を向けたくなかったのかも」

「じゃあ、目を向けてみなよ」

いざ目を向けてみると、シーアはすてきなコテージや畑で静かな生活を送る自分自身を思い描くことができた。鶏を飼ってもいい、それにヤギや乳牛も。

「あなたはどうして土地を購入したいの?」弟に問いただした。「単なる投資用だなんて言わないでね」

「ここが故郷だからだよ。購入した土地に家を建てる気はない、少なくともまだ何年かは。おばあちゃんは小さな農場や仕事面でぼくの手助けが必要だ。家を建てる心の準備なんて整っていないよ。だけど、シーアは違うだろう」

「そうかも」

「それで、ぼくになんの話をするはずだったんだい?」

「その土地を見てから話すわ」

道路に立ってその土地を一望したシーアは、胸のうちでつぶやいた。なんてきれいなの。

車道からかなり奥まった場所に立つ黄色の家は、ポーチの中央がかなりたわみ、屋根にはつぎはぎがあった。

「あの家は修繕が必要だな。ビリー・ジョーに手伝ってもらえるかきいて、修理できるか確認してみよう」

レムはシーアの肩に腕をまわした。「ミス・レオーナはいつもクッキーと甘いアイスティーを出してくれたんだ」

「納屋も手助けが必要ね。あの小屋は補強しないと、次に嵐が来たら倒れそうよ」

「自分たちに何ができるか考えてみよう。でも、この土地を見てごらんよ、シーア」

「見ているわ」なだらかに隆起する大地は夏の緑に覆われていた。

シーアはすでに答えが出ていた。

「お互いどの五エーカーを購入するか決めないとね」

「そうくると思った！　これはシーアにとってより重要だから、姉さんが決めていいよ。ぼくは自分の土地をどうするか決めるまで何年も猶予がある。お互い地主になるのか。すごいな」

たしかにそうね。シーアは状況があっという間に一変することをあらためて実感した。

「ミス・レオーナに伝えに行こう」

「今から？」

「ああ、今すぐ伝えたほうがいい」シーアが異を唱える間もなく、レムはポーチがたわんだ家に向かって引き返した。あわてて追いつくと、レムはドアをノックした。ドアを開けた女性は、色あせたグリーンの瞳でふたりをじっと見つめたのち、微笑んだ。「まあ、あなたはおばあちゃんにそっくりね！　ルーシーのことは、わたしの膝丈くらいのころから知っているのよ。そして、あなたはずいぶん背が高くなったわね。芝刈りに来てくれたの？」

「ええ、もちろん芝刈りをしてもいいですよ、ミス・レオーナ」

「そうしてもらえると助かるわ、あなたはいつもいい仕事をしてくれたから。さあ、お入りなさい。その猫を脇によけて、応接間の椅子に座ってちょうだい。ショートブレッドクッキーと甘いアイスティーを持ってくるわ」

「お手伝いします、ミス・レオーナ」

「大丈夫よ」ミス・レオーナは手を振ってシーアを応接間へ案内した。そこには年代物のレンガ造りの暖炉と白いデイジーと赤いポピーの花柄のソファが置かれていた。二脚の大きな安楽椅子の隣には毛糸玉が入ったバスケットがあった。

「どうぞ座ってちょうだい。お客さんが来てくれてうれしいわ」

きょうだいは腰をおろし、ショートブレッドクッキーを食べ、訪問客らしく談笑した。

レムが口火を切った。

「ミス・レオーナ、おばあちゃんからあなたが土地の一部の売却を検討していると聞きました」

「すでに決心したわ。わたしにはもう維持できないし、休閑地になっているのを見るのがつらいの。孫息子からは、土地を売って、あの子がいるフィラデルフィア北部の老人ホームに引っ越してくるよう言われているわ。でも、そんなことは絶対にしない」

ミス・レオーナは曲がった人さし指を振り、かすかに震える手で甘いアイスティーをひと口飲んだ。

八十六歳だったのね、とシーアは胸のうちでつぶやいた。ミス・レオーナは八十歳近くどころか、八十代なかばを過ぎていた。

「わたしはこの家に嫁いできて、ここで子どもたちを産み、育ててあげた。ジョージとともにこの土地で働き、暮らしてきた。だから神様のお迎えが来るときは、ここで自分の人生を終えるつもりよ」

「ぼくたちは、シーアとぼくは、あなたが売却を希望する土地を購入したいと思っています」

「それは本当なの?」ミス・レオーナはふたたび微笑み、色あせた瞳にも笑みを浮かべながら、刺繍が施されたコースターにグラスを置いた。「それは喜ばしい知らせだわ。若い隣人は大歓迎だもの。大事なのは土地で、お金ではないから。もちろん公平な取引を期待しているけれど。今は毎月、息子から仕送りがあるの。おまけに、曾孫が月々の支払いを全額負担してくれているのよ」

ミス・レオーナは甘いアイスティーを飲みながら、かぶりを振った。

「そんなことはしなくていいと言っているのに、いっさい耳を貸そうとしないの。本当にいい曾孫よ。可能な限り会いに来てくれて、毎年クリスマスには飛行機を手配して、立派な家にわたしを招き、女王様扱いしてくれるの。わたしはお金が理由で土地を売却するわけじゃない、ただ、あの土地をあんなふうに放置しないと決めたのよ」

「もしかまわなければ、こちらで売買契約書を作成します。それをあなたの弁護士に確認してもらってください」

ミス・レオーナはふわふわの白髪を逆立てた。「いったいなんのために弁護士が必要なの？　ルーシンダ・ラニガンの孫たちにだまされるかもしれないと、わたしが疑うとでも？　万が一そんなことになれば、彼女はあなたたちの皮をはいでなめし、新たにレザーコートを作るはずよ」

ミス・レオーナは売却価格を伝えてうなずいた。「それがわたしの求める額よ。その金額を契約書に盛りこんでくれたら、それで問題ないわ。でも、その額を払ってくれるなら、この場で握手して契約成立よ」

レムは手をさしだし、ミス・レオーナの手を優しく握った。

「あなたもよ。男性だけがすべてを牛耳っているわけじゃないから」

シーアも手をさしだした。「ありがとうございます、ミス・レオーナ、わたしたちを信用して土地を託してくださって。きちんと管理すると約束します」

「あなたはルーシンダの孫だもの、大丈夫よ。ちゃんと管理してくれると信じているし、約束は守ってもらうわ」

車道に戻ると、レムはまたシーアの肩を抱いた。「ぼくたちはついさっき十エーカーの土地を購入した」

「正しい決断だと思うわ。購入するかどうか半信半疑だったけど、今は完全に正しかったと思える。これからどうすればいいか、全部わかってる?」

「調べるよ。それがぼくの役目だからね。もういいかげんに、ぼくに何を話すつもりだったのか教えてよ」

シーアがゲームのことを打ち明けると、レムは立ちどまり、道の真ん中でいきなり踊りだした。

「すごい、すごいよ。ぼくも、あのゲームはイケてるって言っただろう。こうなることはお見通しだった」

「わたしは予想もしなかったわ」

「それはシーアが透視しようとしなかったせいさ。もちろん、それは姉さんが選ぶことだけど。もしぼくにその能力があったら透視するだろうな。まあ、何も見えなくても、彼らがゲームを買いとろうとするのはわかる。でも、売ったらだめだよ」

「第一に、先走らないで！　第二に、どうして売っちゃいけないの？」

「売ったらただ大金をもらうだけでコントロールできなくなる。それよりリースにしたほうがいい。商品化の権利を与え――リース期間の売上げや、ダウンロードごとの印税率についても調べないと」

「でも――」

レムはハエを追い払うように手を振り、シーアをさえぎった。

「交渉はぼくにまかせて。シーアはゲームの才能があって、ぼくには商才がある。もし向こうがシーアの才能をもっと求めるなら、姉さんを雇うべきだ」

レムは歩きながら、ひとりうなずいた。「ぼくならやれる。うまくやってみせる」

シーアはそんな事態になるとは少しも思えず、レムが落ち着くまで好きなように話させた――きっと、ただフィードバックをもらって、ツテができるだけだろう。

「ほかにも話があるの」

シーアが刑事たちとあの少女のことを伝えると、大喜びしていた弟は真顔になった。

「大丈夫なの？」

「ええ、彼女は無事で本当によかったから」

「ああ、彼女が無事だったよ。でも、姉さんは大丈夫？　彼女が無事だったのは、刑事たちが訪ねてきて、姉さんが自分の体に負担をかけてまで彼女を助けようとしたからだ。それは決してたやすいことじゃない。代償を伴う行為だ」

シーアはため息をもらし、レムの腰に腕をまわすと、弟の肩に頭をもたれた。「そんなことを言われたら、弟はろくでなしだってふりができなくなるわ。そんなふうに理解してもらったら。でも、わたしなら大丈夫。どんな犠牲を払ったにせよ、何かを成し遂げた気持ちのほうが重要だから」

「特殊能力に関して外れクジを引いたってよく冗談を言ったけど、シーアやおばあちゃんのような能力があったら、どう扱えばいいかわからなかったはずだ」

「あの能力は冗談じゃすまないことがあるわ」

「たしかに」レムは思いだし笑いをした。「幼いころは本当に癪にさわったよ。それに、シーアはささいなお願いすら聞いてくれなかったし」

「そうだったわね。たとえば、あなたが受ける科学の試験問題を予知するとか」

「それがわかれば、試験勉強の範囲を絞れるからね」

「そんなのずるじゃない」

「そうかな。そのあと、ナディーン・ピーターソンを同窓会に誘う前に、彼女がぼくに気があるかどうか確かめてほしいって頼んだよね」

「それはのぞき見ね」

「まあ、そうかもな。でも、断られたい男なんてひとりもいないよ」

「断られることで人格が形成されるのよ」

「そんなの戯言だよ」レムは笑いながら、指のつけ根で姉のつむじをこすった。「もし特殊能力があったら、ぼくは暴走しただろうな。〝大好きな女の子の裸を目にできるだろうか？〟その質問に対する賢者の答えは、〝イエス〟だ」

「賢者？」

「ぼくに特殊能力があれば、絶対に賢者と名乗ったはずだよ。〝受講したことを心底悔やんでる確率統計の期末試験をちょっと透視できないだろうか？〟その質問に対する賢者の答えも、もちろん〝イエス〟だ」

「そんなことしないくせに。だって、あなたは挑戦好きだもの」

「確率統計の授業で脳みそが爆発したんだよ。あの教授はまだ期末試験の点数も平常点も公開してない」彼は愛想よく姉に微笑んだ。「ちょっと透視してくれないかな？」

「だめよ」

「ずいぶん厳格だな。それはそうと、別の——企業法学の教授にメールしてみるよ。

売買契約書の作成やなんかに関して、アドバイスをもらえるか確かめてみよう」

「わたしたちには弁護士がいるじゃない、レム」

「ああ。でも、自分でできるかどうか確かめたい」

「契約書が必要なことはわかっているけど、契約成立の握手をしたのはうれしかったわ」

「ぼくもだよ」レムは姉の手を取り、歩きながら振った。「それも、ぼくらがここにいたいと思う理由のひとつだ。さあ、おばあちゃんに伝えに行こう。ぼくたちがこれからもずっとご近所さんになると」

「あなたはこれからもずっとおばあちゃんに夕食を食べさせてもらう魂胆ね」

「朝食を忘れてるよ」

車道から農場へと続く私道に入ると、子犬たちが駆け寄ってきた。

「いや、あと八年か十年したら、ぼくも家を建てて、朝食はシーアに食べさせてもらうよ」

レムはしゃがんで犬たちとじゃれあってから、にやりと姉を見あげた。

「でも、シーアの三人の子どもたちの子守はまかせてくれ。タイラー・ブレナンと結婚したら、子どもを三人もうけるんだろう、ちゃんと覚えてるよ」

「わたしの日記を読んだのね！」シーアは弟のお尻を蹴飛ばした。

「痛っ」レムは二匹の犬のおなかを同時に撫でた。「違うよ。日記を盗み読もうと思わなかったわけじゃないけど、シーアとおばあちゃんの逆鱗に触れるだけの価値はないと判断した。ただ、盗み聞きの仕方を心得ていただけさ。マディに散々その話をしていただろう」

「ほらね、やっぱりあなたはろくでなしよ。それに、わたしは当時十五歳だった」

「十六歳だったんじゃないかな。ぼくの記憶が正しければ、マディはジェイデン・スミスにすっかり夢中だった」

「あなたはバフィーに夢中だったわね、『バフィー〜恋する十字架〜』の再放送を観て、バフィー・サマーズにぼうっとなっていたわ」

「夢中だったってなんだよ。バフィーは世界一セクシーなヴァンパイア・ハンターだ。今でもときどき再放送を観るよ」

レムは立ちあがると、子犬になめられて濡れた手でシーアの手をつかんだ。

「バフィーは架空のキャラクターだって知っているくせに」

「ぼくの心のなかでは本物だ。ああ、おなかがぺこぺこだよ。夕食はポークチョップだってさ」

シーアはまた日課を行う生活に戻り、それがうれしくてたまらなかった。朝日を眺めて家畜の世話をし、丘を散歩して、庭仕事をする。ようやくまたマディと過ごすこともできた。

　雨天の午後、ふたりは子どものころからしているようにキツネたちの隠れ家に仰向けになった。マディは三つ編みをカットしてゴージャスなアフロヘアにし、医学部進学課程の最終日、右腕の上腕にそろばんのタトゥーを入れた。

　それ以外は以前のままだと、シーアは思った。

「あなたがありとあらゆるゲームでわたしやみんなを何度こてんぱんにしたことか。そのあなたが、今後はゲームを制作する側になるのね」

「そうなるよう願っているわ」

「なるわよ、ジョイスティックの魔術師だもの」

「いまだに〈ミルケン〉の誰からも連絡がないけど」

「まだ一週間足らずでしょう」

「今日で一週間よ。別に数えていたわけじゃないけど。そういうあなたは、ドクター・マッキノンになったのね」

「まだよ。でもいずれそうなるわ。町中に流れている噂によると、ある医者が、たぶんハザード出身の医者が、たぶんレッドバッド・ホロウにクリニックを開業するそうよ」

「本当に？」

「〝たぶん〟で始まる噂がたくさん出回ってるわ。たとえば、たぶん彼はダーソン家の古い家を買いとってクリニックに改装するとか。そうなったらうれしいけど、わたしもクリニックを開きたかったからちょっと頭にくるわ。メディカルスクールを卒業したら実現できるかも」

「じゃあ、ここにとどまるのね」喜びがシャンパンのようにはじけた。「ルイヴィルの病院に応募することを検討中だって言っていたでしょう」

マディは肩をすくめた。「それはあきらめたわ。わたしの家族はここで暮らしているし、兄のウィルは保安官代理になった。あなたもここにいる、子どものころからの一番の親友であるあなたも。学位を取得するころには、故郷に戻る心の準備が整っているはずよ。どうやら誰か別の医者のクリニックで働く羽目になりそうだけど、開業医になる手もあるし」

「いずれにしても、わたしが最初の患者になるわ」

「五エーカーの土地を購入したことからして、あなたがここにとどまるのは確実ね」

「そうなるように準備してる。レムがすべて対応してくれているの――本人がやりたがっていて、わたしはそうじゃないから。もう測量技師が来たし、わたしたちはそれぞれどの区画を購入するか決めないといけないの」

「わたしも見たいわ！　今すぐ歩いて見に行きましょう」

「雨が降っているわよ」

「ちょっとくらい濡れたってどうってことないじゃない。〝マディ専用の客間〟を見てみたいわ」マディは起きあがって手をのばし、シーアを立ちあがらせた。「それに、あなたのマイホームの間取り図をぜひとも確認しないと。あまり小さな家じゃないといいんだけど」

「大きな家は必要ないわ」

「料理好きなんだから、広いキッチンが必要よ。オフィスとゲームルームも。ゲームルームスタジオかしら。そういう仕事部屋が必要よ。主寝室もね」マディは先導するように階段をおりた。「だって、主寝室を作らないなんてまぬけだもの。少なくとも、ベッドルームがあと二部屋と、浴槽つきのバスルームがもうひとつ、化粧室もあったほうがいいわね。あなたはヨガをやるんでしょう？」

「ええ」

「だったらヨガ専用の部屋も。あとは、家をぐるりと取り囲むポーチね」

「それは……」シーアはポーチや周囲の景色を思い描いた。「ええ、ポーチは作ったほうがいいわね。五エーカーの土地を歩きまわるために雨のなか出かけると、おばあちゃんに伝えてくるわ」

キッチンに足を踏み入れるまでもなくにおいに気づき、シーアは石鹼作りをしているルーシーとレムを目にした。

「仕事をしているなら教えてくれればわたしも手伝ったのに」

「今回はレムの手を借りることにして、もうほぼ終わったわ。あなたたち、おなかはすいているの？」

「食べようと思えば、今すぐ食べられます」マディが答えた。「でも、これからシーアが購入する五エーカーの土地を見せてくれるんです。この家はいつもいいにおいがして最高ですね、ミス・ルーシー。わたしが使っている石鹼やキャンドルは、寮で羨望の的になってます」

「そう聞いてうれしいわ。作業が終わるまで待ってくれたら、わたしたちも一緒に行くわ。ミス・レオーナの関節炎に効く軟膏があるから届けたいの」

「わたしが町医者になったら、あなたが一番のライバルになりそうですね」

シーアのポケットで携帯電話が鳴った。携帯電話を取りだすと、彼女は画面に表示された文字を凝視した。

「ああ、どうしよう、〈ミルケン〉からだわ」

「まあ、シーア！」マディがシーアの肩を小突いた。「さっさと出なさいよ」

「ええ。もしもし？」

「ミズ・シーア・フォックスですか？」

「ええ、わたしがシーア・フォックスです」

「わたしは〈ミルケン〉の開発部でゼネラルマネージャーを務めるブラッドリー・ケースです。今お時間はありますか？」

「はい。お電話をいただきありがとうございました」

「ミスター・チェンから《エンドン》を受けとりました。チェン教授はそれを弊社に送る際──あなたの承諾を得ましたか？」

「はい」みんなが棒立ちになって凝視するので、シーアは背を向けた。「お忙しいなか、わざわざあのゲームを見ていただき、感謝しています」

「あなた自身が《エンドン》のデザインと開発を行ったんですよね」

「はい」

「大学の期末課題のために？」

「はい」

マディが声を押し殺して言った。「〝はい〟以外にも何か言いなさいよ！」

「シーアと呼んでいいかな？」

シーアは〝はい〟と答えかけて、切り替えた。「もちろんです」

「《エンドン》はすばらしい出来だった、シーア。ゲームの操作方法もグラフィックもストーリーも。わたしのチームメンバーがさまざまなレベルでプレイし、彼らとわたしの結論をCEOのミズ・ケンダルと共有した。弊社はあなたのゲームの買取りを前向きに検討している」

「〈ミルケン〉が……」シーアは一語一句ゆっくりと口にした。「わたしのゲームの買取りを検討していらっしゃるんですか？」

そのとたん、レムが身を乗りだし、首を左右に振ってシーアを指さした。

「ああ。その件について面談の機会を設けたい。あなたにはエージェントなんていないだろうし――」

「実は、います……。今ここに」

シーアはレムに電話を押しつけた。弟は〝相手の名前は？〟と無言で口を動かし、携帯電話を指さした。

「ブラッドリー・ケースよ」

「ミスター・ケース、わたしはシーアのビジネスマネージャーを務めるレミントン・フォックスです。彼女の弟でもありますが」陽気な口調で名乗ると、話しながらその場を離れた。「はい、そのとおりです。そうですね」

「ああ、わたしったらなんてことをしたのかしら。十八歳の弟に電話を渡すなんて。人生でもっとも大事な電話なのに、あの子に電話を渡しちゃったわ」

「レムはもうじき十九よ。それにあの子の商才はとても十八歳とは思えないほどよ」

ルーシーはシーアの肩を撫でた。「レムの言うことを聞いていたら、さばききれないほどオンラインショップに注文が来たの。職人を雇おうかと検討しているくらいよ」

「レムにまかせておきなさい、シーア」マディがシーアとヒップをぶつけあわせた。

「最悪でも、向こうがレムの話を聞いてノーと言うくらいでしょう。そうなったとしても、あなたが望めばゲームを買いとってもらえるわよ」

シーアはその場を行ったり来たりした。「そんなことにはならないわ、絶対に。レムを呼び戻して、弟は頭がおかしいんですって釈明し、〈ミルケン〉に自分のゲームを商品化してもらえるなんて光栄だと伝えるわ」

レムが戻ってきて携帯電話をシーアに返した。

「ミスター・ケース――。切れてるわ」

「ああ、ぼくたちのあいだで最初の話しあいの結論が出た。明後日十時にビデオ会議を行う予定だよ。彼はぼくからの代案を上層部に確認しないといけないらしい――もっとも、彼自身かなり上の立場だから、それほど上役はいないはずだ」

「あなたの代案って?」

「以前も言ったけど、買取りじゃなくて十年間のリース契約を結ぶ――改訂版のオプションつきで。前払い金と販売の印税率に関しては今後交渉しよう。シーアは続編も作る予定だから――。そうだろう？」シーアは頭がぼうっとした。

「まだ構想の段階だけど」

「それで充分だ。もし〈ミルケン〉が《エンドン》の続編やシーア・フォックスが手がけるほかのゲームを商品化したいなら、シーアを雇ってその才能と創造性とスキルに見合う給与を支払わなければならない」

「わたしの孫息子の言うとおりよ」ルーシーは笑ってレムの頬にキスをした。「それ相応の給与を受けとるべきだわ」

「それで、向こうはなんて言ったの？」

「上層部に確認してみるって。すでにシーアをスカウトすることは決定事項だったとも言ってた。じゃあ、明日晴れるまで土地を見に行くのは先延ばしにして、シーアが何を求め、何を得るべきか、みんなでここに座って考えよう。ぼくはこの件に関して事前にリサーチしたよ」

シーアはキッチンテーブルの席にすとんと座り、弟が好んで叫ぶ台詞を口にした。

「ヤバすぎる！」

13

シーアはそのすべてを日記に綴り、そのあとも、ふたたび興奮を味わうべく日記を読み返した。

自分のゲームが初めて売れた——というかリース契約を結んだ。今後、それに対して報酬が支払われる。これから契約書に署名しなければならないけれど、夢でしかなかったことで報酬を得られるのだ。

これは金額以上にはるかに価値があることで、シーアの仕事ぶりが評価された証だ。〈ミルケン・エンターテインメント〉はシーアの仕事やゲーム、彼女の夢にそれだけの価値を見いだした。

〈ミルケン〉からはゲームの微調整を求められた——音楽や音響効果の改善を。ひとつの部署がそれを担当する。当然のことだが、彼らは経験豊富な声優を雇って音声を収録し、ゲームをより楽しめるものにするらしい。

〈ミルケン〉は《エンドン》のスピンオフや続編の優先交渉権を得る代わりに、大学最終学年のシーアを有給インターンとして雇う予定だ。卒業までのシーアの仕事ぶりが〈ミルケン〉の基準を満たしていれば、ゲームデザイナーとして雇ってくれることになっている。

シーアは大好きなことをしてキャリアを築くことができるのだ。

そんなことはとても不可能に思えたので、今日の日記をもう一度読み返した。たぶん家にいたせいか、高まる興奮や緊張、願望がぎっしり詰まった未来図のせいか、彼女はお守りをベッドにつるして呪文を唱えるのをうっかり忘れた。

明かりを消してまぶたを閉じ、自分の夢を築き始めた。

《エンドン》の世界の続編には、ゼッド、トゥインク、グウィン、恐れを知らない農園の少女ミラ、復活した邪悪なモグが登場する。

誰かに剣術を教われないかしら。キャラクターたちの気持ちを自分でも感じてみたい。実際に感じることで、より現実感が増し、戦闘シーンのスリルが高まるだろう。総合格闘技のレッスンも受けてみようか。知れば知るほど、キャラクターたちに反映できるはずだ。

そのとき、別のキャラクターがふと頭に浮かんだ——人間とエルフの血を引く若い戦士。彼はどちらかの世界ではなく両方を守る道を模索している。特定の部族に対する深い忠誠心はなく、心からくつろげる場所を持たず、腰に剣をさげ、矢筒を背負い、ふたつの世界をさまよっている。タイ(Ty)。

ううん、タイ(Tye)だわ。内心おもしろがりながら、子どものころ夢中になった青年に似たキャラクターを思い描き始めた。

シーアは魔法の森にふらりと足を踏み入れ、夢を見た。

日だまりにたたずみ、野の花や、枝からたわわに実る宝石のような色とりどりの果物、木陰の木々、岩を覆う苔(こけ)に囲まれていると、リッグスが現れた。

「こんなところにいたのか。ずっとおれから隠れていたな。ここはいったいどこだ？」

「あなたは招かれざる客よ」

「もう来ちまったけどな」ブルーの囚人服姿で日だまりに立つ彼は、ほつれた髪を肩までのばし、幽霊みたいな青白い顔で微笑み、重なりあった前歯をのぞかせた。

「最後に会ったときから、ちょっとは成長したみたいだな。まだ目をとめるような胸もケツもないが」

以前夢で見た小川が背後でぶくぶく音をたて、そよ風がささやきながら木々の合間を吹き抜けていく。サファイアを彷彿させる一羽の青い鳥が、さえずりながら横切った。

これはシーアの世界だ。リッグスがここで彼女を傷つけることはできない。それに、シーアを怯えさせることも。

ここは自分の世界だ。だからコントロールできる。

リッグスは誰かに殴られたのか、目のまわりに青あざができ、顎は痛々しいほど赤や紫のあざだらけだった。

「誰かに殴られたようね、レイ」

「黙ってろ。おれは自分で片をつけた」

「今のあなたの顔からして、そうは思えないけど。ああ、独房からしばらく運動場に出してもらったんでしょう。そこでけんかを売る相手を間違えて、また独房に戻されたのね」

落ち着くのよ——鼓動が乱れそうになりながらも、シーアは冷静を保ち、リッグスに一歩近づいた。

「わたしの頭に押し入ったんだから、今度はあなたの頭に押し入ってやるわ、レイ。あなたはレッドオニオン州立刑務所であまり人気がないみたいね。殺人犯やレイプ犯でさえ、あなたのことを好ましく思っていない。彼らを見る目つきや、あなたがいろいろ把握していることが、気に入らないのよ」

「どうせやつらは報いを受ける。その日はいつかめぐってくる。おまえもそうだ。おれから隠れられるなんて思うなよ。こうしておまえを見つけたし、これからも見つける。そして、いつか捕まえて始末してやる。おれの気がすむころには、そんなきれいな顔じゃなくなってるだろうな」

「そうね、レイ。じゃあ、悪いけどそろそろ出ていってくれる？　ここはわたしの世界だから」

シーアは己の能力をできるだけ解放し、両手で拳を作った。

「さっさと出ていって！」

目を覚ましたシーアの胸を占めていたのは、恐怖ではなく満足感だった。かすかな頭痛はそのうちおさまるだろうし、その代償を上まわる成果があった。

頭と夢に押し入ってきたリッグスをふたたび閉めだしたのだ。代償は払ったものの、なんとか成し遂げた。

それに、目にしたリッグスは殴られてあざだらけだった。人々の命を奪った罪の代償を払い続けていることは一目瞭然だ。

そのことにも満足感を覚えた。

キツネたちの隠れ家に機材を設置すると、シーアは腰をおろし、すでに頭に浮かんでいる新たなゲームに取りかかった。少なくとも、ミーティングの前にゲーム・デザイン・ドキュメントに着手したい。だが、ゲームデザインの詳細を組み立てる前に、新しいキャラクターを生みだしたくなった。

ゼッドみたいに筋骨隆々ではなく、長身でしなやかな体。その体つきやエルフの血のおかげで、彼は動きが敏捷(びんしょう)だ。極上のバーボンウイスキーを思わせる髪は顎まで垂れ、シャギーが入っている。

細面で彫りが深いと、シーアはスケッチしながら思った。長いまつげに縁取られた目は森の影のようなグリーンだ。目尻を少しあげよう。これもエルフの特徴だ。

顔の正面、横顔、後頭部をスケッチしたあと、シャギーが入った髪の中央から三つ編みを一本垂らすことにした。

スケッチを終え、デスクの脇のボードにとめると、じっと眺め、ふたたびスケッチを再開した。

今度は全身像だ。新キャラクターにブラウンの膝丈ズボンと、すねの中程で折り返したダークブラウンのブーツを履かせた。シャツは――チュニックではなく――腰までの丈で、ベルトと剣を描き加えた。思案したのち、彼の目と同じグリーンにした。森の影のように、人目につかずにすっと移動できる色に。

椅子の背にもたれながら、シーアはこわばった指をのばし、ボードに貼った十数枚のスケッチをしげしげと眺めた。

タトゥーを入れてもいい。二頭筋、肩甲骨、それとも手の甲？　どこがいいかわからない。剣は人間の父親が作ってくれたから、分厚い革のブレスレットを描き足して、エルフの母からもらったことにしようか。

キャラクターを完全に生みだし、GDDに詳細を書くには、外見だけでなく、生い立ち、血筋、歴史、強みや弱みを設定しなければならない。

タイは鍛冶屋のグレガーと、エルフのリアの息子だ。生まれつきの戦士で、戦いや大義、自分の居場所を求めてさすらっている。

「どれもまだ確定じゃない。でも、ひとつわかっていることがある。あなたは農場の少女ミラに恋をしてる。あなたは困る？　最初は困るでしょうね。わたしにとっては楽しい展開だけど」

そろそろ基本的な情報に取りかかろう。シーアはコンピューターに向き直ると、書類の作成に着手した。

心地よい静けさに包まれて仕事を進めていると、誰かが階段をのぼってくる音がした。祖母ではない――足音が大きすぎる。

「わたしは仕事中よ、レム」振り返らずに言った。

「そうだね、シーアは四時間も隠れ家を独り占めしてる」

レムはポケットに両手を突っこみながら、ボードに歩み寄った。「ねえ、これは誰？　新しいキャラクターか？　なんとなく誰かに似てるぞ」

シーアは新キャラクターのモデルの正体を誰にも明かすつもりはなかった。ちょっと恥ずかしいのもある。

「人間とエルフの血を受け継いでいるの。さすらいの戦士で、エンドンの守護者よ。粗暴で、ミラに恋愛感情を抱いている」

「そいつはクールだ。それはそうと、明日のミーティングに向けて戦略を練りたいんだけど」

「戦略が必要なの？」

「そんな質問をすること自体、戦略が必要な証拠だよ」レムはどかっとソファに座った。「ちょっと休憩したほうがいい。まず、シーアの希望を教えてくれ。具体的な希望を教えてくれたら、それをかなえる戦略が立てられる」

「すでに期待以上のものを得ているわ」

レムは両脚をのばすと、すり切れたコンバースのハイカットスニーカーに覆われた足首を交差させた。

「シーアにはぼくが必要だと、また証明されたね」

観念したシーアがデータを保存してから振り向くと、ぱっと人さし指を向けられた。

「シーアの希望は？　〈ミルケン〉で職を得たいのはわかるけど、具体的に何がしたいんだ？」

「今やろうとしているようなゲームのデザインよ。それと開発」

「両者の違いは？」

シーアはきょうだい同士でしかできない哀れみのまなざしを弟に投げかけた。「そんな質問をすること自体、あなたがこの業界について充分には精通していない証拠ね」

「だったら教えてくれ。手短に」

「いいわ。デザイナーは……いわば建築士で、設計図を作成するのが仕事。アイデアやコンセプトを盛りこみ、ゲームのあらゆる要素をデザインする創造的な作業を担うわ。開発者はいわば建設業者ね。図面から――ゲーム・デザイン・ドキュメントからゲームを制作するの」

「わかったよ。シーアはその両方をやりたいんだね？」

「実際には、開発は複数のパートで構成されていて、たいていは複数のチームや部署ごとに担当するわ」

「《エンドン》を作ったとき、シーアはチームを率いていなかった」

「ええ、でもあのゲームの制作には――断続的にだけど――三年費やしたわ。それに、コンセプトや基本的なあらすじは何年も前から決まってた。〈ミルケン〉は音楽の担当部門に改良を指示し、音声を収録させている。正直楽しみよ。でも、ゲームを設計するだけで、あとは丸投げして、故障や欠陥が見つかったときにだけ連絡が入るようなやり方はいやなの」

自分の望みは？　優秀なゲームデザイナー兼開発者となり、さらに腕を磨く。そして、人々がこんな部屋で――キツネたちの隠れ家みたいな部屋で――自分が生みだしたゲームを楽しんでいるところを想像したい。

「基本的には……《エンドン》と同じようなことが望みよ。ゲームを設計して開発し、〈ミルケン〉にその改良を――必要な調整や変更をゆだねる。商品化と販売促進もお願いする。それが現実的かどうかはわからないけど――」

「確認してみよう。それ以外には？」

「わたしはどうしてもここで仕事がしたい。それが唯一交渉の妨げとなる条件ね。ニューヨークやシアトルに移り住む気はないから」

「対面でのやりとりが必要になった場合、ニューヨークやシアトルに出張するのはかまわない？」

「ええ、もちろんよ。大半の仕事はここでできるけど、もし必要なら出張するわ。ただ、仕事のためにどこかへ引っ越すつもりはないの。どんな仕事であっても、たとえこの仕事のためでも、レム。しょせん……」シーアはまぶたを閉じた。「仕事は仕事だもの」

ふたたび弟に目を向けた。「でも、わたしにはここが必要なの。ここは初めてエンドンを夢見た場所で、自分の居場所だと思えた場所だから。おばあちゃんのそばにいたいの。いつだっておばあちゃんは、わたしをつなぎとめてくれたから」

「だったら、その希望がかなえられるようにするまでだ」

シーアは笑いそうになったが、レムがかなえてくれると心から信じて真顔になった。

「あなたは何がしたいの、レム？」

「自分がやりたいことをして、その道で腕を磨くこと」

弟がほぼ同じことを考えている事実に、シーアは衝撃を受けた。

本質的な部分で、ふたりはそっくりなのだと悟った。

「それから」レムは続けた。「大学を卒業したら、三、四週間かけてヨーロッパ中を旅してまわりたい」

「フランスでカタツムリを食べるの？」

「もちろんそのつもりさ――でも、ベレー帽とアスコットタイはパスするよ。たぶんね」そうつけ加えた。

「たくさん写真を撮ってきてちょうだい」

「必ずギャラリーウォールにふさわしい写真を撮るよ。そのあとは故郷に戻ってきて、経営学修士(MBA)を取得し、シーアの正式なビジネスマネージャーとなり、そのかたわら畑仕事をしたい」

レムはシーアを見てにやりとした。「まさにぼくにぴったりの未来図だ。いずれ家を建てて、そこでともに暮らしたい幸運な女性を見つけるよ」

シーアはにっこり微笑み返した。「その人はどんな女性なの？」

「しっかり者で、大の犬好きじゃないとだめだ」

「それは絶対に譲れないわね。犬といえば、犬たちとおばあちゃんをずいぶん長いあいだ、ないがしろにしちゃった。この仕事は今夜再開するわ」

ふたたび家が静まり返ったときに。

静寂に包まれると、シーアは午前二時近くまで仕事に没頭した。そのあいだにコンピューターとスケッチブックを使って、放浪の戦士タイ・スミスのイメージを紙から画面上に描き写した。

もちろん戦士には馬が必要だ、でもただの馬じゃない。軍馬だ。ディリス、忠実な軍馬ディリス。

馬のサイズや色、性質を決めたころには、頭が朦朧(もうろう)としてもういいかげん仕事を切りあげなければと認めざるを得なかった。

それに、夢のなかでならもっといろいろなアイデアが浮かぶはずだ。

シーアはミーティングに備え、慎重に身支度をした。襟つきの白いシャツを着て、髪はプロフェッショナルらしく気が散らないようひとつにまとめた。幸運を祈って、母のピンクダイヤモンドのピアスをつけた。

しばらく熟考したあと、ビデオ会議はキッチンテーブルで行うことにした。それがシーアの人となりを示すだろうし、〈ミルケン〉の上層部には最初から知っておいてもらったほうがいい。

「わたしは失礼するわね」

「えっ、行かないで、おばあちゃん。おばあちゃんは心の支えなんだから」

「じゃあ、そばにいるけど、画面に映らないようにするわ。それと、犬たちがうろうろしないように外へ出しておくわね」

「準備はいいかい？」レムがシーアにきいた。

「ええ、正直、準備万端よ」

「じゃあ、ログインしよう」

シーアは初めて――ウェブサイトの写真ではなく――生のブラッドリー・ケースを目にした。ブラウンの髪に黒縁眼鏡、右耳には小さなシルバーのフープピアスをつけている。

「会えてうれしいよ、シーア、それにレムも。じゃあ、みんなに紹介しよう」

ブラッドリーが画面に映るほかの三人の名前と役職を口にするあいだ、シーアはノートパソコンの脇のスケッチブックにその名前と役職を書きとった。

一同はゲームについて議論を交わし、シーアは自信を深めた。キャラクターや、《エンドン》の世界でのルール、障害、キャラクターたちの強みや選択、コーディング、操作方法に関する質問にもよどみなく答えることができた。変更や改良の提案に耳を傾け、さらにメモを取った。

「実は、続編でモグを復活させる予定なんです」メモを取りながら上の空で言った。

「もう続編の構想があるのかい？」ブラッドリーが尋ねた。

「あっ、すみません。でも、そうなんです。昨日からＧＤＤに取りかかっていて、骨組みはできました。新たに追加するメインの登場人物も。ご覧になりたければ、画面に映しますが、まだ手をつけたばかりでちょっと荒削りかもしれません」

「ぜひ画面に映して、プレゼンしてくれ」

プレゼンと聞いて、シーアは胃がきりきりと締めつけられた。もともと話すより書くほうが得意なタイプだ。だが、プレゼンの仕方も学ばないと。

「エンドンに平和が訪れて一年ほどしたころ」シーアは語り始めた。「賢者が新たな脅威と古くからの脅威を予言し、あるよそ者が森にやってきます」

シーアは要点をしっかり押さえつつ簡潔に語ろうと努めた。

「まだあらすじは固まっていません。自然とアイデアが浮かぶのを待つほうがうまくいくので。ですが、新キャラクターのタイ・スミスと、モグによって生みだされた巨人バースタヴが物語の鍵を握ることになります」

「話を続ける前に、少しよろしいですか」レムが横から口を出した。「シーアは一作目同様、このゲームのデザインと開発を自ら手がけるつもりでいます。その後〈ミルケン〉に提出し、評価や検討を行っていただきたいと考えています。もちろん、いかなる修正案にも快く応じる所存です」

ブラッドリーは前髪の下で片方の眉をつりあげただけだった。「それは心にとめておこう」

シーアはレムに契約条件や報酬、印税率、給与、ボーナスに関する交渉を一任した。弟がキャラクター商品のことを持ちだしたときは、思わず目をみはったが、そのまま話をゆだねた。

一時間後、彼女はノートパソコンを閉じた。

「わたしが初めて作ったゲームが、本当についさっき〈ミルケン・エンターテインメント〉に売れたの？　というか、リース契約を結ぶことになったの？」

「ああ、おめでとう」弟はシーアと拳を合わせた。「まだ詳細を詰める必要があるし、最終的な合意の前に弁護士を雇って契約書を確認してもらったほうがいいけど」

レムは眉間にしわを寄せ、テーブルを指で叩いた。「ぼくにもっと知識があれば、きっともっとうまくやれたはずだ。でも、公平な取引だと思う。シーアはまだ駆けだしだからね」

「わたしは恐れおののいているわ。あなたたちふたりを心から尊敬している」ルーシーはカウンターのスツールから立ちあがり、ふたりを抱きしめた。「ふたりとも異なる言語を話していて、わたしには半分しか理解できなかったけど」

「わたしはインターンシップを受けられることになったの」

「給料は雀(すずめ)の涙だけどね」

シーアはレムを叩いて噴きだした。「お給料の額なんかどうだっていいわ。いろんなゲームにかかわれるし――初心者向きだけど、仕事は仕事だもの。経験を積むかたわら、自分のゲームの制作も続けられる」

「〈ミルケン〉は興味を示してた。ぼくの目には、新しいアイデアを気に入ったように見えたよ」

「コンセプトがいいからよ。続編も成功させてみせるわ。やり方は心得てる。乳搾りの仕方を知っているように。でも……。ああ、信じられない！〈ミルケン〉がわたしのゲームを商品化するなんて。わたしのゲームよ！　人々がわたしのゲームをやるようになるなんて」

「もう何時だろうとかまうもんですか、買っておいたシャンパンを開けるわよ」

「シャンパンを買ったの？」

「そうよ」ルーシーはレムに向かってうなずき、続いてシーアにもうなずいた。「先走らないように、工房のキッチンの冷蔵庫の奥にしまっておいたの。すばらしい孫たちを祝って乾杯し、シャンパンを飲むことにするわ。それから、あなたたちのおじさんやほかのみんなにもこのことを知らせて、あなたたちのことを自慢する」

シーアは感激して胸に手を当てた。「ああ、おばあちゃん」

「とめようとしても無駄よ」

「そんなことしないよ。ぼくが家長だから」レムは思いださせるように言った。「シャンパンの栓を抜くよ」


その夏は瞬く間に過ぎ去った。まずシーアを祝い、残りの家族が到着すると、ケイレブとその花嫁とおなかの赤ちゃんのためにまた祝った。

さらにビデオ会議を重ねるうちに、シーアは気づいた。あの事件のあと、祖母から生きるように励まされたけれど、その人生が新たなステージに入ったことに。今や

《エンドン：モグの復讐》とタイトルをつけた新しいゲームの制作を進めるかたわら、彼女は小さな農場の手伝いをし、初めてひとりでアップルスタックケーキを焼いた。

軍馬には翼を描き足した。翼を広げる姿が頭に浮かび、ディリスには翼があるべきだと思ったからだ。

シーアは時間割を組み、キャンパス外で行われる剣術の初心者コースと、校内の総合格闘技のクラスを見つけた。

両方とも申しこみ、そのための時間を作ることにした。キャラクターの動作やアクションを自ら体験すれば、仕事に役立つはずだ。

大学に戻る直前、GDDを検討してもらうべく提出し、幸運を祈った。

夏はあっという間に過ぎ去ったが、大学の最終学年は記憶に残らないほど猛スピードで過ぎていった。シーアは教授たちやインターンシップからさまざまなことを学び、総合格闘技のクラスでは幾度となく倒され、初めて自分の剣を購入した。

春休みはニューヨークに滞在し、上司や部長や同僚とミーティングを行った。おかげで、ケイレブやセルマと数日過ごし、赤ん坊の甥を抱きしめることもできた。

ニューヨークを訪れるたびに感じるように、今回も興奮を味わい、街の色や動きに魅了された。

いつか、こんな大都市を舞台にしたゲームを作ろう。

でも、ニューヨークはケイレブの街で、自分の居場所ではない。

赤ん坊の泣き声に気づき、シーアは客間を出て、子ども部屋に向かった。

「真夜中のおやつタイムなの、ハンサム？　たしかパパの番だから、ちょっと待ってあげて。あなたのママが数時間前に母乳を搾ってたわ。もうあなたの面倒を見られないなんて寂しくなるわ」シーアは赤ん坊を抱きあげて歩きだした。

「ぼくもそうなると言ってくれ」ケイレブが入口であくびをした。

彼女はぼさぼさの髪に寝不足の目をしたおじに微笑んだ。

「きっと寂しくなるわよ。哺乳瓶を持ってきてくれたら、あとはわたしがやるわ。今夜が最後だから、ぜひやらせて」

「そう言われたら断れないな」

ケイレブは哺乳瓶を持ってきて、赤ん坊が哺乳瓶の乳首に勢いよく吸いつくと、ため息をもらした。「この子を見てくれ。こんなに誰かを愛せるなんて夢にも思わなかったよ。とりわけ、その誰かは食べて、うんちをして、泣いて、眠ること以外ほぼ何もしないのに」

ケイレブは赤ん坊とシーアの頬に順番にキスをした。

「ぼくたちはきみが恋しくなるだろうな、別に手伝ってもらってるからだけじゃないよ。これまで話題といえば、ベビーナースやオーペアや子守のことばかりだった。さ

「ああ、まだ今は。この子は……生まれたばかりだ。だが、テレビ番組は好調で来シーズンも放送される予定だ……」

「まだ心の準備ができていないんでしょ」

あ、きみの話を聞かせてくれ」

「そうなって当然よ」

「もう話しあうだけじゃなく決断しないとな。この子はきみになついてる。きみがオーペアの候補じゃなくて残念だよ」

「〈ミルケン〉から、今年の夏ゲームの販売を開始する前に、また数日来てほしいと言われたの。だから、客間を使わせてもらえるならベビーシッターをするわ」

「それとは関係なく客間を使ってくれ。でも、ベビーシッターはお願いするよ」

ケイレブはシーアの髪をそっと撫でてから引っ張った。「この街に引っ越してくる可能性はないのかい？」

「おじさんがレッドバッド・ホロウに引っ越す可能性と同じくらいないわ。ケイレブおじさんは故郷が好きだし、向こうにいるときは楽しんでる。でも」

「たしかに、〝でも〟だな」

「ここはわたしにまかせて、ベッドに戻って寝てちょうだい」

「もしこの子が眠らなかったら――」

「いいえ、寝るわ。わたしは寝かしつけるのが得意だから」

シーアの卒業式には、家族全員が出席した。まさかみんなで来るとは思わなかった。ウェイロンとカイラは三人の子どもたちを連れてきて、ケイレブとセルマはぽっちゃりしたほっぺのディランとともに来た。ルーシーが涙を流せば、レムがティッシュを手渡した。

キャンパスからの最後の長距離ドライブには、ルーシーが同乗した。

「あなたにとって新たな人生の幕開けね、ダーリン」

「心の準備はほぼできているわ。二週間後に、本社を訪ねないといけないの。三日か四日くらい。でも、今はとにかく家に帰りたいわ」

「できれば、わたしも北部に同行させてくれないかしら」

「本当に？」そのアイデアに、シーアは椅子の上で身を弾ませた。

「レムが家のことをすると言ってくれたの。あの子にはそれができるし、実際にやってくれるはずよ。あなたの〈ミルケン〉の本社をこの目で見てみたいの。それに、一番幼い孫息子と数日過ごしたいわ」

「ぜひそうしましょう！　おばあちゃんに〈ミルケン〉を案内するのが待ちきれないわ。とってもすてきなオフィスなのよ。びっくりするような最先端の機器がそろってるし、社員はとびきり優秀で創造性が豊かなの」

「わたしの最年長の孫娘にそっくりね」

「わたしは彼らのようになろうとしているところよ。ねえ、お願いがあるの、おばあちゃん」

「今日は孫娘が誇らしくて胸がはち切れそうになってるから、お願いごとをするのにいいタイミングよ」

「本格的にマイホームを建てる計画に取りかかる前に、数カ月から一年くらいの猶予がほしいの。とても大きな一歩だし、正しい判断をくだしたいから。今はやるべきことがたくさんありすぎて判断を間違えそうで怖いの。これからフルタイムで働くことになるし、最善を尽くしたい。《エンドン》が発売されて、続編の制作や、〈ミルケン〉から与えられるプロジェクトの仕事もすることになる。機材もすべていいものに買い替えて、それから――」

「何も心配することはないわ。マイホームを建てる準備が整うまで、ずっとあの家にいてくれてかまわないのよ」

シーアはそれから数カ月、いや一年、実家に住み続けた。ようやくマイホームのデザインが決まり、工事が終わるまでさらに二年近くが経過した。

その数年間に二度、ハワードとマスクがプライベートの時間を使ってシーアに助けを求めに来た。彼女は彼らに協力し、リッグスが頭のなかに押し入ろうとしたときは押しだした。

あれ以来、刑務所を訪れたことは一度もない。シーアが未来に目を向けて人生を歩む一方、リッグスは過去に囚われて引きこもっていた。

やがて、なだらかな丘の奥まった場所に二階建てのコテージが完成した。山を彷彿させる緑の壁にブルーの玄関ドア、家をぐるりと取り囲むポーチ。マディの強い勧めで、主寝室の両開きのガラス戸の前に小さなデッキを追加した。

静寂に包まれた夜や朝、その屋外デッキに座るところを早くも想像した。

プライドの源とも言うべきゲーミングスタジオは、窓が丘や——ノビーに建ててもらった鶏舎に面していた。

雌の鶏を六羽飼って、乳牛やヤギは祖母にまかせよう。

いつか犬も飼いたい。でも、まずは腰を落ち着けないと。その場にたたずんで眺めているうちに、手のなかの鍵があたたかくなった。

色鮮やかな紅葉が始まる秋から、木枯らしが吹き、暖炉の火がちろちろと燃える冬にかけて、腰を落ち着けるとしよう。

家のあちらこちらにウィンドチャイムをつるして、魔女の瓶（ウィッチボトル）を置き、正面の庭に植えた三本のアメリカハナズオウの若木に豆電球を取りつけよう。

そして、来春には庭に、自分の庭に、草木を植える。

自宅を花やキャンドルや美しいもので満たし、敷地の手入れもしよう。

シーアはこのために働いてきた。だが、両親の遺産や祖母の援助がなければ、手に入らなかったはずだ。

ここはマイホームだけど、自分ひとりのものではない。

シーアはここでいい仕事をすると心に誓った。そして、昼夜を問わず何日もかけてデザインしたキッチンにふさわしいおいしい料理を作る。家族のために料理を作り、ミス・レオーナのよき隣人となる。

自分は大好きなことを生業とし、その分野において優秀だ。〈ミルケン〉とゲームシリーズ《エンドン》のフランチャイズ契約を結んだことは、今でも驚きだが、驚きながらも満足している。

あの日、祖母の家のキッチンで、レムがキャラクター商品について語ったことを思いだした。

今振り返ると、それを契約に盛りこんだレムは、先見の明があった。

シーアは仕事熱心だが、それはどうやらフォックス家やラニガン家やライリー家から受け継いだ資質らしい。仕事を楽しむ幸運に恵まれたのも、三つの血筋からの恩恵だろう。

いつの間にか、人生のひとつのステージが過ぎ去っていた。そして、すぐ目の前で別のステージが手招きしている。

心躍る十月のそよ風が吹き抜けるなか、シーアは自分の土地に立ち、夢のなかで建てたとおりのマイホームへとゆっくり歩を進めた。もう鍵をかけるつもりのない玄関ドアの鍵を開け、家に入り、暖炉とキャンドルに火を灯した。

14

ミス・レオーナはシーアがこの家に住むようになってから三年後に息を引きとったが、それまでずっと健康で自立した生活を送っていた。

亡くなったのは風の強い二月の夜で、シーアは十時ごろ、彼女が逝ってしまったのを感じた。別の世界へと旅立ったことを。

ミス・レオーナはずっと大切にしていたトンボの柄のティーポットをシーアに遺してくれた。

彼女がいなくなってしまったのが寂しくてならなかった。煙突から煙が立ちのぼり窓から明かりがもれている光景は、もう見られないのだ。

シーアが飼っているバーニーズ・マウンテンドッグのバンクも恋しがっていた。ミス・レオーナと、彼女がいつもくれた犬用のビスケットを。

あのあとシーアは庭に春の草花を植えながら、ミス・レオーナの家はいつまで空き家のままなのだろうかと考えた。家と家財はすべて曾孫に遺された。だが彼は幼い息子が体調を崩したとかで、葬儀には来なかった。そのあとも一度も来ないのはなぜなのか。家を受け継ぐにしても売るにしても、一度くらい来てもいいはずだ。シーアの日常は仕事と庭や雌鶏たちの世話で成り立っていた。あとはバンクを連れて、頻繁にルーシーの家を訪ねた。

毎年両親の命日にはアジサイを持って、ルーシーとレムと連れ立って墓地へ行った。そしてその夜には、いつも心の窓の鍵が外れて、レイ・リッグスに忍び入られてしまう。

数えきれないほど何度も彼を追い返しているのに、一年に一度のその夜だけはそれができなかった。リッグスは彼女の弱い部分を知っていて、心を読むことができた。シーアが彼の心を読めるのと同じだ。どういう運命のいたずらかふたりはかたく結びついていて、離れたくても離れられなかった。

「シーア、それはあなたが本当は離れたくないと思っているからじゃないの?」

工房のキッチンで石鹼作りを手伝っているシーアに、ルーシーが言った。

「どうしてわたしがそんなことを思わなくちゃならないの?」

「彼がまだ報いを受け続けていると確認して、安心するためよ。まだ檻のなかにいると知るために」

「もし刑務所を出たら、知らせが来るはずよ。でもやっぱり……そうなのかもしれない。六月になると、こんなふうにリッグスのことを考えてしまう。もしかしたら、隙を与えているのはわたしなのかも。向こうが無理やりこじ開けているんじゃなくて」

「侵入されても怖くなかったと言っていたわね。あの男のことは怖くないと」

「ええ、怖くないわ。わずらわしいだけ。だけど実際にあんなふうに頭のなかに侵入されて、姿を目にしたり声を聞いたりするときはどうかな。でも真実と向きあうほうがましな気がするの。そうすることで満足感が得られて、心が安らぐ。そんな満足感も安らぎも、人に誇れるものじゃないってわかっているけど」

「どうしてそれがいけないの?」

「十五年間、毎年この季節になるとそうなのよ。リッグスがしたことはどうやっても償えるものじゃないけど、十五年も経っている。それなのにわたしはまだ乗り越えられないの」

「ばかばかしい」

材料を注ぎ終えたルーシーは、後ろにさがって髪をかきあげた。太い三つ編みにまとめているのは昔と変わらないけれど、つややかだった黒髪には印象的な白い筋が走っている。

「あなたはちゃんとした人生を築いてきたでしょう。その力だって、目立たないようにうまく使ってきたわ。両親を強く思いだす季節にそれを使ったからといって、何がいけないの？」

　ふたりは話しながら、片づけを始めた。

「シーア、あの男は邪悪で、力も邪悪なものに変わってしまっている。そう確信しているわ。だからあなたは、命日の夜だけ侵入を許して、リッグスがふさわしい場所にまだいるって事実を確認すればいいの。同じことがわたしにもできるなら、そうするわ」

「本当にそう思う？」祖母がそんな報復を望んだり必要としたりするなんて、シーアは考えたこともなかった。

「あの男はわたしの大事な子どもをふたり奪ったのよ。過ぎた時間が十五分でも十五年でも、それは変わらない。心から悔いあらためて許しを請うてきたとしても、許せたかどうかわからないわ。それなのにあの男は悔いあらためてもいない。許す気になんてなるはずもないわ」

「そうね。リッグスは悔いあらためることができるような人間じゃないのよ」シーアはゆっくり息を吸った。「彼にとっては過去がすべて。今も未来もないんだもの。そしてその過去で、彼は力を持っていた」

　シーアは続けた。「おばあちゃんも同じように感じているのがわかって、ほっとしたわ」

「この時期は特にそうよ。やっぱりこの時期はきついわね」ルーシーが孫娘のほうを向いて両手を取る。「過去を完全に押しこめて、忘れてしまうなんて無理なのよ。過去の記憶には愛する人たちの思い出が含まれているんだから。だけどわたしたちには充実した今も、未来もある。だから前を向いて生きていけばいいの」

ルーシーは話を切り替えた。「さて、ポーチでレモネードでも飲みましょうか。たっぷり働いて、喉がからからだもの。レムの立てるスケジュールは本当に容赦がないんだから」

シーアは噴きだし、心が軽くなるのを感じた。「今のやり方が気に入っているくせに」

「まあ、気に入らないとは言わないわ。手伝ってくれる人たちも雇ったことだしね」

「彼女たちにまかせればいいのに、絶対にそうしないんだから」

ふたりはグラスを持って、ポーチへ出た。シーアが数えきれないほどの夏の夜を過ごし、星を眺めたり丘陵地帯のささやきに耳を傾けたりした場所だ。

小山のように大きな彼女の犬が、トゥイードルとディーとじゃれあっている。雌鶏たちの鳴き声が響き、年老いて乳が出なくなったベティ・ルーが草を食(は)んでいた。ベティ・ルーの後釜であるヤング・ロージーは、日の光を浴びながらまどろんでいる。

「レムはいつか自分の家を建てるつもりがあるのかしら」

「そんなことをちらほら言ってはいるけれどね。前よりは本気で考えているみたいよ。だけど、あの子はまだ二十五だもの」

「わたしが今の家に引っ越したのは、それよりひとつ下のときよ」

「あの子とあなたは違うわ。レムはあの旅を心から望んでいて、そっちを取ったの」

「そして、望みどおりカタツムリを食べたわけね」

「どうしても食べたかったっていうより、プライドの問題だったと思うけれど。とにかくあの子が食事を作ってもらうというメリットを享受しているのは否定できないとしても、大いにわたしの役に立ってくれていることは確かよ。パンケーキ以上のことをしてくれているわ。それにあの子は人といるのが好きだから。あなたは静けさと自分だけの空間がほしいタイプだけど。まあ、そのうち時期が来たら、あの子も自分の家を建てるでしょう」

「ミス・レオーナがもうあの道の先にいないと思うと寂しいわ。ただいてくれるだけでよかったのに。椅子に座って編み物をしていてくれるだけで。ねえ、あの家がどうなるか聞いていない？」

「聞いていないわ。いろいろ決めるのに時間がかかっているんでしょう。弁護士がかかわると、そういうものだから。聞いているのは、彼女の曾孫には四歳か五歳の小さい息子がいるってことくらいよ。一緒に子どもを育ててくれる妻はいないらしいわ」

「家族のことはあまり話さない人だったものね。曾孫については話してくれたほうよ。クリスマスに招待してくれたとか、不自由なく暮らしているか確かめにときどき訪ねてくれるとか、毎週電話をくれるとか、それくらいだけど」

「もし曾孫が来たら、ミス・レオーナをずっと気にかけてきたあなたに感謝すべきだと思うわ」

「隣人として当たり前のことをしていただけよ」

「去年は彼女のために買い物をしてあげていたじゃない。話し相手にもなっていたし。レムだって芝刈りや家の修繕をしていたわ」

「クッキーがほしくてね。ああ、ミス・レオーナのクッキーが食べたいわ。いつ行っても用意してくれていたの」

「今はジョージと一緒にいるはずよ。亡くなる数カ月前から、しょっちゅう会いに来てくれるようになったと言っていたから」シーアに目を向けられて、ルーシーが続ける。「聞かされなくてもわかっていたのよ。彼女のまわりにジョージの気配が濃くなっていたから。ミス・レオーナも旅立つ準備ができていた。次の世界へと向かう準備が。ジョージがついていてくれたから、心強かったはずよ」

「ママの気配を感じたことはある？」

「いつも感じているわ。愛するかわいい娘だもの。大切な家族の一員であるあなたのお父さんの気配もね。ふたりを感じていると心が慰められるわ」

「わたしは事件のあと、ヴァージニアの家には一度も戻らなかった。あそこで起こったことのせいで、幸せな記憶を思いだすどころではないってわかっていたから。わたしがふたりを見たり感じたりできるのはここ。この小さな農場なの。ふたりはいつも一緒にいて、そのことに心が慰められる」

シーアは続けた。「でも、そろそろわたしも前に進まなくちゃね」

「レムは夕食には帰ってくるそうよ。うちに来て、夕食までゆっくりしていかない？」

「今日はやめておくわ。午前中は空けたけど、仕事があるから。おばあちゃんもでしょう？　明日は町に行かなくちゃならないから、買ってきてほしいものがあったら言ってね」

シーアは立ちあがった。「さあ、バンク、行くわよ」身をかがめてルーシーを抱きしめる。「もしレムにデートの予定が入っていなかったら、一緒に土曜日の夕食を食べに来てちょうだい。おばあちゃんの特製レシピでフライドチキンを作るつもりだから」

「ぜひ、行かせてもらうわ。デザートはまかせておいて」

シーアはバンクを連れて歩きだした。やんちゃなという意味のラムバンクシャスを縮めて名付けられたバンクはもうすぐ二歳だ。体高は六十センチを超え体重は五十五キロ近くあるたくましい三毛のマウンテンドッグは、明るく元気いっぱいだった。今も先が白いふさふさした尻尾を振りながら、軽快な足取りでついてくる。しつけるまでは大変だったけれど、最高の相棒に成長した。頭を撫でてやると、愛情をたたえた茶色い目で見あげてきて、まるでバンクもシーアを最高の相棒だと思っているようだ。

「気持ちのいい日よね。わたしはしばらく家にこもって、仕事をしなくちゃならないけど」

シーアは心が澄んでいくのを感じた。祖母のところに行くといつもそうで、元気がわいてくる。行き帰りに歩くこともいいのだろう。

夏の午後は青と緑がどこまでも広がっていた。うねるように続く丘陵地帯には花が咲き乱れ、祖母の家から一番近い隣人の家では洗濯物がひるがえっていた。

仕事さえなければ犬と一緒にポーチに座って、気持ちのいい午後を心ゆくまで堪能したに違いない。けれども、夜には必ずそうしようと、シーアは自分に約束した。ワインのグラスを傾けつつ、庭を眺めるのだ。

シーアは歩きながら、石鹼作りのあいだ髪をまとめていた紐をほどいた。肩の上に髪が広がるのを感じながら、バンクが鼻をあげてにおいを嗅ぎだしたのを見て笑った。

「何か見つけたの？　キツネ？　それともウサギかしら？　でも、だめよ。雌鶏や庭に植えてあるものを狙っているわけじゃなければ、放っておきなさい。前にも言ったでしょう？」

バンクが尻尾をひらりと振るのを見ながら角を曲がる。するとミス・レオーナの家の前に大きなＳＵＶが停まっているのが見えた。そばに男性と小さな男の子が立っていて、振り向いた男の子がうれしそうな声をあげる。バンクもそれにこたえるように短く吠え、走りだした男の子に向かって駆けだした。

男性があわてて叫んだ。「だめだ、ブレイドン。とまれ！」だが効果はなく、男性はすぐに追いかけて男の子を抱きあげた。シーアもバンクに〝とまれ〟と〝お座り〟を続けざまに命令し、バンクは指示にしたがった。

「パパ、わんちゃんだよ！　パパ、わんちゃん！」

「大丈夫よ。この子は子どもが大好きだから」そう言いつつも、シーアはうれしさに身を震わせているバンクの首輪をきつくつかんで放さなかった。息子の身の安全を心配する男性から恐怖が伝わってきたからだ。

「朝食にするのがってことかな」

シーアは噴きだした。男の子が父親の腕から抜けだそうともがきだしたのを機に、初めてミス・レオーナの曾孫にちゃんと目を向ける。

その瞬間、十六歳だったかつてのシーアがさっきの男の子に負けない悲鳴をあげそうになり、懸命にそれを抑えこんだ。

五年近く前に解散したバンド、コード・レッドのメンバーであるタイラー・ブレナンの顔を、シーアはよく知っていた。

その彼が幼い息子を腕に抱いて、彼女の家から四百メートルしか離れていないところに立っていた。最高級のバーボンを思わせる髪はやや乱れて波打ち、ハンサムとしか言いようのない彫りの深い顔には二日か三日分の無精ひげがのびている。そしてバンクに向けられた切れ長の緑色の目は、疑わしげに細められていた。

少しでも油断をすれば、シーアのなかにいる少女は喜びに跳ねまわり、ばかみたいなことをしゃべりだしそうだ。

「バンクは大きいけど、とっても優しいのよ。〝こんにちは、バンク〟って言って、手を振ってあげてくれる？」シーアは父親のミニチュア版のような少年に目を据えて、気持ちを静めた。

「こんにちは、バンク！」男の子が元気よく手を振った。「パパ、ぼくバンクと遊びたい！」

「こんにちは、を言わないの、バンク？」

シーアが言うと、バンクは右の前脚を持ちあげて振った。錆色の模様の下の目を楽しげに輝かせ、笑っているとしか思えない表情を浮かべている。

「体が大きくて、ちょっと怖そうに見えるかもしれないけど――」シーアは続けた。

「〝かも〟？」

「本当に優しい子なの。わたしはシーア・フォックス。家はこの道をちょっと行ったところにあるわ。バンクはミス・レオーナに会いに行くのが大好きだったのよ」

タイラー――タイが犬に向けていた目をシーアに移す。「きみがシーアか。曾祖母からきみやきみの家族のことは聞いていた。ずいぶん世話になったみたいで、感謝している」

「わたしたちみんな、ミス・レオーナが大好きだったから。ご家族の話はあまりされなかったけど、あなたが毎週電話をかけてきてくれることやクリスマスに招待してくれたことはとても喜んでいらしたわ」

「だが葬儀には出席できなかった。ブレイドンの具合が悪くて、外出できる状態じゃなかったんだ。そのあとも……」彼は家を振り返って、口をつぐんだ。「まだ名乗っていなかったな。タイラー・ブレナンだ。レオーナは曾祖母に当たる」

「知っているわ。白状したほうがいいわね。実はコード・レッドの大ファンなの。十六歳の誕生日には、友だちふたりと一緒にルイヴィルで行われたコンサートへ祖母に連れていってもらったわ」

「どうりで見覚えがあると思った」にやりとした彼の口の右横に、小さなえくぼが浮かんだ。

それを見て、シーアのなかの少女は気絶しそうになった。

「あなたたちが《エバー・ユアーズ》を演奏したときは、わたしのために歌ってくれているんだって思ったわ。バンク」タイがゆっくりと近づいてくるのを見て、シーアは犬を押さえた。

「わんちゃん。パパ、ぼくさわりたい！」

「パパが先だ。おまえは背中におぶさって見ていろ」

ブレイドンが器用に父親の背中におぶさった。「頼むぞ。大事な手なんだからな」

タイラーはバンクがにおいを嗅げるよう、そろそろと手をのばした。

バンクがにおいを嗅ぐのを省略し、頭をさしだして手に押しつける。タイラーは犬の頭を撫でた。

「よしいいぞ、ブレイドン。優しくな」

ブレイドンは父親の背中から滑りおりると、脚のあいだを抜けてバンクと鼻を突きあわせた。「わんちゃん大好き！」

「この子もあなたが好きよ。小さい子が大好きなの」シーアは大きな車に段ボール箱が積みこまれているのを見て、質問した。「フィラデルフィアから車で？」

「ああ。四歳児を連れてそんなことをするなんて、無謀だったよ」

「こっちで車を使いたかったんでしょう？　仕方がないわ。でもやっぱり遠いわよね。疲れているでしょうから、これ以上は引きとめないわ。こっちにいるあいだに何か困ったことがあったら、いつでも言ってちょうだい。うちはこの道を四百メートルほど行ったところにあるから」

「ありがとう。ブレイドン、お姉さんにバイバイして」

「バンクと一緒に行きたい」

「バンクはこれからお昼寝をしなくちゃならないの」息子が納得できる言い訳を作ってくれたシーアに、タイが感謝の目を向ける。「でもまた連れてくるわね。さあ、バンクもバイバイして」

犬がお座りをして、前脚を振る。

「うちはこの先だから、いつでもどうぞ。レッドバッド・ホロウへようこそ」

シーアは振り返りたくなるのを我慢して歩きだした。グラミー賞を受賞したロックスターにしてソングライターであるタイラー・ブレナンが曾孫だなんて、ミス・レオーナは一度も明かさなかった。

シーアのほうもミス・レオーナに、タイラー・ブレナンや彼の音楽について熱弁をふるったことはなかったけれど。

それでも、なぜという思いは消えなかった。

これから何日か――二週間ほどだろうか――かつての憧れの人が文字どおり声の届くところに滞在するのだ。幼い息子と一緒に。そもそも子どもがいるなんて知らなかったが、それは当然だろう。タイラー・ブレナンの消息をずっと追ってきたわけではないのだから。

最近はほとんど忘れて過ごしていた。

シーアはこれからしなければならない仕事を思い浮かべた。当然それはちゃんとやるとしても、タイを夕食に招く時間がないわけではない。彼はフィラデルフィアからはるばるやってきたのだし、就学前の小さな子どもを連れている。

そのタイにシーアが隣人としてできるのは、食事を作ってあげることくらいだ。


あの巨大な犬が本当に昼寝をするのかどうかタイにはわからなかったが、ブレイドンは彼がベッドを整え終えるころにはぐっすり眠っていた。

息子を寝かせたあと、よし、と静かに拳を握る。

タイは息子が眠っているうちに荷物を片づけることにした。まずは店に寄って購入してきた食料を、思ったよりも新しかった冷蔵庫や戸棚にしまわなければならない。

ここへ来たら掃除をしなければならないと覚悟していたが、それをしなくていいのはあのすらりと脚の長いシーアと彼女の家族のおかげだろうか。

レオーナの死に伴う書類上の手続きについては、弁護士がすべて処理してくれた。曾祖母は何もかもきちんと定めて、書面に残していた。

タイがこの土地と家を受け継ぐことを曾祖母は望んだが、ブレイドンと暮らすようになる前だったら売ることを選択していただろうか。それとも休暇用の隠れ家として維持していただろうか。

正直言って、彼にはわからなかった。

けれども今ブレイドンと暮らしているし、大好きだった曾祖母はここを彼に受け継いでほしいと望んだ。

だから息子とふたりで確かめなければならない。

これから夏中かけて、ここでやっていけるか確かめるのだ。

タイが音楽を一生の仕事にしたいと打ち明けたときも、両親は無謀だと思いつつ、息子がミュージシャンとしてやっていけるか見守ってくれた。

レッドバッド・ホロウを出て別の場所で生きてきた祖母は、ここにまったく愛着も持っていない。ウィラ・ロウ・ブレナンは母親を愛していたが、自らのルーツにこだわりはなかった。

フィラデルフィアで生まれ育った父親ウィリアム・ブレナンはなおさらだ。ただし責任は感じていた。そしてウィリアムは、ケンタッキーにいる祖母に対して自らの考える責任を果たした。

タイはというと、なぜかはわからないが曾祖母とのつながりをずっと感じていた。だがこの土地に対してはどうだろう。遊びに来たときはいつも楽しかったという以外、今は確信が持てなかった。

ここ数年は遊びに来ることもなかったと考え、タイは心が痛んだ。ブレイドンと暮らすようになり、ほかにもいろいろあって、その余裕がなかった。

タイは思い出をたどりながら、家のなかを歩きまわった。フィラデルフィアにある彼の家と比べると半分の広さもない――というよりはるかに狭い。だがここに住むと決めたら、それはどうにでもできる。

なかのものはいろいろ移動させなければならないだろう。特にフィラデルフィアから送ったピアノが届いたら。ピアノは新しく買ったほうが安くつくし楽なのはわかっているが、今持っているものに愛着があった。今日たまたまシーアが触れた《エバー・ユアーズ》はコード・レッド初のメジャーヒット曲で、このピアノを弾きながら作った。

ブレイドンが走りまわるスペースはたっぷりあるし、ずっとほしがっている子犬を飼うこともできるだろう。

だが、その子犬はほどほどのサイズの成犬になるものでなくては困る。黒毛で胸の白い巨大なマウンテンドッグは論外だ。

ふたたび二階にあがってブレイドンの様子をチェックすると、予想どおりスイッチを切ったように熟睡していた。そこで自分用に選んでおいた部屋に行って、ベッドを整える。シャワーを浴びるか迷ったが、誘惑に負けてほんの少しだけベッドに横たわってしまった。

すると、一分だけと思ったはずなのに、いつの間にか一時間経っていて、タイは飛びのってきたブレイドンに起こされた。

「パパ、起きて！」

「なんだなんだ。どうして起きなけりゃならないんだ」

父親に抱えこまれると、ブレイドンがうれしそうに笑った。

しばらくくすぐったりじゃれあったりしたあと、タイは息子を抱えて起きあがった。

「おなかすいた！」

「ああ、パパもだ」タイは町まで行って夕食をとろうと考えていたが、車を運転して出かける気にはなれなかった。

家には買いこんできたピーナッツバターやジャムやランチミートがあるし、ミルクもある。冷凍ピザ、スパゲティやラヴィオリの缶詰も仕入れてある。

だから飢え死にする心配はない。

「階下におりて、何か食べよう」

元気があり余っているブレイドンが父親の腕のなかで体を弾ませる。「バンクのとこ行ける？」

「それは、明日かあさってだな。もうちょっと落ち着いてからだ」

「ぼく、もう落ち着いてるよ」

「ああ。だが、パパはそうじゃない。今夜はゆっくりして、明日からふたりでばりばり働くぞ」

最初にしなければならないのは、ピアノを置く場所を空けることだ。何をどこに置くか検討する必要がある。曾祖母は庭をきれいにしていたものの、タイは自分が植物を植えているところなど想像できなかった。ここにとどまると決めたらそういうこともするかもしれないが、とりあえずは芝刈りと最低限の手入れだけでいい。

寝室は三つあるとはいえ、余っている部屋は大きめのクローゼット程度の広さしかない。しかもブレイドンの部屋に近いことを考えると、スタジオとして使うのは現実的ではなかった。

ブレイドンとふたりでの生活でわざわざダイニングルームで食事をすることはない

だろうから、スタジオにはそこを使うのがいいだろう。

なんとかなるはずだ。

とにかく今はビールが飲みたかった。缶詰のスパゲティとは合わないかもしれないが、ビールが飲みたい。

タイが冷蔵庫を開けたとき、玄関のドアを叩く音がした。

「ぼくが行く！　ぼくが開けるよ！」

「ブレイドン、パパとどんな約束をした？」

ブレイドンが小さくため息をつく。「パパと一緒じゃなきゃドアを開けない」

「そうだ」タイは冷蔵庫を閉めると、ブレイドンと手をつないで玄関に行った。

ドアを開けると、ダークブラウンの髪のすらりと脚の長い美しい女性が、巨大な飼い犬を連れてポーチに立っていた。

今回もブレイドンがあっという間に犬の首に抱きつく。

「お近づきの印を届けに来ただけなの。遠くから着いたばかりで、まだ荷物も開けていないんじゃない？　夕食を作る時間も元気もないだろうと思って」

隣人がここは天国かと思うようなすばらしいにおいのする籐のバスケットをさしだした。

「なんのにおいかな。すごくそそられる」

「たいしたものじゃないわ。フライパンで焼いたポークチョップとポテトよ」

「ポークチョップだって？　わざわざ作ってくれたのか？　本当に？　ああ、こんなところじゃなんだな。なかに入ってくれ」

「いいえ、このまま失礼するわ。料理を届けに来ただけだから。それと、もしよかったら朝食用に卵も持ってきたの。うちでは雌鶏を飼っているから」

「雌鶏だって？」タイの目の前にいるのは田園地帯に舞いおりた青い目の女神だった。

「コッコちゃんはお尻から卵を産むんだよ」ブレイドンが言う。

「そうだけど、この卵はとってもきれいだから大丈夫よ。じゃあ夕食を楽しんでね。バスケットとお皿を返すのはいつでもいいわ。わたしが家にいなかったら、ポーチに置いておいて。さあバンク、帰りましょう」

粋な赤いコンバーティブルに向かって歩いていく彼女を、タイは見送った。一瞬名前が出てこなかったが、すぐに思いだす。

「ありがとう、シーア。きみは腹ぺこのぼくたちを缶詰のパスタの悲しい夕食から救ってくれたよ」

彼女が笑みを返し、犬が後部座席に飛び乗る。「あなたたちを救ってあげられてよかったわ」

車が行ってしまうと、タイは玄関のドアを閉めた。

「やったぞ、ブレイドン。王様みたいな夕食にありつける」

タイはキッチンにバスケットを運んで、蓋を開けた。

シーアはすばらしいにおいのあたたかい料理に加えて、バニラビーンズの香りがするキャンドルとささやかな花束をさした小さな瓶を入れてくれていた。

「ほんとに王様みたいな夕食だ」


シーアはじっとしてなどいられなかった。信じられない展開に、天にものぼる心地でいる彼女のこの喜びを地球上でただひとりわかってくれるのは、十五年来の親友ひとりだけだ。

シーアはマディにメッセージを送った。


〈今何してる？〉

返事は一分もしないうちに返ってきたのに、一時間にも感じられた。

〈クリニックの仕事が終わった喜びを噛みしめながら、ピーナッツバターとバナナのサンドイッチを作ろうか、ラヴィオリの缶詰を開けようか迷ってるところ〉

〈微妙な選択で迷うのはやめて、うちに来て。ポークチョップを作ったから。それにすごいニュースがあるの！！！〉

〈ニュースって？〉

〈すごすぎて、直接じゃないと言えない。早く来て。ワインもあるから〉

〈ポークチョップとワインのお誘いはOK。ニュースのヒントをちょうだい〉

〈だめ。うちに来なくちゃ何も手に入らないわよ〉

〈食事とお酒をともにしなければ、ってことね。すぐ行くわ〉

マディのアパートメントは町中にあるので、テーブルをセットして音楽――当然コード・レッド――をかけ、バンクと雌鶏に餌をやる時間は充分にある。ちょうどワインを注いだところで、マディが玄関から入ってきた。

「ミス・レオーナの家の前に車が停まっていたわ。曾孫が来たのかしら。それがすごいニュース？」

「全部じゃないけどね」シーアはワインのグラスをさしだした。

最近ドレッドヘアにしているマディは、医者らしい格好からふくらはぎ丈のスウェットパンツと半袖のパーカーに着替えてきたようだ。スウェットもパーカーも鮮やかなピンクだった。

耳にはスタッドピアスが半ダースずつ。

「とにかく座らせてちょうだい。朝の八時から立ちっぱなしだったの。ポーチがいいわ。あなたが話したくてうずうずしているニュースを、そこでワインを飲みながら聞かせてもらう」

マディが通りすがりにバンクの背中を撫でて、ポーチに出る。夏の空のような青い椅子に座ると、大きく息を吐いた。

「彼に会ったんでしょう。どうだった？　子どもがいるのよね。どれくらい滞在するのかしら。家は売りに出すの？　売るならわたしが買う。そうしたら《ミスター・ロジャースのご近所さんにならないかい？》（子ども番組のテーマソング）ができるじゃない。わたしとご近所さんになりたくない？　だけどクリニックから遠すぎるのよね」

「ところでドクター・ドリームボート、あなたはいつになったら気の毒なアーロと結婚してあげるの？」

マディがふふんという顔で笑う。「そろそろ一緒に暮らしてあげてもいいかなとは思ってるわ。そうね、秋くらいかな。それから一年くらい同棲して、うまくやっていけるか見極めるつもりよ」マディはシーアをちらりと見た。「あなたが判断してくれてもいいけど」

「水晶玉を読めるマダム・カーロッタじゃないんだから、無理よ。それにもし未来が読めたとしても、あなたのは読まない。そんな力がなくても、ほぼ完璧って組みあわせはわかるもの」シーアはグラスを掲げると、ワインを飲んだ。

「どうして〝ほぼ〟なの？」

「完璧な組みあわせが、世の中にそんなに存在するものなのかどうか確信が持てないからよ」

シーアの両親は完璧な組みあわせだった。それなのにふたりはまだ何十年も一緒に過ごせるはずの未来を奪われた。

「脱線させちゃったわね。彼の話に戻ってちょうだい。どうなの？　長身でうっとりするようなハンサムだった？」

「長身でハンサムだったわ。それに子どもが彼にそっくりなだけじゃなく、すごくかわいいの。フィラデルフィアから車で来たそうなんだけど、段ボール箱をたくさん積んでいたから、しばらく滞在すると思う」

シーアはワインをすすった。「彼の心を故意にはのぞいていないけれど、子どもをすごく愛しているのがわかったわ。バンクが怖がらせちゃったの。子どもじゃなくお父さんを」

「こんなに優しい子はいないのにね」マディがたてたキスの音にバンクが尻尾を振ってこたえる。「でもこれだけ大きいと、そういう反応も無理ないわ」

「ミス・レオーナのことも愛してた。愛情とか罪悪感とか後悔とか彼女に対するいろんな感情が一気に伝わってきて、遮断できなかった」

マディはすっと目を細めた。「シーア・フォックス。あなた、彼に惚れちゃったのね！ 今までひと目惚れなんてしたことがないのに、会って五分で恋に落ちたんでしょう」

「もっとずっと長い時間恋してるわ。彼はずっと前からわたしの人生の一部で、胸のなかに住み続けているの」

「あなたにとってのそういう男性はすべて知っているけど、ミス・レオーナの曾孫は違うわよね」

「いいえ、あなたが見逃している男性がいるのよ」シーアは頭を傾けた。室内から聞こえてくる音楽に耳を澄まし、歌を口ずさむ。「〝ひと目見ただけで、声を聞いただけョンサートを始めないで。いったい誰よ」

で、そっと触れただけで、稲妻みたいな衝撃が走る〟」

「コンサートを始めないで。いったい誰よ」

シーアは笑った。「わからなくてじれているんでしょう。ミス・レオーナの曾孫はね……なんとびっくり、タイラー・ブレナンなの。コード・レッドのよ。わたしがティーンエイジャーのときに夢中になっていたタイラー・ブレナン」

「あり得ないわ！　嘘でしょ！」マディがシーアの腕をぴしゃりと叩く。

「わたしも信じられなかった。でも、どう見ても彼なの。今でも信じられない。はるばる車を運転してきたあとなのに、信じられないくらいかっこよかったわ。もう少しで悲鳴をあげるところだった。心のなかでは何度もあげたけどね。そのあとなんか笑いがこみあげて、ここがむずむずして大変だったのよ」シーアは首のつけ根を指先で叩いた。「ぎりぎり押し戻したけど、危なかったわ。もう少しでよだれを垂らすところだった」一瞬考えこむ。「うわっ、まずい。もしかしたら垂れてたかも」

「じゃあ、本当なのね。ミス・レオーナは身内にロックスターがいるのに、ひと言ももらさなかったってこと？」

「彼をそんなふうには考えていなかったんじゃないかしら。それに家族の話はあまりしなかったから。クリスマスに招待されて行ったとか、毎週電話をくれるとかいうちょっとしたことだけで、べらべらしゃべったりしなかった」

シーアは大きく息を吸って、すとんと肩を落とした。「フライパンで焼いたポークショップを半分とポテトと干しサヤマメの煮込みを持っていったの」

「ちょっと、本当なの？」

「相手がタイラー・ブレナンじゃなくても持っていったわ。子連れで長時間運転して、疲労困憊（ひろうこんぱい）って感じだったから。それなのにまだ荷物をおろさなくちゃいけないわけでしょ。だけど料理しているあいだ、あのタイラー・ブレナンのために作っているんだってずっと興奮していたのは認める。実際は、彼とブレイドンのために作ったわけだけど。彼の息子はブレイドンっていうのよ」

「この話を落ち着いて考えられるようになるまで、しばらくかかりそう。ねえ、彼に迫るつもり？」

「やだ、やめて」シーアは笑って、髪を後ろに払った。「彼とはご近所同士。それだけで充分わくわくする。ほんのしばらくのあいだだとしてもね。それにあんなにかわいい子がいるんですもの。お母さんだってどこかにいるはずよ」

「彼やコード・レッドのことはあなたほどよく知らないけど、私生活を公にしていないってことは知ってるわ。そういうところはきっと、ミス・レオーナから受け継いだのね。バンドが解散してからは、ちょっとした情報すら伝わってこなくなったし」

「ここ数年は主に曲作りをしていたことしか、わたしも知らないの。最近は忙しくて、そういう情報を熱心に追っていられなかったから」

「これから調べればいいわ。違う違う、あなたの考えているようなやり方じゃないって」シーアの顔を見て、マディがあわてて否定した。「グーグルで検索すれば、なんでもわかるでしょう？　すべてとは言わなくても、たいていのことが」

「タイラー・ブレナンのことを検索なんかしないわ。失礼だもの」

「わたしはいくらだって失礼になれるけど」

マディがスマートフォンを出して、さっそく調べ始めた。

「基本的な経歴のほかは、たいして書いてないわね。育った場所、バンドを組んだ経緯、十九歳のときにヒットを飛ばしたことくらいだわ。子どもについては書いていないから、秘密にしてるってことかな。それにしてもシーア、彼が全部の曲を作っていたなんて知らなかった。ここ二、三年はレコーディングもコンサートもしてないけど、ヒット曲を何曲か作ってる。たとえば《クレイジータウン》。この曲大好き。それに《ノー・リグレッツ》も」

「もうスマホはしまって。なかに入って食べましょうよ」

「そうね。今はおなかがぺこぺこだから、調べるのはあとにする。たしかにこれは、会わないと話せない大ニュースだわ。言っておくけど、もし彼にアピールしなかったら、一生後悔するわよ」

「彼はシングルファーザーなのよ――たぶんね。そしてひいおばあさまの相続手続きで大変な思いをしているうえ、プライバシーをすごく大事にしている」

「だから何？　拒否されたらやめればいい。でももし拒否しなかったら？」マディが肩を小刻みに揺する。「ティーンエイジャーのときの夢がかなうじゃない」

「もう黙って。さっさとこっちに来て、ポークチョップを食べなさい」

15

その夜シーアはタイの夢を見た。太陽が徐々に落ちて西の空がピンクと金に染まるなか、彼は彼女の家のポーチに座って、ギターを弾いていた。

夏の風がラベンダーとローズマリーとヘリオトロープの香りを運んできた。枝につるしたウィッチボトルがぶつかりあい、ウィンドチャイムが静かな音色を響かせている。

彼が歌っているのはもちろん《エバー・ユアーズ》。シーアの心を常に優しく締めつける歌だ。彼は歌いながらシーアに微笑んだ。あたたかい緑色の目でじっと見つめながら。

罪のないただの夢。だからシーアは抵抗せず身をまかせ、ふわふわと幸せな気分に浸った。そんな自分をちょっとばかみたいだと思いながら。

夢のなかで、彼の姿は細部までくっきりと見えた。いつものように無造作に垂れたセクシーな髪も、顎の線も、ギターの弦の上を動く長い指も。

口の輪郭も、彼の顔が寄ってきてそっと重ねられた唇の感触も。罪のないただの夢。たとえそのなかでした軽いキスに、眠りながら思わずため息をついてしまったとしても。

太陽が山々の後ろに沈んでいくにつれて、森のなかの陰が濃くなっていく。その森のなかで、捕食された動物が断末魔の叫びをあげた。

雨雲が近づいてきて、ピンクと金に染まっていた空が濃い灰色に変化する。森のなかからレイ・リッグスが姿を現した。

青い囚人服を着たリッグスの顔は昔と変わらず細いものの、締まりがない。口の両脇には深いしわが刻まれ、特徴的な薄いブルーの目の端からは放射状にしわがくっきりのびている。

目は相変わらず笑みをたたえているが、その笑みに楽しげなところはまったくなかった。

「ギター弾きのなよなよした男がいいのか？　そいつにヤってもらいたくて、月明かりになるのを待っているんだろう。それとものっかられる前に、愛だの恋だのがほしいのか？」

「なかに入りましょう、タイ。入って鍵をかけなくちゃ」

だがタイはギターを弾き続けている。

「そいつにはおれが見えねえんだよ。ばかな雌犬め。いつもどおり、おれはおまえの頭のなかにいる。こいつを見ろよ」

リッグスは銃を持っていた。シーアの両親を殺したのと同じ銃を。シーアは跳びあがるように立ち、彼が撃ち続けるあいだ叫び続けた。

リッグスが銃を向けているのは彼女ではない。タイの手からギターが落ち、シャツに血が広がった。彼女を見る彼の緑の目には、さっきまでのあたたかさはなかった。

「きみのせいだ。きみがやつを招き入れた。きみが悪い」

シーアは死んでいく彼の横に、がくりと膝をついた。彼女の両手があたたかい彼の血で濡れる。

「おれは道を見つける。おまえのなかに入る道を。すぐにな。すぐ見つける」リッグスは笑い声を残して、森のなかへと姿を消した。

シーアはぶるぶる震え、すすり泣きながら飛び起きた。窓からさしこむ月明かりのなかで、両手を見つめた。

血はついていない。どこにも見えない。それなのに、肌についているのを感じた。においすら嗅げそうだ。

バンクが前脚をベッドにのせて立ちあがり、くんくん鳴いている。

「夢よ。ただの夢だから大丈夫」シーアはバンクを抱きしめ、慰めながら慰められた。

けれどもただの夢とは思えず、少しも大丈夫ではなかった。

月の光が薄れて夜明けの最初の光がさすころには、シーアは洗濯機を二回まわし、キッチンを隅から隅まで磨きあげていた。睡眠より体を動かすことが必要だった。焼きあがったコーンブレッドのマフィンの香りが、あたりに心地よく広がっている。

さらに明るくなると、雌鶏に餌をやりに行った。

「おはよう、みんな」

雌鶏たちがシーアのまわりにわらわらと寄ってくるのは、餌がほしいからだけでなく、かまってもらいたいからだ。シーアは一羽一羽の名前を呼びながらやわらかい茶色の羽毛を撫で、鶏たちが餌をつつきだすと産卵箱のなかから卵を集めた。

「たくさん産んでくれて、ありがとう」

シーアは卵が五つ入ったバスケットを持って、白い雲が浮かんだ青い空を見あげた。

「本当に気持ちのいい朝ね。でも午後にはひと降り来るんじゃないかしら。あなたたちは小屋に入っていたほうがいいわよ」雌鶏たちに話しかける。

シーアは鶏舎を出て母屋に向かって歩きだしたが、主人の心が乱れているのを感じとったかのように、バンクはぴたりと寄り添っていた。

裏のポーチまで来ると、夢がありありとよみがえった。月明かりを浴びながらタイが奏でる音楽を聴いていたときの、静かな喜びの感覚が。

それを森から出てきたリッグスが破壊し、血と悲しみをもたらした。

「ねえバンク、あいつは道を見つけたの。わたしのなかに侵入して恐怖を与え、傷つけるための道を。だけど何もできないわけじゃない。やられるままでなんかいないわ。そのことを忘れないように、しっかりと覚えていなければならないだけ」

リッグスに脅かされて、とっさに祖母のところに行って慰めてもらいたくなった。

だがシーアはもう子どもではない。

卵を洗って乾かし、しまいながら考える。今の彼女は手に職を持つ自立した大人の女なのだ。ハワード刑事とマスク刑事が大学に訪ねてきて以来、人の命を救うために力も四回使っている。

人のために役立ってきたという自負があるし、肉体的にも精神的にも感情的にも自分を制御できるようになった。

仕事は今すぐ取りかからなくても大丈夫だ。心に残っているいやなイメージを払拭してから、新しいゲームのコンセプトを練ればいい。

シーアは二階にあがってスポーツブラとワークアウト用のカプリパンツを身につけ、シンプルな白いタンクトップを重ねた。

裸足のままゲーミングスタジオに入り、壁にかけてある三振りの剣を見つめる。しばらく検討したあと、刀を選んだ。

壁には戦闘の際の――丸腰あるいは武装しているときの――動きを確認するための大きな鏡を設置してあるが、もっと広い場所で動きたい気分だった。それに太陽の光を浴びながら外の空気を吸い、素足に草を感じたかった。

バンクが部屋を出るシーアを追ってきたものの、腰の刀を見てポーチに座った。

シーアは森に向かって立ち、リッグスが現れるところを想像して気持ちを高めた。

震えながら泣いているだけではだめだ。自ら動いて身を守らなければならない。

「いいわよ、かかってきなさい」小さく声に出す。

シーアは長い柄をしっかり握ると、湾曲した刀を抜いて動き始めた。


この三年で、タイはだいぶ早起きに慣れてきていた。息子は寝坊の価値をまったく認めていないと学んでいたのだ。

ブレイドンは最高の目覚まし時計として機能しており、毎朝眠っている父親の体に飛びのって、うれしそうに告げる。「起きる時間だよ!」

タイは試行錯誤の末、父親に飛びのって起こすのは時計の針が六か七を指してからだと、ブレイドンになんとかのみこませた。

たまに六時前に覚醒して重いまぶたをうっすら開くと、ベッドの横に座って時間が来るのを待っている息子が見える。

その姿に胸が締めつけられるくらいだから、ブレイドン・セス・ブレナンが相手だとタイに勝ち目はまったくないのだった。

ケンタッキーでの最初の朝、ブレイドンは六時十六分に父親を起こした。

タイは暮らし慣れたフィラデルフィアの家の寝室にいることを眠気でぼうっとしながら願い、息子を抱きこもうとした。

「あと十分寝かせてくれ」

「六時十六分だよ、パパ！　ぼくたちおなかすいた！」

息子の言う〝ぼくたち〟には紫色の犬のぬいぐるみウーフが含まれている。一歳半の息子がいるとタイが知ったとき、息子はウーフを握りしめていた。息子とぬいぐるみのあいだの絆は強く、ブレイドンが朝食をほしがるときはウーフもそうなのだ。

「わかった、わかったよ。今起きる」

タイは下着姿でベッドを出た。フィラデルフィアの家では朝食が終わるまでこの格好だが、ここではいつ誰がドアを叩くかわからない。

けれども、とにかくまずコーヒーが必要だった。

タイがのろのろとジーンズをはくと、ブレイドンが階下まで連れていけと言わんばかりに背中に飛びのってきた。

「先にパパのエンジンがかかるように、燃料を補給する」

愛用しているコーヒーメーカーをはるばる持ってくる先見の明が自分にあったことに、タイは感謝した。父親には何よりもまずコーヒーが必要だという事実を息子が受け入れていることにも。

「満タンにして！」ブレイドンが体をくねらせて床におりる。

「ああ、そうするよ」

コーヒーが力強い魔法の力を発揮し始めると、タイはシリアルの箱に手をのばしかけたが、そこで青い目の隣人に卵をもらったことを思いだした。すばらしい夕食とともに届けられたそれは、今も花やキャンドルと一緒に小さなキッチンカウンターの上にのっている。

とりあえずの腹ふさぎに、ブレイドンとウーフにバナナを皮を剝いて渡した。

スクランブルエッグならタイにも作れる。

キッチンだけは現代的に改装されているのは、曾祖母がパンや菓子を焼くのが好きだったからだろう。それからもすでに十年ほど経っているはずだとタイはフライパンを探しながら記憶をたどったが、ここには曾祖母が楽しそうにクッキーの生地をのばしていた小さなカウンターを含めて、快適に料理をするためのものが何もかもそろっていた。

フィラデルフィアの家のキッチンと比べるとこぢんまりしているが、せいぜい中の上のスキルしか持たないタイにはこれくらいのほうが合っている。そのスキルの大半は〝ブレイドン後〟に獲得したものだ。

ブレイドンがタイのもとに来てから。

トーストを作り、ブレイドンの分は息子の好みどおり三角形にカットする。それに卵と紙パックのジュースを添えた。

七時になるころにはブレイドンは床でトラックを転がして遊んでいて、タイはさっきよりもゆったりとした気分で二杯目のコーヒーを口に運んでいた。

落ち着いたところで、リスト作りに取りかかる。まずタイトルを記した。


〝大至急すべきこと〟

まずはブレイドンのための小児科医院を見つける。たとえ夏のあいだしかいないとしても、いざというときのためにいい医者が必要だ。

もっと長くとどまると決めたときのために、幼稚園についても調べておいたほうがいいだろう。

あとは野菜や果物なんかを買いに、町にも行かなければならない。買うものについては別にリストを作る。

ＷｉＦｉ環境の改善も早急に必要だ。骨董品（こっとうひん）みたいなテレビも取り換えなければ。携帯電話の電波は問題なく届いていて、これはうれしい驚きだった。

自分とブレイドンが暮らしやすいように、家を模様替えしなくてはならない。仕事用のスタジオや子ども部屋がいる。

ブレイドンが機嫌よく遊んでいるあいだに、タイはもう一度一階を見てまわった。表側にあるリビングルームにピアノを置いてもいいが、ダイニングルームのほうがひとりでこもりやすい。キッチンの床に座ってトラックで遊ぶ子どもがいる生活では、ひとりになれる空間の確保が必要不可欠だ。

タイはダイニングルームを見まわした。テーブルも椅子もサイドボードも彼には堅苦しすぎる。しかもそれらの上には無数の小物が置かれていた。

曾祖母にとっては自慢の家具だったのだろうが、彼には広い空間が必要だ。そして指を鳴らして家の隣に新しいスタジオを出現させられたとしても、彼の今の暮らしに何度もニスを塗り重ねて黒光りしている家具の出番はない。

寄付することにしようとタイは決めた。そうすれば曾祖母も喜ぶに違いない。気に入った人に使ってもらえるほうが、曾祖母もうれしいだろう。

ブレイドンがタイの手を引いた。

「ねえパパ、わんちゃん見に行こうよ」

「今日はいろいろやることがあるんだ」

「お願い、パパ！」

ブレイドンはタイの脚に抱きつくと、タイタニック号を沈めた氷山でさえ溶けてしまうようなかわいい目で見あげた。

仕方ない。どのみちバスケットを返しに行かなければならないのだ。それにシーアはどこに家具を寄付すればいいのか知っているかもしれない。医者についても、そのほかもろもろについても。

友好的な隣人の手を借りるべきだ。

「先に歯を磨いて、着替えなくちゃだめだ」

「うん、わかった！　こっち、こっち。さあ、行くよ！」

タイはできるだけ支度を引きのばしたが、八時には道を歩きだしていた。徒歩なら着く時間を少しは遅くできるし、ブレイドンには途中で走りまわってエネルギーを発散してほしい。

すらりと脚の長い隣人が留守だったら、言われたとおりバスケットはポーチに置いてくればいいのだ。

「くそっ！　メモを用意してくれればよかった」

「くそー！」

「言っただろう？　こいつはパパだけが使っていい言葉だ」

ブレイドンがうれしそうにタイを見る。「ぼく、パパの言葉好き！」

坂道をしばらくのぼるとブレイドンが両手をあげたので、タイはしゃがんで背中を向けた。

角を曲がるとシーアの家が見えた。うねる丘と深い森を背景にした家は絵のように美しい。彼女はひとり暮らしだと曾祖母から聞いていたので、もっと小さい家を想像していた。

どうやら彼女は鮮やかな色が好きなようだ。それと花も。

おとぎ話に出てきそうな家だった。ただし大きめの。家の前には魔女が育てていそうな庭が広がり、枝が大きく垂れた木々も見える。広くのびているポーチには複数のテーブルと椅子が置かれ、ぶらんこもあった。

そして、そこにも鉢植えの花々が並べられている。

近づいていくと、大型犬が家の裏から跳ねるように飛びだしてきた。

飛びかかられたら絶対に倒れてしまうのでタイは身がまえたが、そのあいだもブレイドンはもがいて背中からおりようとしている。

「座れ！」タイは可能な限りの威厳をこめて命令したが、犬はとまらない。けれども
ふたりの前に来ると座って、愛情をたたえた目で見あげた。

「おろしてよ、パパ！　おりたい！　おりたい！　おりたい！」

「ちょっと待て」

今回もまずタイが手をのばすと、バンクはぱたぱたと尻尾を振りながら鼻をすりつ
けた。

「まあ、いいだろう。ゆっくりだぞ、ブレイドン。まず、おはよう、からだ」

「おはよう、わんちゃん」

「バンク」

「おはよう、バンク！」

バンクが前脚を持ちあげて振る。

「ブレイドン、優しくな」

ブレイドンは足が地面につくやいなや、がばりと犬に抱きついた。

「さあ、玄関まで行って、ノックしよう。昨日のお姉さんにバスケットを返すんだ。

夕食のお礼も言わなくちゃな」

タイがブレイドンの手を取る前に犬が家に向かって走りだし、ブレイドンが発射さ
れたロケットのような加速であとを追う。

「待て、ブレイドン！」

タイはブレイドンに追いついて、抱きあげた。犬が立ちどまって振り返り、尻尾を振ったあとゆっくりと歩きだす。

「バンク！」ブレイドンが犬を追うように要求した。

「わかった、わかった」

犬がゆったりと歩きながら何度も振り返るので、タイはついていくことにした。

まず菜園が目に入った。それに三つ首のドラゴンが形作る小鳥の水浴び用の水盤（バードバス）や、あちこちに咲き誇っている花々や、木々の枝につりさげられている色とりどりのボトルなどが次々に目に飛びこんでくる。やがて彼はシーアを見つけた。

すらりと長い脚にぴったりしたズボンをはき髪を一本の三つ編みにまとめた彼女が裸足で草の上に立ち、優雅に舞っていた。

刀を持って。

両手で持った刀で空（くう）を切り、すぐに向きを変える。さっと突いてくるりとまわり、刀を頭上に振りあげて切りおろす。

刃が太陽を反射して、きらりと光った。

腕の筋肉を緊張させているシーアの白いシャツは、背中の真ん中が汗で濡れている。どうやら隣人は鍛え抜かれた筋肉を持っているようだと、タイは気づいた。

こうして刀を持って舞うのは簡単なことではないだろうに、彼女の表情からはまったく苦労がうかがえない。

奇妙なほど穏やかな表情だ。

彼女の背後に鶏のアパートメントとでも言うべき鶏舎が小さく見え、その前で雌鶏たちが餌をつついている。

シーアが振り向いて、ふたりに気づいた。

「あら！　ちっとも気がつかなかったわ」

「刀を持っているんだね」

「そうなの」彼女が刀を鞘におさめる。「今はちょっと体を動かしていただけ」

「刀を使ってか」

「そのとおり」シーアは厚みのあるリストバンドで額の汗をぬぐうと、にこにこしながらふたりに近づいてきた。「おはよう。初めての夜はどうだった？」

「ぐっすり眠れたよ。きっと夕食がおいしかったからだろうな。きみのおかげだ。ありがとう」

「どういたしまして」バスケットを受けとるシーアの腰には刀がさがっている。

この女性はいったい何者なのだろう。

「これからレモネードを飲むところなんだけど、あなたたちもどう？」

「コッコちゃん！」ブレイドンがもがいておりようとする。

「見てきていいわよ。きっと仲よくなれるわ」

「この犬みたいに？」タイは口をはさんだ。

「ええ。そしてこの犬よりはるかに小さいしね。すぐに戻るわ」

タイは仕方ないとあきらめ、ブレイドンをおろした。すぐに雌鶏たちに向かって駆けだした息子の横には、生まれたときからの親友のような顔をしてバンクがしたがっている。

タイはあたりを見まわし、シーアがここに小さな楽園を作りあげていることに気がついた。いや、楽園というより聖域だろうか。

彼は聖域に漂う安らぎに浸った。

木の枝には色とりどりのボトルやウィンドチャイムがさがっている。ハチドリ用の餌やり器がさがっている枝もあり、宝石のような色合いの鳥たちが群がっていた。

石造りや鉄製のベンチを踏み石が曲線を描きながらつないでいる。

シーアがトレイにピッチャーとグラスをのせて戻ってきた。

もう刀は持っていない。

ブレイドンを見ると犬の首に片腕をかけて雌鶏たちと向きあいくすくす笑っていたので、タイはポーチにあがった。

「さっきのことをもっと聞かせてもらいたいんだが、きみは刀を使ってエクササイズするのか?」

「ときどきね。仕事のために」

「仕事って、ニンジャの殺し屋とか」

シーアは首を左右に傾け、氷を入れたグラスにレモネードを注いだ。「そうね、たまにそんな感じのときもあるかな……」彼にグラスを渡して続ける。「実はゲームデザイナーをしているのよ。ビデオゲームの。ゲームには戦いや殺しや剣の斬りあいが出てくるでしょう? 少なくともわたしの作るゲームはほとんどがそうなの」

「そうなのか。たとえばどういうゲームを?」今のタイはブレイドンと一緒にできるゲームしかする余裕がないが、以前はそうではなかった。

「《エンドドン》シリーズとか《ドラゴンズ・ファイア》シリーズとか――」

「嘘だろう! 信じられない。あのゲームを作ったのか?」

「ええ。今も作っているわ。あのシリーズを知っているの?」

「ああ、知ってる。ブレイドンもつい最近、子ども用の《エンドドン》を始めた。あれの小さなフィギュアもいくつか持っているよ。あいつは今トラックや車に夢中なんだが、ベビー・トゥインクとベビー・タイも乗り物だととらえている。マジックフォレストのプレイセットで楽しそうに遊んでいるしね」

「気に入ってくれていてうれしいわ。よかったら座って」

「仕事の邪魔じゃないかな」

「わたしもひと息入れたいと思ってたところだから」

「じゃあ、少しだけ」タイは腰をおろしたが、彼女が一瞬ためらい、おろしかけた腰を浮かせてから座り直したのに気づいた。

「昨日は夕食をありがとう、それに卵やなんかも」彼はブレイドンに目を向けた。

「うちでも鶏を飼う羽目にならないといいんだが」

「いつでもここに来て。雌鶏たちも喜ぶと思うし」

「たしかに喜んでいるみたいだ。ところで買い物をしたいんだが、どこに行けばいいか教えてもらえないか」

「レッドバッド・ホロウの〈クシュナーズ〉がいいわ。町の一番奥まで通りを行ったところにある店よ。もっと大きなスーパーもあるけど三十キロ以上距離があるから、まず〈クシュナーズ〉に行って様子を見てみたらいいんじゃないかしら」

「わかった。そうするよ。それからこのあたりでいい小児科を知らないか？　ブレイドンはふた月前に検診を受けているが、いざというときのために知っておきたい」

「町にクリニックがあって、去年、小児科の先生も加わったわ。友人がそこの医師をしているんだけど、彼のことを褒めていたから。フランクリン先生っていって、別の友人も子どもたちを彼に診てもらってるわ」

「フランクリン先生か。覚えておくよ。あと、悪いがもうひとつ教えてほしい」

「いくらでもどうぞ」

「曾祖母の家にあるものを一部処分したい。ぼくには使い道のないものを。フィラデルフィアから送った荷物がもうすぐ届くから、場所を空けたいっていうのもあるし」

「ガレージセールをしたいってこと?」

「いや、違う」タイは常に意識の一部を息子に向けていた。今は犬と一緒に鶏舎の前に座っている。「売り払うのは曾祖母に対して失礼な気がするんだ。だから寄付したい。それが可能なら」

「そういうことね」シーアはレモネードをひと口飲んで、うなずいた。「たしかに、ミス・レオーナはそのほうが喜びそう。マディにきいてみるわ。マディっていうのはさっき言った医者の友人よ。クリニックでは訪問診療もしているから、あなたが寄付したいと思っているものを使ってくれそうな人を知っているかも。寄付を受け入れてくれる人を」

「そうしてもらえるとありがたい。じゃあ、きみが仕事に取りかかれるように、そろそろ失礼するよ。ぼくもいろいろやらなくてはならないことがあってね」タイは空のグラスを置いた。「このレモネードは最高にうまかった。どこのメーカーのものか教えてくれないか？　ぼくも買いたい」

シーアが顔を輝かせる。「そうね、言うなれば〈ルーシーズ〉かしら。それは祖母のレシピで作ったもので、祖母の名前がルーシーなの」

「つまり本物のレモンから作ったレモネードってわけか。それが商品コンセプトだな。おーいブレイドン、もう帰るぞ」

「バンクも一緒に来たいって」

「バンクはお仕事があるのよ。ごめんなさいね」シーアがさらりと言った。「レモネードを飲みながら、ちょっとだけ待っていてくれる？」タイにドアを示す。「よければ午後に、バンクをお子さんに会いに行かせるわ」

「ブレイドンは大喜びするよ」

「じゃあそうする。ちょっと待っていて」シーアが家のなかに入り、犬用のビスケットを二枚持って戻ってくる。「今は一枚だけあげてね、ブレイドン。もう一枚はポケットにしまっておいて、午後に会ったときにあげてちょうだい」

バンクはビスケットを見つめながら、じっと座っている。

犬が息子の手からビスケットを行儀よく食べるのを見て、タイは詰めていた息を吐きだした。

「わたしが口笛を吹いたら、バンクはここに戻るから」

「口笛？」

「ちゃんと聞きとるのよ。それより前に帰ってほしくなったら、帰るように言えば大丈夫。〝帰れ〟って言えば、そうするわ」

ブレイドンは小さな体で犬をぎゅっと抱きしめたあと、タイの背中によじのぼった。

「何か忘れてないか、ブレイドン」

「ううん、なんにも」

「昨日、夕食をもらっただろう。ミズ・フォックスになんて言うんだっけ？」

「そっか！　ありがとう。ぼくたちいっぱいいっぱい食べた！」

「どういたしまして。パパがいいって言ったら、いつでも雌鶏たちに会いに来てね」

「ぼくコッコちゃん好き。パパ、うちでも飼っていい？」

「うわあ、やっぱりそう来たか」タイはそう言いつつも、出ていく前にシーアに笑みを向けた。

ふたりが帰ってしまうと、シーアは腰をおろしてバンクの頭に手をのせた。「またお隣さんができてうれしいわね。ちょうどいい距離だもの。親しくつきあえるけど、静けさは脅かされない」

だがシーアは森に目を向けながら、リッグスを思い浮かべていた。リッグスとのあいだに親しさはまったくないのに、彼との距離は警告もなく一瞬で詰まってしまう。

さっきタイが裏のポーチで座ったとき、シーアは思わず息をのんだ。夢で彼が座ったのと同じ椅子だったからだ。憧れのタイが彼女の家にいるという罪のない夢をリッグスがねじまげ、血なまぐさい悪夢へと変えてしまった。

「どうってことないわ。何かされるわけじゃないもの。わたしがそれを許しさえしなければ」

あれから十五年。シーアが犬とポーチに座っている今も、リッグスは独房に囚われている。

それが現実だ。

「さあ、仕事に取りかからなくちゃ」

シーアはトレイを持って家に入りグラスを片づけると、二階にあがってシャワーを浴び、刀を振りまわしてかいた汗を流した。そのあとくたくたのジーンズをはき、元気が出るように赤いTシャツを着る。

こういう格好ができるから、家での仕事はいい。

シーアが裸足で仕事場に入ると、バンクは三回まわってから自分の寝床に横たわり、朝寝を始めた。

彼女は今《アフターマス》の制作チームと仕事をしている。滅亡後の世界を描いたマルチレイヤーの実写ゲームの制作には緊密な連携が要求され、これまで何度かニューヨークに出向いていた。長時間労働が必須だ。

ゲームのコンセプトは彼女が作ったものではないし、最初からかかわっているわけでもない。物語をところどころ洗練させるため、ブラッドリーに途中から引き入れられたのだ。会話を流麗にし、緻密な世界観を構築するために。

九月に発売日が設定されているこのゲームでは、人間が生存をかけてときにはかりごとをめぐらせながら戦わなければならない荒涼とした残酷な世界で、プレイヤーは二十から三十時間過ごすことになる。

彼女はその時間を楽しんだし多くを学んだが、今はもう少し明るいものにかかわりたいという気がしていた。それに最初から参加したい。

シーアは座る前に、ボードにとめつけてあるスケッチを眺めた。パラレルワールドに存在するキャラクターや風景や建物の試案を絵にしたものだ。

暗黒の力が支配する世界と光が統べる世界、ふたつの世界がある。だがどちらの世界でも影が存在感を増している。

やがて両世界におけるある人間の行動によって門が開き、ふたつの世界がぶつかりあって戦いが始まる。

シーアのなかでは、現実の出来事を目撃したかのようにすべてがはっきりしていた。

光と闇をあわせ持つ若い盗賊、ケアン。いにしえの塔にひそかに隠されていた輝く緑の石を彼が盗みだし、この危険な宝をかばんに忍ばせ、雷がとどろき風が荒れ狂うなかを走り去る。

そして魔術評議会が何世紀も前に封印したハイフォレストの奥にある門が開き、暗黒の世界に光がもれ、光の世界に暗黒がもれだす。

シーアは机の前に座って、メインコンピューターを起動した。これを置いている頑丈な机は、ノビーに頼んで部屋のサイズに合わせてL字型に作ってもらったものだ。

このプロジェクト関連のファイルは〝門〟というタイトルのフォルダーにまとめてあり、そのなかのコンセプトについてのファイルを開く。

シーアは昼をだいぶまわったところで作業を中断し、バンクを外に出した。それから紙パック入りのヨーグルトを食べながらうろうろ歩きまわって、細部を検討する。

シーアは静かな部屋に戻って、仕事を続けた。L字の角の部分に置いてあるノートパソコンでグラフィック関連の作業をしたあと、デスクトップパソコンに戻って地図作りとレベル設定のプランニングを行う。

まず、どちらの側かを選ぶ。光の側がルーウィン、暗黒側がニウェル。

プレイヤーには楽しんでほしいとシーアは考えながら、肩をまわして凝りをほぐした。ひとりでのプレイも複数でのプレイも可能だが、どちらの場合も競争を楽しんでほしい。

シーアは椅子の背にもたれて、目をつぶった。

プレイヤーはエネルギー関係のアイテム、ヒーリングハーブ、パワーボーナス、武器などを獲得する一方、湿地や罠にはまったり、恐怖の湖で所持品やときに命を失ったりする。

シーアは一瞬意識が飛びそうになった。集中して仕事をしたことや途切れ途切れにしか眠れないことで、心も体も疲れていた。

それにリッグスが彼女に侵入しようと試みてきていて、それが冷たい指で肌をつねられているように不快だった。

リッグスの笑い声が聞こえて、ぱっと目を開ける。胃が痙攣（けいれん）し、もがくように立ちあがった。リッグスを全力で押し戻したことで、左のこめかみに刺すような痛みが走る。

シーアは恐怖を受け入れなければならないとわかっていた。リッグスの力が以前より増していることも。リッグスは一日も経たないうちに二度も彼女の防御をすり抜けた。

しかも、そうできたことで悦に入っているのが伝わってくる。

リッグスは彼女に侵入する道を見つけた。それならば次は、彼女がそうしなければならない。

（上巻終わり）

●訳者紹介　香山 栞（かやま　しおり）
英米文学翻訳家。サンフランシスコ州立大学スピーチ・コミュニケーション学科修士課程修了。2002年より翻訳業に携わる。訳書にワイン『猛き戦士のベッドで』、ロバーツ『姿なき蒐集家』『光と闇の魔法』『裏切りのダイヤモンド』（以上、扶桑社ロマンス）等がある。

心の奥にひそむ影（上）

発行日　2024 年 9 月 10 日　初版第 1 刷発行

著　者　ノーラ・ロバーツ
訳　者　香山 栞

発行者　秋尾弘史
発行所　株式会社 扶桑社

〒105-8070
東京都港区海岸1-2-20　汐留ビルディング
電話　03-5843-8842(編集)
03-5843-8143(メールセンター)
www.fusosha.co.jp

印刷・製本　中央精版印刷株式会社

ISBN978-4-594-09756-1 C0197